W0330145

Hélène Jousse

Die Hände des Louis Braille

Aus dem Französischen von
Christine Cavalli & Michael Hohmann

Roman

Faber & Faber

Originaltitel: Les Mains de Louis Braille
Éditions Jean-Claude Lattès, Paris

Für Louis, dessen Hände seine Augen waren.
Für Rose, die so gut sehen kann.

»Das Kind diktiert, der Erwachsene schreibt.«
Julien Green

»Braille war bescheiden, zu bescheiden ...«
Joseph Guadet

Drehbuch, Szene 1. Drei Jahre alt. Coupvray

Es ist ein regnerischer Julitag. Ein Morgen im Sommer 1812. In der Frühe war es noch heiter, dann folgten Regenschauer. Louis mag den Regen, weil er die Familie vereint. Wenn es regnet, geht seine Mutter nicht aufs Feld, bleibt lieber zu Hause bei ihm und seiner älteren Schwester. Manchmal zieht es auch seinen Vater in die sanfte und warme Geborgenheit in der Mitte seines Hauses. Er verlässt seine Werkstatt, gesellt sich zu ihnen an den Kamin, um, wie der Geizige, sicherzugehen, dass sein Schatz noch da ist.

Seit dem Tag, als die Mutter von Louis gebieterisch und verspielt die Postkutsche von Meaux mitten in der Landschaft anhalten ließ, damit Louis hören konnte, wie die Wassertropfen auf dem mit Leinentuch überzogenen Dach der Kutsche zerplatzten, ist der Junge ganz verrückt nach dem Geräusch des Regens. Sein Leben lang wird er es lieben. Seine gutmütige Art ist nicht nachtragend.

Aber heute ist seine Mutter trotz des Gewitters und ganz gegen ihre Gewohnheit nicht da. Da sie ihr Gemüse auf dem Markt verkaufen muss, wollte sie ihn, aus Angst, er könne sich erkälten, nicht mitnehmen. Sie hat ihn in die Obhut ihres Mannes gegeben, in der Werkstatt, wo das Kind gerne herumschnüffelt.

Louis liebt es, zeitig aufzustehen, um einen Vorsprung vor dem jungen Tag zu haben, vor seinen schlummernden Eltern, vor seiner schlummernden Schwester. Er stöbert herum. Die Gegenstände und ihr geheimnisvoller Tanz beschäftigen ihn. Die Sachen sagen ihm viel über die Leute. Alles scheint zu ihm zu sprechen. In seiner kleinen Kleinkinderwelt sieht er alles, und alles ist groß.

Monsieur Braille setzt den letzten Stich an ein Zaumzeug für den Notar, der sicher bald mit seinem Pferd zu ihm kommt. Er gilt als gewissenhaft und geschickt, so kommen die Leute von weit her, um ihm Aufträge zu geben, ihm, keinem anderen. Louis sieht das. Ist stolz darauf. Der Sattler liebt sein Handwerk, das seine Hände in Bewegung bringt, aber auch, bei der Gewissenhaftigkeit, die jeder Handgriff verlangt, das Beste in seinem Verstand.

Der kleine Junge steht da, beobachtet seinen Vater bei der Arbeit. Für ihn sind es nicht Handgriffe eines geschickten Handwerkers, die er sieht, sondern ein immer wieder neuer Tanz und jedes Mal voller Abwechslung. Das Gesicht ist auf der Höhe der Werkbank, und so beobachtet Louis, wie die Hände seines Vaters davonfliegen, wie sie ein Werkzeug greifen, dann, wie sie sich auf das weiche Leder legen. Seine beiden wunderbar geformten Arme beugen und strecken sich rhythmisch beim Schleifen, Schneiden, Stechen, Krümmen, Dehnen, Polieren. Sein lockerer, lebhafter Oberkörper passt sich geschmeidig jedem Handgriffan. Louis schaut diesen schönen Riesen an, der über ihm hin- und herschwingt.

Das Kind kann den Blick nicht von diesem kraftvollen Körper des Vaters lassen, als wär's eine Welt für sich. ER sieht da eine glänzende Mechanik, die in der Lage ist, falls nötig, die große Mechanik drum herum neu zu errichten. Der drei Jahre alte Louis – dreieinhalb genau, sagt er – bekommt vor Bewunderung ganz große Augen für diesen mächtigen Mann, der nicht nur da ist, sondern ihn zum Glück liebt, ihn, so klein. Da sagt er sich, das ist nicht nichts, was er ist, wo sich der Koloss so tief und so oft zu ihm hinunterbeugt. Das macht ihn glücklich, ganz einfach und so tief glücklich, das Recht zu haben, da zu sein.

Die beiden haben den Morgen gemeinsam in der Werkstatt verbracht – einen jener Kindheitsmomente, in denen die Zeit sich dehnt, wo die Glückseligkeit des Augenblicks den Augenblick danach ansteckt, Momente des Glücks, wo das Glück uns glauben lässt, es fände nie ein Ende.

Monsieur Braille verlässt kurz seine Werkbank, um das Zaumzeug am Hals des Pferdes aufzuziehen, sein Kunde wartet draußen, völlig durchnässt. Louis bleibt allein. Allein in der väterlichen Welt, die für ihn schon die seine ist. Nachdem er lange seinen Blick hat umherschweifen lassen, fängt er an, die von seinem Vater hergestellten Dinge aus Leder zu berühren. Danach die Gegenstände, welche die Gegenstände herstellen, die kostbaren Werkzeuge, Verlängerungen der väterlichen Hand. Und dann hält er sich für seinen Vater ... Wie könnte es anders sein.

Er hievt sich auf den Drehschemel, greift stehend mit einer Hand nach einem Stück Leder und mit der anderen nach dem metallenen Stichel, den der Handwerker bediente. Er wird seinem Papa helfen, seine Arbeit fortsetzen. Dieser wird stolz auf ihn sein. Vom Hof hört er die tiefe Stimme des

Vaters. Sicher und entschieden, beschließt er, die Bewegung nachzuahmen, deren Ausübung er schon so oft sah. Das Werkzeug, o Wunder, gehorcht ihm. Er stellt fest, wie mühelos er die Handgriffe des Sattlers wiederholt. Da macht er es noch einmal. Er ist verblüfft. Als ob seine Hand schon alles wüsste. Er betrachtet das Stück punziertes Leder. Zufrieden stößt er einen Seufzer aus, entspannt sich, und genau in dieser Sekunde dreht sich der Schemel und sein Körper hängt in der Luft. Im Fallen noch hält er den Stichel fest in der Hand, er bohrt sich in sein Auge. Ein Aufschrei zerreißt den Raum, der ihn vom Vater trennt. In der nächsten Minute ist Simon da und hält den kleinen leblosen Bub, das Gesicht voller Blut, in seinen Armen. Dies ist sein Kind. Diese lange Minute wird sich Simon Braille nie verzeihen. Und dennoch wird sie für das Leben seines Sohnes zum Schicksal. Was ist denn ein Schicksal, wenn nicht ein Leben, welches dem Leben der anderen eine neue Wendung gibt.

Rotes Heft von Constance

Heute bin ich seit einem Jahr Witwe. Ich habe keine Blumen auf den Friedhof gebracht. Mit den Augen zum Himmel denke ich an ihn.

Im letzten Jahr erblindete er allmählich. Da aber keiner wusste, dass es sein letztes sein würde, erlernte er die Brailleschrift, um in den kommenden Jahren lesen zu können. Ich hatte beschlossen, es mit ihm zu tun, und mir im Nationalen Institut für junge Blinde am *Boulevard des Invalides* ein Lehrbuch besorgt. Außerdem hatte ich mir ein Kinderbuch über Louis Braille, *L'enfant de la Nuit – Das Kind der Nacht,* von Margaret Davidson ausgeliehen, und es ihm dann laut vorgelesen, für uns zwei.

Das Erlernen der Brailleschrift fiel mir nicht leicht. Ich konnte mit dem Auge das ganze Alphabet lesen, aber mit den Fingern war das etwas anderes. Ich tat so, als würde ich nicht aufgeben, aber ich schaffte es nicht. Ich hielt immerhin die Illusion aufrecht, damit wir zusammenblieben. Es war, als wollte ich um jeden Preis an einem Spiel teilnehmen, bei dem ich ein wenig geschummelt hatte, um im Rennen zu bleiben.

Diese Momente waren voller Heiterkeit, wie aus der Zeit gefallen. Wir ahnten nicht, wie kostbar sie waren. Angesichts der kleinen Punkte von Braille wurden wir zu Kindern, waren beide überwältigt von diesem einfachen und genialen Kode, den sich ein hartnäckiger kleiner Junge ausgedacht hatte. Etwas wie Scham ergriff uns, nicht gewusst zu haben, wie sehr dieser frühreife Junge die Welt verändert hatte. Eine Welt, die bis jetzt nicht die unsere war. Warum müssen uns die Dinge erst nahekommen, damit man neugierig wird? Nähert man sich nur dem, was sich uns nähert?

An diesem Jahrestag habe ich den Ort besucht, an dem Louis seit 1952 ruht. Eben dort, im *Panthéon,* und nirgendwo anders, hatte ich Lust, mich innerlich zu sammeln. Die Junihitze war erdrückend. Trotz meiner nackten Arme und Beine fühlte ich mich immer noch zu warm angezogen. Als ich unter die Kuppel trat, hatte ich das Gefühl, in eine kühle Quelle einzutauchen. Ich stieg die Stufen zur Krypta hinunter, wie wenn man in eine Höhle eindringt, und glitt in einen Zustand, in dem ich neben mir stand.

Wir hatten vor, diese Reise zu Louis gemeinsam machen. Ich hatte es versprochen. Es sollte ein Jahr ins Land gehen für die Entscheidung allein dorthin zu gehen. Ich glaube, ich habe keine Eintrittskarte gekauft, noch sonst irgendetwas entschieden. Ich fand mich in der Krypta wieder, wandelte durch die schnurgeraden, aus Stein gehauenen Gänge, irrte aufrecht, so klein ich war, zwischen den hier liegenden großen Menschen herum. Mit einem Mal stand ich vor seinem Grab. Ich weiß nicht, wie lange ich dort blieb. Ich begann zu weinen, endlich den Schraubstock zu lösen, der seit Monaten mein Herz zusammenpresste. Da fühlte ich, wie sich behutsam eine Hand auf meine Schulter legte. Eine schmächtige und sehr elegante alte Dame sah mich voller Mitgefühl an. »Weinen Sie doch nicht so, Mademoiselle, er ist schon mehr als hundertfünfzig Jahre tot.«

Thomas, er brachte die ganze Sache ins Rollen. Er hat immer das Wirkliche zurechtgeschnitten, wie man einen Marmorblock zuschneidet. Kannte kein Zögern beim Meißeln.

Ich war mit ihm am Tag nach meinem Besuch im *Panthéon* verabredet, um mit ihm über den Verkauf der Rechte an meinem letzten Stück zu sprechen, das er für den Film bearbeiten wollte. Und da hatte ich zweifelsohne keine Lust, nur über die Arbeit zu reden, und sprach über Louis Braille, über seinen Unfall, die Infektion, das erfinderische Kind, das Grab mit der Inschrift in Braille, die alte Dame und ihre zarte Hand auf meiner Schulter und über alles, was ich über Louis weiß und an ihm liebe. Mir standen die Tränen in den Augen. Dieses geniale Kind berührt mich mehr, als ich gedacht hätte. Thomas hörte mir wortlos zu, mit offenem Mund, stellte mir dann, wie es seine Art ist, einige präzise und unerwartete Fragen.

Nach dem Mittagessen lud Thomas mich in sein Büro ein. Plötzlich wurde er ernst und sprach mit mir, als hätte ich keine Wahl. Nichts zu entscheiden, entsprach voll und ganz diesem schwindelerregenden Moment meines Lebens. Nichts zu wollen. Soll man doch für mich wollen. Ich war bereit, jedweden akzeptablen Vorschlag anzunehmen, der mich im Fluss des Lebens hielt. Glücklicherweise war es dieser: »Constance, machen Sie ein Drehbuch über das Leben von Braille«, bat er mich, so als würde er mir sagen: »Machen Sie ein Kind mit mir.« Pragmatisch fuhr er fort: »Die Finanzierung steht, wenn der Film bis zum Festival von Cannes fertig wird. Es muss schnell gehen. Sie haben zwei Monate Zeit, Constance. Das wird ein richtiger Wettlauf mit der Zeit. Ich will Sie dafür und sonst keinen.«

Ich bin ohne mein Zutun eine sogenannte Erfolgsautorin geworden. Ich habe mehrere Stücke geschrieben, die sehr lange auf dem Spielplan standen, und über fehlende Angebote kann ich nicht klagen. Thomas weiß das. »Ich stecke in der Scheiße, mein letzter Film war ein Flop, ich brauche Sie. Ich verdopple Ihre üblichen Tarife. Außerdem gebe ich Ihnen Produzentenanteile.« Er sprach zu mir wie früher, als sei ich völlig in Ordnung. »Ohne Sie hätte ich nie etwas über diese Geschichte erfahren.« Thomas hatte immer ein Händchen für geeignete Filmstoffe. »Wie Sie mir das erzählt haben ... Das hat mich angesprungen, das muss ein Film werden! Sie haben mich eben tief bewegt. Ich wollte Ihr Stück für den Film bearbeiten, aber gerade habe ich meine Meinung geändert. Unser Mittagessen ist kein Zufall, und nun kommen Sie mit Ihrem Braille. Bevor Sie mir das erzählt hatten, war er nur ein Name. Jetzt ist er eine Person, ich sehe ihn!«

Thomas hörte nicht mehr auf. »Los geht's, Constance, ich brauche Sie.« Ich mag seine Aufforderungen. »Gehe, lauf, flieg«, sagt er mir, wo ich kaum laufen kann.

Ich kenne ihn gut in solchen Momenten. Kaum ist ein Projekt in Sicht, legt er sich das Plädoyer im Mund zurecht, das er jedes Mal frisch auftischt, wenn er wieder mal jemanden überzeugen muss. Er scheint zu vergessen, dass ich als Erste überzeugt war, wo ich es doch war, die ihm vor einer knappen Stunde von Louis erzählt hat. Thomas ist auf beunruhigend leichte Art besitzergreifend. Ich habe ihm Braille vorgestellt, und er verkauft ihn mir. Ich habe ihm einen Jungen gezeigt, er sieht ein Projekt. Thomas gefällt sich dabei, alles in ein Abenteuer umzumünzen, aus einem Nichts eine Eroberung zu machen. Eines Tages hat er mir erzählt, sein Idol sei Alexander der Große.

Kennengelernt habe ich ihn, als er gerade mal achtzehn Jahre alt war. Er hatte sich in den Kopf gesetzt, den verwirrten, aber hochbegabten Jugendlichen aus einem meiner Stücke zu spielen. Er war an meine Adresse gekommen und zu mir gestolpert, um mich davon zu überzeugen. Er siezte mich, ich hingegen konnte nicht anders, als diesen dreisten Bengel zu duzen. So ist es geblieben. Was übrigens Thomas noch nie daran gehindert hat, zuweilen familiär oder gar grob zu sein. »Constance, Sie gehen mir auf den Geist!«, entfährt es ihm, wenn ich herumnörgle oder seinem Tempo nicht folge.

Als er befand, unser Treffen sei beendet, stand er auf, bedeutete mir zu gehen, um mich an die Arbeit zu machen. Er kann zügig arbeiten oder, wenn es die Umstände erfordern, palavern wie sonst keiner. Seine Intuition ist ihm eine gute Richtschnur. Nur manchmal nimmt er sie nicht ernst genug. An diesem Tag, wo er mich wie ein kleines Mädchen ansprach und mich zugleich um Hilfe bat, war es die beste Art, mich an Bord zu holen.

Wie ich das Büro von Thomas verließ, ging ich Richtung Nationales Institut für junge Blinde. Ich begann, im Leben von Louis zu wühlen, verrückte Wege zu entdecken, die er sich gebahnt hatte.

Sollte ich wieder neugierig werden?

Drehbuch, Szene 2. Vier Jahre alt. Das Haus Braille:

Seit dem »Sturz von Louis«, wie es verschämt im Dorf heißt, ist sein Vater eigenartig verstummt.

Seit diesem Tag sagt sich Simon unaufhörlich, er hätte den Unfall verhindern können. Was soll man da noch reden. Alles scheint ihm belanglos angesichts der Schwere des Vorfalls, der das Leben seines Sohnes für immer belastet. Also schweigt er. Erstaunlicherweise verständigen sich Simon und Louis keinesfalls weniger, im Gegenteil. Alles, oder fast alles zwischen ihnen, geschieht über den Tastsinn.

Seine Mutter aber, sie hat mit einem Schlag den Blick eines Sohnes und die Stimme eines Ehemanns verloren. Als sie das versteht, bekommt sie Angst. Die Zeit ist ernst. Es ist, als würde das Haus flüchten. Wenn das Leben flieht, was dann?

Sie spürt, wie eine unendliche Traurigkeit sie erfasst. Dann, eines Abends, als sie keinen Schlaf findet, fängt sie aus Verzweiflung an zu reden, ganz alleine, oder vielmehr mit ihrem Mann, da sie denkt, auch er schliefe nicht. Wenn er schon nicht mehr sprechen will, wird sie nicht schweigen, sie nicht!

In dieser Nacht beginnt sie, ihren Tag zu erzählen, bis in die kleinste Einzelheit, die ihn von anderen Tagen unterscheidet. Dann wiederholt sie ein albernes Gerücht, das ihr die Hebamme zugetragen hat, und erklärt, aus welchem Grund sie kein Wort davon glaubt – Madame Braille ist ein Lügendetektor sondergleichen. Sie redet über das Wetter von morgen, regnerisch, was ihr für ihren Gemüsegarten gerade gut in den Kram passt.

Als Madame Braille schließlich keine Belanglosigkeiten mehr auf Lager hat, ertappt sie sich dabei, zu schildern, was das ihnen widerfahrene Unglück mit ihr macht. Sie hört in dem Moment zu reden auf, als Schluchzer ihre Stimme verschlucken. Und genau da hört sie neben sich eine andere Stimme als die ihrige, eine tiefe Stimme, herrisch und zärtlich zugleich: »Mach weiter!«

Seit diesem Tag macht sie weiter. In der Nische des Gemeinschaftsraumes mit dem Ehebett, abgetrennt nur durch einen schweren Vorhang, sitzt die

Mutter von Louis, angelehnt an zwei dicke Kissen aus Gänsefedern, Abend für Abend in ihrem behelfsmäßigen Baldachin, stolzer als eine Königin, und hält ihren Monolog an ihren geehelichten Stummen.

Simon sagt nichts dazu, ergötzt sich aber an diesen Erzählungen. Sie haben nichts Erbauliches an sich, aber halten ihn im Gleichgewicht, helfen ihm, sein Dasein und seine Frau etwas mehr zu lieben. Wo er am liebsten nicht mehr sprechen können will, übersetzt sie das Leben in Worte. Für nichts in der Welt würde er seinen Abenddämmer-Fortsetzungsroman versäumen. Er hat eine andere entdeckt, versteckt hinter der Frau, die er vor fünfundzwanzig Jahren geheiratet hat. Sie auch. Sie ist wie diese Witwen, die sich nach dem Tod ihres Mannes den anderen und sich selbst offenbaren. Ihrer ist nicht tot, aber fast. Die Familie ist mit knapper Not davongekommen. Und Simon freut sich heimlich, das Sprechen aufgegeben zu haben. Seine Frau macht es so gut.

Sie wissen beide nicht, dass auch die zwei Kinder, die auf dem neben ihnen ausgelegten Strohbett eigentlich schon schlafen sollten, sich angewöhnt haben, auf die Geschichten von Madame Braille für ihren Mann zu warten. Sie wird für ihn wie für sie weitermachen, auch als er wieder zu sprechen beginnt. So kommt es, dass sie bei Einbruch der Dunkelheit kaum zu atmen wagen, wenn sie an den Lippen der Familienmutter hängen, mit leichtem und sanftem Atemstillstand, den manche Erzählungen auslösen. Das Haus atmet wieder auf.

Drehbuch, Szene 3. Sechs Jahre alt. Coupvray

Madame Braille ist fromm, aber nicht bigott. Ihr Mann geht seit dem Unfall von Louis nicht mehr zur Messe – »ein lieber Gott kann kein solches Elend zulassen« –, sie aber, unerschütterlich in ihrem Glauben, begibt sich nach wie vor jeden Sonntag dorthin. Allerdings hat sie nach dem Unfall ihres Sohnes ihre eigene Art des Katholischseins erfunden. Sie geht nicht mehr zur Beichte und zur Kommunion und hat sich dafür beim Pfarrer nie gerechtfertigt. Sie betet, wo sie will, wie sie will und wann es ihr in den Kram passt, manchmal übrigens singend und oft, wenn sie von etwas Schönem hingerissen ist. Eines Tages bittet sie den Pfarrer, ihr sein Pfarrhaus zur Verfügung zu stellen, um den Kindern des Dorfes, deren Eltern beinahe zur Hälfte Analphabeten sind, Geschichten vorzulesen. Sie behauptet, Kinder, denen man früh mit Lesungen kommt, hätten später auch noch Lust darauf.

Der Pfarrer kann ihr nichts verwehren. Seitdem gibt es nach der Messe im Pfarrhaus jeden Sonntag »die Geschichten von Madame Braille«. Und die Eltern bleiben unter dem Vorwand, ihre Kinder begleiten zu müssen, nur zu froh darüber, dass die Bücher endlich auch zu ihnen sprechen.

Pater Palluy schätzt die Familie Braille sehr und hängt besonders an ihrem kleinen Jüngsten. Der lebhafte Louis fing zu laufen an, bevor er ein Jahr alt war. Er gehört zu den wachen Geistern in einem springlebendigen Körper. Nichts schien seiner Beobachtung während seiner ersten drei Lebensjahre zu entgehen. Trotz des Unfalls ist das Kind sehr verspielt und immer auf der Lauer, das vom Rest der Familie vergötterte Nesthäkchen.

Bei seiner Geburt war seine Mutter fast vierzig, und die zwei Großen, ein Mädchen und ein Junge von sechzehn und vierzehn Jahren, hatten den Schoß der Familie schon verlassen, um arbeiten zu gehen. Nur Marie-Céline, zwölf Jahre älter als Louis, spielt zu Hause noch die große Schwester. Wenn sie in der Schule ist und Madame Braille auf ihrem Feld, holt der Pfarrer Louis ab.

Er beschreibt und benennt ihm die Dinge in der Natur, die Louis nicht sehen kann. Seine Leidenschaft gehört der Botanik, die er auf ihren Spaziergängen durch die Felder an Louis weitergibt. Er bindet ihn an sich und gibt ihm zugleich einen Spielraum, indem beide jeweils ein Ende der Kette seines Weihrauchgefäßes festhalten. So ziehen sie durch die Gassen von Coupvray, mit Vorliebe durch jene, die südlich an den mit Weinstöcken bedeckten Hügeln liegen. Louis liebt es, wenn das warme Licht seine Haut liebkost. Das zu verspüren, ist für ihn die einzige Möglichkeit, die Sonne zu *sehen*. Der Pater weiß das. Sie gehen auch gern zu den Mühlen, deren Geräusche Louis faszinieren. »Das ganze Mehl der Pariser, das haben sie uns zu verdanken«, erklärt ihm der Pater lachend.

In der mehr im Schatten liegenden *Rue des Ânes* lehnen sie sich an die imposante Eiche am Straßenrand und ruhen sich beide aus, ohne dass man es ihnen anmerken würde.

Anfangs wunderten sich die Dorfbewohner über dieses gesprächige Gespann des Geistlichen und des kleinen Blinden. Dann gewöhnten sie sich daran, den einen immer dem anderen vorausgehen zu sehen.

Die Natur und seine Lehrstunden begeistern Louis, die Geschichten aus der Bibel auch, aber er verlangt immer mehr und lässt den alten Abt an seine Grenzen stoßen. Dieser entschließt sich nun doch, zu Becheret zu gehen, dem gerade erst eingesetzten jungen Grundschullehrer, der bereits mit seiner einzigen Klasse überfordert ist. Der Pater vermutet in ihm einen Feind der Kirche, weil er weder zur Messe erscheint, noch sich jemals die Zeit nimmt, mit ihm zu sprechen.

Palluy versucht ihn davon zu überzeugen, dass Louis kein Kind wie die anderen ist. Er meint damit, kein Blinder wie die anderen. Kein Blinder geht zur Schule. Warum sollten sie auch? Lesen werden sie niemals. Das ist zunächst, wie erwartet, die Antwort des Lehrers.

Dem Drängen des Paters, der verspricht, Louis werde keine Belastung sein, gibt er schließlich nach. Louis ist erst sechs Jahre alt. Er setzt ihn in eine Ecke, wie ein kleines Möbelstück, mit dem man nichts anzufangen weiß und das für einige Zeit untergestellt werden soll. Er vergisst ihn nahezu. Louis tut das Seine dazu, damit es so bleibt. Er hat bereits verstanden, was von ihm hier, dem einzigen Blinden unter Sehenden, erwartet wird, nämlich nicht aufzufallen. Eines Tages aber beginnt das kleine Möbelstück die Lippen zu bewegen, so als wolle es anstelle eines Schülers antworten, der nichts weiß. Der Lehrer erteilt Louis das Wort, der gegen alle Erwartung richtig antwortet. Er befragt ihn wieder und wieder und begreift, dass Louis klammheimlich und nur nach Gehör in kaum mehr als sechs Monaten nicht nur alle Grundlagen der Arithmetik, sondern auch der Grammatik, der Geschichte und der Geografie erfasst hat. In den folgenden Monaten und als Reaktion auf seine eigene Dummheit setzt der Lehrer alles daran, das Kind so umfassend wie möglich von seinem Unterricht profitieren zu lassen.

Das Kind der Brailles erweist sich schnell als bester Schüler, da es nach einmaligem Hören alles behält, was es hört. Becheret war aufgefallen, dass Louis sich während des Unterrichts rhythmisch hin- und herwiegt. Anfangs war der Schüler damit sehr zurückhaltend, dann, wie er Vertrauen fasste, machte er es ganz offen und erklärte seinem neugierig gewordenen Lehrer, dass er sich so alles viel besser merken könne, dass dies seinem Körper erlaube, das Gehörte aufzunehmen. Kurzum, alles, was dem fruchtbaren Geist von Louis Braille angeboten wird, trägt unverzüglich Früchte. Der Lehrer, der einige Jahre lang die Klugheit von Louis so weit begleitet hat, wie es ihm sein bescheidener Berufsstand ermöglicht, unternimmt alles, damit Louis' Bildung nicht stehenbleibt, und verliert kein Wort darüber. Und er gesteht sich nicht ein, wie sehr ihn das verzweifelte Gesicht von Louis aus der Fassung bringt, wenn er seinen Schülern sagt, »holt euer Buch raus und schlagt es auf Seite zwanzig auf«.

Bevor er Louis kennenlernte, hatte sich Becheret nie gefragt, wie ein Blinder Zugang zum Inhalt von Büchern finden konnte. Bis auf den belesenen und wunderbaren Valentin Haüy dreißig Jahre früher hatte sich keiner jemals um das Schicksal der Blinden gekümmert. Das findet der Lehrer nach einigen Nachforschungen heraus.

Er möchte mehr über diesen Mäzen, diesen Valentin erfahren, der ohne sonderlichen Grund, außer dem der Herzensgüte, ihnen seine Zeit und sein Geld gewidmet hatte. Er hat es sogar gewagt, ein für die Zeit verrücktes Versprechen abzugeben: »Ich werde die Blinden zum Lesen bringen.« Je mehr Becheret darüber erfährt, umso mehr schämt er sich für seine Dummheit und seinen Irrtum, die ein früheres Interesse für Louis verhinderten. Das Leben liefert manchmal triftige Gründe für Selbstscham, zugleich aber die Gelegenheit, das wiedergutzumachen.

Wenn ein aufgeklärter Philanthrop die Idee für eine Blindenschule hatte, sie dann auch gründete, wird er, der einfache Grundschullehrer, den Weg finden, seinen Louis Braille dort unterzubringen. Sicher, sie ist weit weg, in Paris, und kostet Schulgeld, aber er schwört sich, das zu schaffen.

Es reicht, das Geld dort zu holen, wo es ist. Er weiß, was das betrifft, hat der alte Pfarrer mehr Chancen als er, für einen Schwung an Nächstenliebe zu sorgen. Worum der Pfarrer bittet, ist halt der liebe Gott, der euch darum bittet. Fast Arm in Arm und sich auf das Äußerste zusammenreißend – denn grün sind sich die beiden nicht, weil eben beide in Louis vernarrt sind – suchen sie den Grundherrn der Gegend auf, den Marquis d'Orvilliers, Eigentümer des Schlosses im Dorf.

Dieser versteht mit zunehmendem Alter seinen Rang und sein Vermögen als Privilegien, die auch anderen als ihm nützlich sein können, wenn sich denn die Gelegenheit dazu bietet. Der gewiefte Pater Palluy serviert ihm eine solche auf dem Silbertablett: Das Leben eines armen blinden Kindes liege in seinen Händen. Der Marquis hat nicht nur ein gutes Herz, auch die Vorsehung will, dass er einer der zahlreichen Stifter war, die es ermöglichten, 1786 das *Institut royal des jeunes aveugles,* das berühmte Königliche Institut für junge Blinde von Valentin Haüy zu gründen. Ein Brief des betagten Adligen an den Direktor der Einrichtung wird ausreichen, dem jungen Braille die Aufnahme zu ermöglichen. Um die Schönheit seiner Handlung zu vervollkommnen, beschließt Orvilliers, die vom Internat verlangten Kosten für die nächsten Jahre zu übernehmen. Die Stunde rückt näher, vor dem alten St. Petrus Rechenschaft abzulegen. Das Gute geschieht nicht immer nur aus guten Gründen.

Aber solche Gründe, auch wenn sie nur wenige Gramm wiegen, bringen die Waagschale in Bewegung. Auf dieser nun steht Louis, bedrückt, streckt seine kleinen Arme in die Zukunft aus und hofft, dass sich die Balance umkehrt.

So also, und ohne sein Wissen, hat die geheime und wenig wahrscheinliche Koalition von Geistlichkeit, Adel und drittem Stand bewirkt, dass das Kind ohne Blick, das nicht dazu vorgesehen war, in die einzige Schule des Landes aufgenommen wurde, die es retten könnte.

Am Ende war er es, der sie rettete.

Louis, als kleines Kind in eine Familie hineingeboren, wo er zuerst geliebt und dann, nach dem Unfall, geliebt und beschützt wurde, findet Güte normal, so wie ein Fisch das Süßwasser normal findet, in dem er seit ewig schwimmt. Bis man ihn herausnimmt.

Rotes Heft von Constance

Um bei meinen Nachforschungen Zeit zu gewinnen, hat Thomas einen Geschichtsstudenten eingespannt. Ich hätte ihn gerne selbst ausgesucht – immerhin arbeite ich mit ihm – aber Thomas blieb kategorisch. Angeblich könnte ich keinen besseren finden! Ich weiß nicht, ob er der Beste ist, aber ich weiß, dass er intrigant ist und sich dabei Mühe gibt. Kommt aus einer anderen Zeit und hängt obendrein am Tropf der Hochtechnologie. Er ist fasziniert von Elon Musk und seinen Raketen zum Mars. Er scheint täglich über den Fortschritt des neuesten Raumschiffes informiert zu sein. Ich verstehe nichts davon. Dennoch kann er es nicht lassen, mir das interstellare Leben zu erklären. Im Übrigen schreibt er an einer Dissertation in Geschichte über Troubadoure, ich sollte daran denken, ihn nach dem genauen Thema zu fragen. Der Besessene muss fünfundzwanzig oder sechsundzwanzig sein. Er heißt Aurélien. Er behauptet, diesen Vornamen seiner Mutter zu verdanken, die hochschwanger den gleichnamigen Roman von Aragon verschlungen hat. Wäre ich Mutter gewesen, hätte ich gezögert, meinem Sohn die leicht deprimierte Nonchalance dieses Auréliens anzudichten. Die Frage stellt sich nicht, ich werde niemals einen Vornamen auswählen müssen.

Zurück zu meinem Aurélien, eine große Hopfenstange mit leicht wippendem Gang, mal als Computerfreak, mal als Page. Alles hängt vom Blickwinkel ab, aus dem man ihn betrachtet. Mir ist übrigens aufgefallen, dass er zwei sehr unterschiedliche Profile hat. Das geht so weit, dass ich manchmal den Eindruck habe, es nicht mit der gleichen Person zu tun zu haben. Nur seine Adlernase sticht bei beiden hervor. Ich glaube, ich gebe jedem von ihnen einen Kosenamen.

Die Gegenwart Auréliens wirkt einerseits schwer durch den Ernst, den er allen Dingen verleiht, andererseits ist sie verrückt wegen seiner scharfsinnigen und völlig schrägen verbalen Ausfälle. Er ist intelligent ohne intellektuell zu sein, er kapiert sofort, was ich von ihm erwarte, und arbeitet mit den Reflexen eines Ermittlers und der Präzision eines Uhrmachers. Ein Mädchen wartet manchmal am Büroausgang auf ihn, aber niemals dasselbe.

Da ich die früheste Kindheit von Louis erforsche, habe ich ihn gebeten herauszufinden, wie die Familie von Louis vom Institut erfahren hat und wie sie die Mittel auftreiben konnte, ihren Sohn ins Internat zu schicken. Ich weiß noch nicht, ob daraus eine Filmszene wird, aber ich muss verstehen, muss wissen, was passiert ist, dass der Sohn des Sattlers aus einem kleinen Dorf am Königlichen Institut für junge Blinde in Paris landete.

Eine Woche später stürmte Aurélien in mein Büro.

Dank der Briefe, die er im Archiv der Pfarrei gefunden hatte, wurde uns klar, wie Palluy und Becheret mit Aufmerksamkeiten und heimlichen Kungeleien gewetteifert hatten, die den kleinen Braille glauben ließen, die Vorsehung habe sich seiner angenommen.

Louis war ihre Schwäche, bei einem aus Altersgründen, beim anderen wegen seiner Jugend.

Man liebt nicht aus Pflichtgefühl – das wissen sogar die Pfarrer, die dennoch von Liebe predigen, als gäbe es sie auf Befehl. Entweder ist das zu hoch für uns, oder es taugt nichts. Eine Tatsache, die man leben muss, um daran Maß zu nehmen. Abt Palluy hatte schon zu viel gelebt, um sich dieses Vergnügen auf seine alten gezählten Tage zu versagen. Das Zusammensein mit Louis empfand er als Gnade.

Was Becheret betrifft, der hatte sich überraschen lassen. Natürlich war er vor einer möglichen Nähe zu einem Schüler gewarnt, aber zunächst hatte er Braille gar nicht für einen Schüler gehalten ... Man sieht nur, was man zu sehen wünscht. Und sieht man es, ist es manchmal zu spät.

Rotes Heft von Constance

Als Thomas mich bat, eine Szene zu schreiben, in der ich das Leid der Eltern von Louis nach dem Unfall »zeigen« sollte, war ich sprachlos. Das Leid auf dem Gesicht von Eltern, deren Sohn erblindet, scheint mir ausreichend, da muss man nichts hinzufügen. Ich befürchtete, Thomas übertreibe, eine Frage seines Charakters. Das Leid findet seinen ganzen Ausdruck nicht immer im Gesicht, hatte ich Lust ihm zu antworten. Es ist öfter stumm, als dass es schreit, Thomas.

Mein innerer Dialog mit Thomas – mit dem ich öfter spreche, als er sich denken kann – gab mir die Antwort. Ja, das Leid von Simon würde stumm sein, und zwar total.

So kam mir die Idee, die ich zunächst für eine weltbewegende Eingebung hielt, der Vater von Louis wäre ins Stummsein gerutscht, so wie man vorsichtig ins kalte Wasser eintaucht, nachdem man von der Sonne gegrillt wurde.

Für immer zu schweigen ist eine Versuchung. Es ist erholsam. Zutiefst. Das schläfert das Übel ein. Es klingt vielleicht seltsam, aber erst nachdem ich die Szene der Eltern von Louis in ihrem Bett geschrieben hatte, sah ich die Verbindung zu einer Episode aus meiner Jugend. *Auch ich* hatte die Erfahrung eines solchen Stummseins gemacht, die Zeit, wieder Geschmack an den Worten zu finden, so wie eine Diät den verlorengegangenen Appetit wieder weckt.

Auch ich wollte herausfinden, wie die anderen reagierten, ob sich die anderen darauf einstellten oder nicht, und ob es möglich wäre, sich anders verständlich zu machen als mit Worten.

Die Schule hatte sich überhaupt nicht darauf eingestellt. Man hatte meinen Eltern geraten, mich auf der Stelle zu einem Psychologen zu schicken. Zu Zeiten von Louis gab es kein Unterbewusstes, keine Analyse, keine psychologischen Notaufnahmen. Keinen, der in der Psyche nach Verdrängtem herumwühlt. Die Pfarrer versuchten mehr schlecht als recht, die sich ihnen öffnenden Seelen zu ergründen, das war's. Was man nicht auf einem Sofa sagte, wurde in den Beichtstühlen geflüstert, einem guten Freund anvertraut oder blieb für immer in den gebrochenen Herzen versiegelt. Die Stärkeren wandelten ihre Schmerzen in etwas anderes um. Die Schwächeren wurden noch schwächer. Louis gehörte zu Ersteren.

Dem von der Schule empfohlenen Psycho fiel nichts anderes ein, als mir zuzuhören, »hörte meiner Stille zu« für zweimal hundert Francs die Woche, was meine Eltern etwas heftig fanden. »Deine Langnase weiß, wo's langgeht«, scherzte mein Vater, der, in der Hoffnung, dass es vorbeiginge, bei Tisch alle möglichen Provokationen zum Besten gab, um mir ein Wort zu entlocken. Am Ende war er, glaube ich, stolz auf meine Entschlusskraft. Meine Schwestern liebten diese neue Art des Weder-Ja-noch-Nein. Meine Mutter, von jeher ungeduldig, stieß kleine schrille und unerwartete, tierisch aufgeregte Schreie aus, so verzweifelte sie in ihrer Ohnmacht an meinem Schweigen.

Ich weiß nicht, worauf ich aus war. Eine andere Welt, weniger scheinheilig. Ich war müde. Von meinem ernsten Wesen, vielleicht. Eines Tages, als ganz kleines Mädchen, hatte ich meine Mutter einmal gefragt, wann ich nicht mehr die Älteste sein würde. Aber es kam keine Wachablösung. Ich passte also weiter auf meine kleinen Schwestern auf, die Mama so drollig fand, wenn sie ihre Ranzen nach dem Unterricht auf den Treppenabsatz warfen und sie erst am nächsten Tag wieder holten. »Zum Arbeiten bleibt noch genügend Zeit, wenn man Kind ist, muss man spielen. Wenn man das vergisst, ist es aus, das lernt man nie mehr.« Zu Hause spielten wir also, um zu spielen. Alles, die ganze Zeit. Und ich machte den Spielverderber mit meinen Heften und meinen Büchern, die ich nach dem Nachmittagskaffee, der sowieso schon über die Maßen ausgedehnt wurde, hochnäsig auf den Küchentisch legte. Ich wollte meinen Schwestern zeigen, dass es noch eine andere Realität als die unserer Mutter gab. Fleißig zu sein war meine Art und Weise ihr die Stirn zu bieten, meinen Platz in dieser Familie von, je nachdem, sanften Träumern, Poeten, Unverantwortlichen oder Weisen zu finden.

Die Welt meiner Eltern war sich selbst genug. Ich aber erstickte darin. Die Leute liebten die lustige und unkonventionelle Atmosphäre, die meine Mutter ungewollt schuf, indem sie sich einfach so gab, wie sie war, ohne sich zurückzuhalten. Wenn sie keine Lust hatte zu kochen, gab es zum Abendessen Cornflakes und in Milch eingeweichten Kuchen. Mein Vater, der sich nur an wenigen Dingen störte, erinnerte uns daran, dass auf dem Land, also dort, wo er herkam, das Abendessen aus »Brotpudding« bestand, harten Brotbrocken in einer Trinkschale mit süßer Milch. Wir beklagten uns übrigens nicht.

Unsere Mutter gehörte nicht zu den sogenannten Hausfrauen, die alles tadellos erledigten. Sie war alles andere als eine Frau der Pflicht. Entweder machte sie etwas aus freien Stücken oder ließ es sein. An den Tagen, an denen sie keine Lust hatte, allein zu Hause zu bleiben, sah sie eine von uns an und sagte: »Du fühlst dich doch nicht so wohl, oder?« Da Kinder das Unterschwellige immer besser verstehen als das Gesagte, verstanden wir, was wir verstehen sollten: »Liebling, ich möchte, dass du bei mir bleibst.« Bei uns gab es haufenweise Entschuldigungsschreiben an die Schule, die alle mit dem Satz »Da meine Tochter unpässlich war ...« begannen. Wie ich das schreibe, fällt mir etwas auf. Wir hatten nicht den Eindruck zu lügen, wenn wir am nächsten Morgen unsere Entschuldigungsbriefe wegen Krankheit übergaben. Jemand litt, richtig. Aber das waren nicht wir. Das war sie. Mama litt an manchen Tagen, weil sie die Einsamkeit nicht ertragen konnte. Ist das eine richtige Krankheit? Eine richtige Entschuldigung? Errieten wir es? Heute ist das sonnenklar. Sie war nicht nur lebensfroh.

Es braucht so viel Zeit, um unsere Eltern anders als mit unseren Kinderaugen zu sehen.

Drehbuch, Szene 4. Zehn Jahre alt. Kutsche zwischen Coupvray und Paris

An die Seite seines mächtigen Vaters gelehnt erträgt ein Kind mit opalartigen Augen und schmächtigem Körper geduldig das unaufhörlichen Rütteln und Schütteln der Postkutsche und die nicht enden wollende Zeit, die sie noch bis Paris brauchen. Der Tag bricht gerade herein. Die Kutsche fährt durch das mit Reif überzogene Land. »Versuch zu schlafen«, flüstert ihm sein Vater ins Ohr. Das Kind antwortet nicht. Döst es schon? Es braucht seine Augenlider nicht zu schließen, um einzuschlafen. Nein, es lauscht. Ein anderes Ohr als das seine würde nur das Donnern der Wagenräder auf den Steinwegen hören, das die Reisenden davon abhält, sich zu unterhalten. Es hört darüber hinaus. Es nimmt die Geräusche der erwachenden Landschaft wahr. Es atmet die feuchte und mit Pflanzenduft durchtränkte Morgenluft ein, die sich unter dem Wagendach angesammelt hat. Es überlässt seinen Körper den Erschütterungen des Wagens und lässt sich gegen seinen immer noch so starken Vater werfen.

Der Vater des jungen Knaben hat den Eindruck, direkt auf der Achse zu sitzen. Alles erzittert. Ihm ist kalt. Die Reise wird lange dauern. Ihr Atem formt vor den Gesichtern kleine bläuliche Wölkchen, die auftauchen und verschwinden. Alle sind eingemummt und haben ihre Beine mit vom Kutscher ausgeteilten Fellen bedeckt. Louis hat zwei, seines und das seines Vaters, das er ihm ohne sein Wissen über die Beine gelegt hatte.

Wenn er nicht schreien müsste, um gehört zu werden, würde Louis den, der seit seiner Geburt über ihn wacht, fragen: »Papa, muss ich Angst haben?« Wenn er es nicht sagt, dann nicht wegen des Lärms. Er schweigt, weil es sein Vater schon weiß. Er schweigt, weil die Dunkelheit, die ihn umgibt, seinen Vater mehr schreckt als ihn. Er schweigt, weil er weiß, diese von ihm herbeigesehnte Reise ist endgültig. Er schweigt, weil er gerade zehn Jahr alt geworden ist. Er schweigt, weil ein Blinder zu schweigen hat.

Im Gefährt versucht ein Ehepaar angestrengt zu vermeiden, ihn anzusehen. Ihre kleine Tochter dagegen beobachtet ihn offen, ganz ohne Scham. Sie gibt sich der Faszination hin, die dieser seltsame Junge auf sie ausübt. Eindringlich betrachtet sie den, der sie nicht ansehen kann, nicht einmal, dass er angesehen wird. Sie fragt sich, was sich hinter diesem zarten und leicht erstarrten Gesicht des Jungen mit den blonden Locken verbirgt, der ihr direkt gegenüber sitzt. Sie beobachtet die starren und milchigen Augen, die aber unterschiedlich sind. Im rechten Auge ist ein azurblauer Strahl zu sehen. Ja, Louis hat blaue Augen. Heute ähneln sie zwei Mondsteinen. Man erkennt noch in der Trübung Fädchen von Durchsichtigkeit, Beweis, Spur und Erinnerung an eine Linse, die einst das Licht eingefangen hat.

Die Augen von Louis ähneln der Oberfläche eines gefrorenen Sees, denkt sich das kleine Mädchen. Ob noch irgendetwas darunter lebt, so wie Fische, die unter dem Eis schwimmen?

Pater Palluy war so vorsorglich, seinen Schützling zu warnen, ihm zu erklären, wie man Jungen wie ihn behandle. Wenn man sich in ihnen täusche, sei das normal. Man darf deshalb keinem böse sein, hat sein alter Freund hinzugefügt. Wenn einem alles genommen wurde, was die Würde eines menschlichen Wesens ausmacht, läuft man Gefahr, sie zu verlieren.

Louis weiß wohl, dass es noch viele Dinge gibt, die er nicht hat lernen können. Mit dreieinhalb Jahren konnte der kleine Junge, der für alles empfänglich ist, nicht mehr sehen, wie andere sich verhalten. Wenn man die Gesten der anderen nicht nachahmen kann, nicht die Art und Weise, wie sie sich verhalten, ihre Gangart, ihr Lächeln –ja, auch das Lächeln lernt man –, wie soll man da die Welt erobern? Der Blick ist für ein Kind der Königsweg ins Leben. Haben wir unsere Gesichtsausdrücke gelernt? Haben wir unbewusst unsere Tonleitern geübt, wenn das Auge aufs Notenblatt der allerersten geliebten Gesichter fiel? Freude, Abneigung, Zorn, Traurigkeit ... Unendliche und subtile Tonleitern, die jene niemals üben werden. Seltsam nur, dass Louis dies nichts bedeutet. Was ihm über alles zusetzt, sind die für ihn unveränderlich schwarzen Buchseiten. Damit konnte er sich nie abfinden. An diesem Morgen nähert er sich geöffneten und für ihn lesbaren Büchern. Zumindest glaubt er das, als er sein kleines Dorf in der Provinz Beauce hinter sich lässt, auf dem Weg in eine unbekannte Hauptstadt, wo das Königliche Institut für junge Blinde ihn erwartet, der einzige Ort mit der Aussicht, es sei keine verlorene Mühe, solche wie sie auszubilden.

Er würde gern wissen, wie die Welt aussieht, die große, die um seinen kleinen vertrauten Kreis von Coupvray drum herum. Wie sieht sie aus, eine

Stadt mit Häusern, wo die Leute übereinander leben, wie ihm das seine Mutter erzählt hat? Er wird es nicht erfahren.

Er ist immer neugierig gewesen. Er ist geduldig geworden. Er weiß, dass sich ihm, anders als den anderen, die Welt nicht in kurzen Augenblicken hingibt. Bei ihm müssen die Sachen sich erst einmal setzen, brauchen ihre Zeit, bevor sie sich zeigen. Sie offenbaren sich nicht, er muss sie offenlegen, zu ihnen gehen, sie berühren. Er kann warten, vertrauensvoll, es ist nur eine Frage des Rhythmus. Er kann noch nicht abschätzen, dass gerade darin seine Kraft liegt, jene Kraft, die ihn schließlich dahin führen wird, etwas zu erfinden, was er am Ende dieser Straße nicht finden wird.

Louis wünschte sich so sehr, kein Sorgenkind zu sein. Er macht sich Vorwürfe. Er weiß, wie sehr sich seine Eltern seinetwegen angestrengt haben. Er hat ihr Leben verändert. Aber nicht so, wie ein Kind das Leben der Eltern ändert. Sie haben alles ihm zuliebe in Kauf genommen, sogar ihn wegzugeben. Louis spürt, dass er weggehen und ihnen zeigen muss, dass ihm etwas gelingen kann. Er wünscht sich so sehr, sie mögen daran glauben. Ab sofort sollen sie daran glauben, ohne jeden Beweis. Haben sie nicht immer an ihn geglaubt? Aber dieses Mal bittet er sie, ihm auf Abstand zu vertrauen, ohne Blickkontakt.

Louis würde sie so gern entlasten. Ganz allein die Last seiner Blindheit tragen, die seine Eltern und seine Schwester bedrückt. Aber er spürt sehr wohl, dass sein Weggang sie überhaupt nicht erleichtern würde, sondern sie noch weiter niederdrückt. Louis weint trockene Tränen. Er schluchzt im Rhythmus der rumpelnden Kutsche, damit keiner etwas davon bemerkt.

Das kleine Mädchen starrt noch immer auf sein Gesicht, hofft sicher darauf, durch ihre eindringliche Art am Ende noch die Aufmerksamkeit des zurückhaltenden Jungen auf sich zu ziehen. Ihre Mutter fühlt sich nicht wohl dabei, will das ungleiche Gegenüber der beiden Kinder unterbrechen, sagt zu ihrer Tochter, um sie von Louis abzulenken: »Sieh dir doch die Landschaft an, da vergeht die Zeit schneller!«

Sie ist sich augenblicklich bewusst, wie grausam ihre Worte in den Ohren eines Kindes klingen müssen, das die Landschaft niemals vorbeiziehen sieht, und wirft dem Vater von Louis einen verzweifelten Blick zu, der verstört wirkt und wie so oft kein Wort sagt. Alles in der Kutsche erstarrt. Das Unbehagen ist greifbar. Aber das Mädchen steht in aller Ruhe auf, setzt sich ganz nah neben Louis, damit er es besser hören kann und beschreibt ihm mit ihrer Kinderstimme alles, was er nicht sieht und zu beiden Seiten der Pferdekutsche vorbeizieht. Louis riecht den Lavendelgeruch auf der Haut des Mädchens, spürt ihre Haarsträhnen, die seine Wange streifen, als sie näherkommt, um mit ihm zu sprechen. Er ist durch diese schwebende Präsenz an seinem Ohr aufgewühlt. Er könnte wetten, die Kutsche fliegt eher über die Straße, als dass sie auf ihr rollt.

Louis wird von nun an geführt von der kristallklaren Stimme, die von dunklen Pappelalleen, weißen Feldern, leuchtenden Kirchtürmen erzählt, so *sieht* Louis die Landschaft für den Rest der Reise.

Eine schwarze Kutsche zerteilt das vereiste Grün der Landschaft. Auf der Rückbank sitzt ein kleiner Junge ohne Blick und versucht, einem kleinen Mädchen, das er nicht sieht, ein Lächeln zu schenken.

Rotes Heft von Constance

Ich frage mich, wie er unbeschadet aus der Wärme seines Familienlebens in die Strenge des Internats überwechseln konnte, wo er im Herbst 1819 eintraf. In seinem Dorf wurde Louis von allen Widrigkeiten ferngehalten. Es war mehr als ein Dorf, es war eine tentakelartige Familie, die mit all ihren Armen ständig über ihn wachte. Für Louis existierte das Schlechte nicht, weder drinnen im Haus, noch draußen im Dorf. Das Nest im Zweig war innige Liebe, und der Baum war Zärtlichkeit. Das zu verlassen bedeutete, sich den anderen zu stellen, den Guten wie den Bösen. Die Bösen existieren nicht, solange man ihnen nicht begegnet ist. Die erste Begegnung macht sprachlos oder überrascht bestenfalls. Ich sehe mich mit achtzehn Jahren, eine kleine Provinzlerin, gerade in Paris angekommen, in einem Zustand fröhlicher Arglosigkeit, hatte Erlebnisse, die mich davon hätten heilen sollen, was aber nie gelang. Der Exhibitionist, der mir in der *Rue Notre-Dame-des-Champs* an einem der ersten Tage den Weg versperrte, hatte mich nur gelähmt, aber nicht misstrauisch gemacht. Meine Familie hatte mich immer über Feindseligkeit und Bösartigkeit im Unklaren gelassen. Beabsichtigt war das von meinen Eltern nicht, die mich zu jung und zu früh bekommen hatten, um irgendeine Idee davon zu haben, wie sie ihre Kinder erziehen wollten. Ich wurde instinktmäßig durch ältere Kinder erzogen, die keinen Grund sahen, wovor man uns hätte warnen und schützen sollen.

So wie die Mutter von Louis, die durch den Alltag und ihre aufzuziehenden Kinder in Beschlag genommen war, hat auch meine Mutter das gemacht, was sie für richtig hielt. Man weiß ohnehin erst im Nachhinein, ob man es gut gemacht hat. Ich war sicher nicht gegen das Böse gewappnet, denn ich konnte es nicht erkennen. Auch sind mir »Dreckskerle« begegnet. Und wenn ich es gewusst hätte, hätte ich irgendwas anders oder besser gemacht? Nichts zu wissen kann helfen. Man traut sich. Wirft sich lustig ins Leben wie in ein riesiges Wellental und weiß nicht, dass das Meer einen verschlingen kann.

Drehbuch, Szene 5. Zehn Jahre alt, Straßen von Paris

Louis schafft es nicht mehr, die von außen in die Kutsche dringenden Geräusche auseinanderzuhalten. Es riecht anders, die Luft ist schwerer. Noch bevor das Mädchen es sagt, ist ihm klar, die Kutsche ist in der Hauptstadt angekommen. Plötzlich wird ihm bange.

Er wollte schnell ins Institut, den Schmelztiegel all seiner Hoffnungen, und auf einmal vergeht ihm der Sinn danach.

Da er nun sicher ist, dort Schüler zu sein und lesen zu lernen, kostet er seine letzten Kindheitsmomente im sich immer noch hin- und herwiegenden Wagen aus, in dem er seit fast vier Stunden unterwegs ist.

Simon greift nach der Hand seines Sohnes, um ihm beim Aussteigen aus der Pferdekutsche behilflich zu sein, und will diese loslassen, wenn er das Trittbrett verlässt. Aber er entscheidet sich anders, nachdem er einen Blick auf den *Place des Innocents,* die Endhaltestelle ihrer Kutschfahrt, geworfen hat. Ungewollt drückt er sie sogar fester. Im gleichen Moment bedauert er dies, weil er weiß, dass sein kaum wahrnehmbarer Handdruck der übersteigerten Empfindsamkeit seines Kindes nicht entgangen sein konnte. Louis ist trotz seiner Reife und Willenskraft noch ein Kind, sagt er sich. Dennoch wird er ihn in einigen Stunden der großen Stadt überlassen, die sie einkreist, eine wimmelnde und ungastliche menschliche Flut, die auf sie zurollt, eine Menge fremder Gesichter und Fremde, die sie anstarren. Louis sieht sie nicht, denkt der Vater, um über das Unabänderliche hinwegzukommen. Wie soll man sein Kind dem überlassen, was es in Unruhe versetzt, dem Unbekannten?

Ein Dorf spendet Wärme, denkt Simon. Es beschützt auch. Es wacht über die Verletzbarsten, sie werden zu Kindern der Gemeinschaft.

Alle kennen dort Louis, vor allem kennt Louis jeden, erkennt ihn, und nicht nur an der Stimme. Der Gang, die Länge der Schritte, das Rascheln der mehr oder weniger schweren Stoffe, all das sagt ihm etwas. Bei Spaziergängen mit seiner Mutter spielen sie das »Rat mal, wer da kommt«. Er gewinnt oft.

Und wer könnte seinen Sohn in der Werkstatt ersetzen, fragt sich Simon. Louis gelingt es zu »sehen«, ob die Häute genügend Glanz haben, einfach beim Berühren, es ist ihre Weichheit unter seinen Fingern. So hat er es seinem Vater erklärt, der, verblüfft über seine Fertigkeit, nachgefragt hat. Niemand bringt das Leder besser zum Glänzen als er.

Plötzlich fühlt sich Simon wegen dieses schäbigen und ungehörigen Gedankens beschämt. Errät er, dass er diesen braucht, dieser seinen Verstand auf Nebensächlichkeiten lenkt, damit er die Hauptsache nicht spürt, den unerträglichen und befürchteten gähnenden Abgrund, den sein geliebter Sohn mit seinem Fortgang hinterlässt?

Dieses Kind, so anders wie die anderen, hat in seinem Leben einen Platz eingenommen wie sonst kein anderer. Mit niemandem hat Simon ein solch blindes Einverständnis gehabt. Einverständnis, wie schön ist dieses Wort. Es stammt von seiner Frau. Sie kennt viel mehr Wörter als er. Sie liest Bücher. »Du und dein Louis, ein einziges Einverständnis!«, sagt sie oft, als wär's ein Vorwurf.

Sie hat ohne Zweifel nie gewusst, dass Einverständnis beziehungsweise Konnivenz von *conivere* kommt, was »die Augen schließen« bedeutet ... Wörter können mehr Witz haben als wir und uns überflügeln.

Simon wird aus seinen Gedanken herausgerissen und wendet sich seinem Sohn zu, der mit gesenktem Kopf geduldig darauf wartet, sein Vater möge irgendetwas machen.

Seine Hand liegt immer noch im Griff der väterlichen Pranke, die andere wird von dem Mädchen gedrückt, das ihn nicht verlassen will, so als seien ihm Handschellen angelegt. Von einem Kind, das ihn von nun an für immer beschützen will, und einem Vater, der es weiterhin tun will. Liebe kann fesseln. Louis weiß das bereits. Monsieur Braille muss die Hand seines Sohnes loslassen, um in seiner Geldbörse zu kramen und die Fahrt zu bezahlen. Die Eltern des Mädchens reißen es von Louis fort, versprechen ihm, es würde ihn wiedersehen, damit es aufhört zu schreien. Louis hört, dass sich die Familie entfernt. Die schrille Stimme des Mädchens wird schwächer und entschwindet, aufgesogen von der großen Menschenmenge auf dem Platz.

Louis, der noch nie den Arm seines Vaters brauchte, um sich in Coupvray zurechtzufinden, ergreift ihn für diesen ersten Gang durch Paris. Obwohl er nie vorangeht, ist es seine Art, »auf geht's« zu sagen und ihnen beiden

Mut zu machen. Es ist auch seine Art, seinem Vater zu sagen, dass er ihn noch braucht. Wenig später gehen sie im Gleichschritt.

Plötzlich hat Louis das Gefühl, als läge ein riesiger Schatten über ihnen. In Wirklichkeit verlassen sie gerade den von der Wintersonne durchfluteten Platz und betreten dunkle, von zerfressenen Mauern eingeklemmte Gassen, die sie bis ins Herz der Hauptstadt pumpen.

Der Provinzler entdeckt raue und schwarze Mauern einer Stadt, die ihn beunruhigt. Paris ist feucht, voller Schmutzwasser, das von den Häusern herunterrieselt. Monsieur Braille erblickt eine Ratte, die von Kellerfenster zu Kellerfenster läuft. Die Mauern schwitzen. Paris stinkt.

Wie bloß kann er Louis, der besser als jeder andere Gerüche wahrnimmt, dieses kranke Elend verbergen? Besser arm bei uns als hier, denkt Simon, der im letzten Moment seinen Sohn vom Boden hochgehoben hat, damit er nicht gegen einen in Lumpen gehüllten jungen Bettler stößt, der quer über der Gasse liegt. Nachdem Simon über den Burschen gestiegen ist, dreht er sich um, entdeckt er entsetzt, dass das auf dem Boden liegende Kind den gleichen leeren Blick wie sein Sohn hat. Es ist ein junger Blinder, den man morgens hier ausgesetzt hatte, um Almosen zu sammeln, und den man am Abend wieder aufgreift, ein Engel der Barmherzigkeit, der nicht weiß, was er tut. Seine schmalen nackten Fußknöchel schwimmen in viel zu großen Quadratlatschen, direkt auf der Haut. Die Bettelei, das Irrenhaus, der Zirkus oder der Jahrmarkt der Missgeburten, das ist die Zukunft der in Armut geborenen Blinden. Simon wusste das. Es zu sehen, ist etwas anderes.

Im Dorf ist ein Armer kein Elender, niemals. Weil man ihn nicht als Elenden sieht. Simon wird es schwer ums Herz. Er fühlt sich beschmutzt vom Sehen und vom Mut hinzusehen. Zum Glück hat es Louis nicht begriffen.

Noch ist kein Wort gefallen. Was soll er Louis sagen, der alles von dieser Stadt erwartet? Ihm den Dreck beschreiben, der die Eingeweide der Stadt ebenso verseucht wie das Herz der Menschen, die zusehen? Ein anderes Paris erfinden, um seinen Sohn träumen zu lassen? Noch nie hat er ihn belogen.

Also schweigt er. Gedankenverloren verläuft er sich. Er will nicht nach dem Weg fragen. Auf keinen Fall will er Louis beunruhigen. Warum versteckt sich dauernd diese *Rue Saint-Victor,* die ihm sein Plan anzeigt? Es ist eine böse Vorahnung, redet er sich ein.

»Papa, wir laufen im Kreis, wir waren vor zehn Minuten schon hier!«, hört er plötzlich. Wie macht er das nur, fragt sich Simon und fühlt sich ertappt.

Simon zieht seinen Sohn in seine kräftigen Arme, er soll sich ausruhen, insgeheim aber auch wegen der Freude, ihn noch einmal an sich zu drücken, bevor er ihn verlässt. Simon fragt sich, was er da macht, auf diesem Boden, verloren in Paris, seinen Sohn fest im Arm. Still schimpft er mit dem, den er lange Zeit den *lieben Gott* genannt hatte.

Ja, früher glaubte er an den *lieben Gott.* Er meinte, eines Tages würde er, ohne es zu bereuen, wieder zu ihm stoßen, weil ihn niemand mehr brauchte und seine Zeit abgelaufen sei, wie seine völlig abgenutzten Klingen, die er zum Schmied bringt, damit das Metall eingeschmolzen wird für neues Werkzeug.

Wenn Simon Angst vor dem Sterben hat, dann aus Angst, das andere Leben, das seines braucht, nicht bis zum Ende begleiten zu können. Wie kann er jetzt, wo Louis durch seine Schuld nicht mehr sehen kann, ihn allein auf dieser Erde zurücklassen?

Der Marsch dieser beiden Kauze schreitet voran, und mit ihm die Schwäche des Erwachsenen.

Das Kind wird seinerseits voll und ganz durch die Aufmerksamkeit in Anspruch genommen, die ihm ringsum die neue Wirklichkeit abverlangt. Seine Wachsamkeit verhindert, den bei ihnen beiden still aufsteigenden Kummer zu spüren.

Drehbuch, Szene 6. Zehn Jahre alt. Straßen von Paris

In der *Rue des Écoles* sieht Simon von Weitem eine Gruppe lärmender, im Gänsemarsch gehender Kinder, die ihn an eine Gliederschlange aus Holz erinnern, wie sie ihm sein Vater gebastelt hatte. Louis bleibt abrupt stehen. Reglos versucht er das Geräusch zu verstehen, das direkt auf ihn zusteuert. Er ist zugleich glücklich, in diesem unbekannten Paris Kinder zu hören, aber auch voller Unruhe beim Gedanken, sie könnten sich über ihn lustig machen, wie es Kinder im ersten Moment in ihrer Überraschung oft tun, wenn sie jemandem »ohne Augen« begegnen. Der Zug bewegt sich langsam vorwärts. Simon richtet seine Aufmerksamkeit noch genauer auf die kleine Truppe und entdeckt, dass alle Kinder wie sein Sohn sind. Sie halten mit der rechten Hand ein Seil, das sie wie die Anhänger einer Kette verbindet. Zusammengehörig lassen sie sich führen.

An der Spitze der Seilschaft geht ein junger Mann, der sehen kann. Er verkörpert Kopf und vor allem Augen dieser komischen Schlange, die umherschlendert und versucht, allen Hindernissen einer belebten und volkstümlichen Straße von Paris auszuweichen, den Pferdefuhrwerken, Karren fliegender Händler, den zerstreuten Passanten, Straßenlaternen und streunenden Hunden. Alle klammern sich an das bewegte Seil. Der Gesichtsausdruck der blinden Kinder macht Monsieur Braille Angst. Noch nie hatte er bislang so viele Blinde auf einmal gesehen. Einige beunruhigen ihn. In den Gesichtern stecken tote Augen. Iris und Pupillen sind ausgelöscht oder verschleiert durch ein Elfenbeinweiß, welches das ganze Auge schluckt. Manchmal sitzt ein Auge höher als das andere, wodurch das Gesicht sein Gleichgewicht verliert. Eines der Kinder hat ein Glasauge. Ein anderes rollt seine Augen in alle Richtungen, als suche es ein Fünkchen Licht. Simon meint, sein Sohn ist nicht wie die. Er ist schön. Er ist nicht wie all diese Behinderten. Er ist kein Krüppel!

Simon stellt sich vor, wie sein Sohn, vielleicht in einigen Tagen, als kostbarste Perle an dieser Kinderkette hängt. »Und untersteht euch, ihn mir kaputtzumachen«, möchte er ihnen zuschreien.

Der kleine Louis wundert sich über die fehlenden Reaktionen der Kinder, als man ihn nicht bemerkt. Er hatte erwartet, zumindest ein verlegenes

Glucksen zu hören. Sein Vater erklärt ihm, sie seien vom Institut. Louis denkt: »Als wären sie mir entgegengekommen.« Monsieur Braille wendet sich an den Anführer des Zuges und möchte wissen, ob sie auf dem richtigen Weg sind. Ja, sie seien fast da, versichert ihm der Junge, nur noch zwei Gassen. Das Institut ist weiter unten. Wasser rieselt durch ekelerregende Rinnsteine und weist ihnen die Richtung. Sie müssen nur dem Hang folgen und dem Schlamm.

In der Kurve der allerletzten Gasse, auf Höhe der Hausnummer 86 der *Rue Saint-Victor,* taucht vor ihnen so imposant wie schmucklos das ehemalige *Seminaire Saint-Firmin* auf, was während der Revolution ein Gefängnis für widerspenstige Priester war, bevor es zum Königlichen Institut für junge Blinde wurde. Die Gitter an den Fenstern sind geblieben. Ein Ort zum Einsperren, sagt sich Monsieur Braille. Das strenge Bauwerk lässt ihn frösteln.

Er bleibt davor stehen. Es schießt ihm durch den Kopf, einen Rückzieher zu machen. Noch ist Zeit, sagt er sich, er kann mit Louis unterm Arm die Kutsche nehmen und sich gegen das Schicksal stellen. Sein Herz schlägt schneller bei diesem Gedanken. Was für eine Freude für seine Frau, kämen sie heute Abend gemeinsam zurück! Er schaut Louis an, der sich alles von diesem Ort erhofft, den er nicht sieht. Monsieur Braille kann diese Hoffnung nicht totschlagen. »Da sind wir«, sagt er zu seinem Sohn, wie um seine Pause zu rechtfertigen.

Louis steht in der Tür und ist sich bewusst, es ist die Schwelle zu einem anderen Leben. Er spürt seinen Herzschlag in seinem Hals und in seinen Händen.

Drehbuch, Szene 7. Zehn Jahre alt. Königliches Institut für junge Blinde

Simon geht endlich in den Halbschatten des grauen Steingebäudes. Sein Sohn hält sich am Ellenbogen fest. Ein großer Gang unter den Klosterarkaden des Klosters rahmt einen Innenhof ein. Hier weht eiskalter Luftzug.

Monsieur Braille zieht aus seiner Jacke die sorgfältig gefaltete Einladung, die ihm Pater Palluy übergeben hat, die Rechtfertigung für ihre Anwesenheit an diesem ungastlichen Ort. Er fühlt sich unbehaglich und empfindet das Bedürfnis, sich auszuweisen. Er ist hier falsch am Platz. Magere, wachsgesichtige Kinder gehen durch die dunklen Gänge, man könnte sie für kleine herumirrende Gespenster halten. Simon drückt sich mit seinem Sohn gegen die Wand, damit die jungen Blinden nicht mit ihnen zusammenstoßen. Es ist niemand da, der sie empfängt. Louis wartet ungeduldig, aber stumm. Er merkt sich das kleinste Geräusch.

Da hört er endlich Schritte, die auf den Steinplatten klappern und auf sie zukommen. Die Schritte erreichen sie, halten unvermittelt an, wie in Habachtstellung. Eine raue Stimme, die Louis beeindruckt, bedeutet ihnen mitzukommen. »Ich bin Monsieur Guillié, der Direktor«, verkündet er und lässt sie hinter sich hergehen. Zu seinem Büro geht es einen Stock höher über die sogenannte Knabentreppe. Der Direktor riecht nach dem gleichen Kölnisch Wasser wie der Apotheker von Coupvray, stellt Louis fest. Monsieur Braille drückt den Arm seines Sohnes. Beim Hochgehen erklärt die Stimme vor ihnen, Mädchen und Jungen seien streng voneinander getrennt. Dann hört Louis einen Schlüssel, der eine Tür öffnet, und Guillié bittet sie einzutreten. Die Stimme lässt sich am Ende des Raumes nieder. Bevor sie sich setzen, hebt Monsieur Braille Louis auf einen Stuhl, der zu groß für den kleinen Jungen ist. Louis macht sich anhand des Geruchs ein Bild vom Büro des Direktors. Er riecht das Kaminfeuer, Bohnerwachs und altes Papier. Unter seinen Füßen ein Wollteppich anstelle des Parketts. Der Raum hat sicher schöne Proportionen, schwere Gardinen, Holztäfelungen und eine vor Büchern überquellende Bibliothek, so wie das Büro von Marquis d'Orvilliers, das ihm der Pfarrer beschrieben hat. Louis beobachtet alles, auf seine Weise. Sein Vater ist verlegen und wagt es nicht, die einsetzende

Stille zu unterbrechen. Da räuspert sich endlich der eher unterwürfige als liebenswerte Direktor, und wendet sich an Monsieur Braille, in der Art eines Händlers, der die Vorzüge seiner Waren rühmt. Er unterstreicht die Bedeutung des Schuljahresabschlussfestes, »welches es der Schule erlaubt, bedeutende Spenden zu sammeln«, stellt er verständnisheischend klar. Monsieur Braille ist sichtbar eingeschüchtert, ihm ist unwohl, stammelt, dass sie auf alle Fälle kämen, obwohl seine Frau und er nicht unbedingt nebenan zu Hause seien.

– Wir kommen aus dem Marnetal, zwischen Lagny und Meaux. Ich bin Sattler in Coupvray. Das nimmt mich ziemlich in Anspruch. Ich habe Louis beigebracht …

– Sehr gut, handwerkliche Tätigkeiten sind für diese Kinder sehr geeignet … Das sichert ihnen einen Beruf, nicht wahr? Wir haben hier zwei Webereien, eine Strickwerkstatt, noch eine Korbmacherei, eine Kleiderwerkstatt, eine Schuhmacherei, eine Kartonagenwerkstatt und drei weitere für Teppiche, Stroh-, Woll- und Binsenteppiche … Das ist durchaus angemessen für unsere neunzig Schüler.

Louis ist bestürzt über diese Aufzählung. Er hat sein Dorf verlassen, weil er lesen lernen will, und hier erzählt man ihm etwas über Schuhe, Webteppiche und Körbe. Sein Hals ist wie zugeschnürt.

– Aber man bringt ihnen doch auch Lesen und Schreiben bei, oder? Unser Lehrer sprach von Büchern, die eigens für sie gemacht wurden, fragt Simon nach.

Er spricht anstelle von Louis, der viel zu eingeschüchtert ist, um ein Wort zu wagen.

– Gewiss, gewiss, unsere Schüler halten übrigens auf dem »angesehenen Schuljahresabschlussfest« aufsehenerregende öffentliche Lesungen ab. Monsieur, Sie haben die richtige Wahl für Ihren Sohn getroffen.

– Louis hat diese Wahl getroffen, Monsieur, unterbricht ihn Simon, der rotsieht und es nicht länger verbergen kann.

Der Direktor wendet sich nun Louis zu, mit dem er seit Beginn der Unterredung noch kein einziges Wort gewechselt hat.

– Sehr gut, mein Junge. Sie werden übrigens unser jüngster Schüler sein.

Er hält Simon ein zweiseitiges Dokument und eine Schnur hin, an der ein graviertes Stahlmedaillon befestigt ist.

– Das ist die Hausordnung, die Sie Ihrem Sohn noch vor Ihrer Abfahrt vorlesen müssen. Hier ist Disziplin oberstes Gebot. Das ist nur zu ihrem Besten, sage ich Ihnen. Und hier ist die Kennnummer von Louis Braille. Er ist die Nummer siebzig und muss diese immer um den Hals tragen.

Monsieur Braille ist jetzt nach Schreien zumute. Jetzt soll sein Louis also eine Nummer sein. Er wagt es nicht einmal, seinen Sohn anzusehen.

Der Direktor bittet sie, ihm zu folgen. Monsieur Claude, der Hausmeister, sei nicht da, deshalb werde er ihnen selbst das Institut zeigen. Es ärgert ihn, dies tun zu müssen. Sie nehmen wieder die Treppe, die den sechzig Jungen des Internats vorbehalten ist.

– Die Mädchen sind hier in der Minderheit, es sind nur dreißig, führt Guillié aus. Das reicht auch, fügt er hinzu.

Louis hat seine Hand wieder auf den Ellenbogen seines Vaters gelegt, der hinter dem Direktor hergeht. Er versteht nicht sofort, woher das dumpfe Schlagen kommt, das er hört, seitdem sie im Erdgeschoss angekommen sind. Bei den ekligen Gerüchen, den Ausdünstungen, die ihre Nasen erreichen, muss man sich nicht fragen, woher sie stammen.

– Da drüben sind die Latrinen, auf Ihrer Linken, es ist nützlich, sich das zu merken, weist sie der Direktor darauf hin, bevor er sich beeilt, die Führung fortzusetzen. Gegenüber der Treppe befindet sich die größte Werkstatt der Einrichtung, die sogenannte »große Weberei«, die die ganze Länge eines Hofs einnimmt und eigens ein Dach erhielt.

Ihr Führer ist stolz auf die letzten Modernisierungen. Also war es das Geräusch der Webstühle, das Louis vorhin zu deuten versuchte. Wahrscheinlich arbeiten gerade Kinder daran. Dann ein langer Flur, der jeden ihrer Schritte widerhallen lässt und zu einer Reihe von hintereinanderliegenden Werkstätten in Form von großen, von halbhohen Wänden voneinander getrennten Räumen führt. Der Zugang zu jedem dieser offenen Räume erfolgt jeweils durch eine kleine Tür, die wahrscheinlich aus Holz gezimmert ist, stellt Louis fest, als er unauffällig darüberstreicht.

Sie folgen den engen, verschlungenen Korridoren bis zu den schlichten Klassenzimmern und Musikräumen, deren Türen vom Direktor eine nach der anderen geöffnet und geschlossen werden, gerade ausreichend, dass der Vater von Louis dunkle Räume erspäht und Louis einen Hauch verbrauchter Luft einatmet, deren modriger Geruch ihm den Hals zuschnürt. Er hört kein einziges Instrument. Die Musikklassen werden seltener aufgesucht als die Werkstätten für Handarbeiten. Kein Zweifel, es ist jetzt nicht die richtige Uhrzeit, sagt sich Louis, dessen Optimismus ungebrochen ist.

Sie beenden den Besuch mit der verfallenen Bibliothek, der kargen Kapelle, der ganze Stolz des Direktors, und kurz vor dem Ausgang schließlich mit den Bädern, die die Schüler nutzen können, pro Monat einmal.

Die Besichtigung war so überhastet, dass sich Simon fragt, mit welchem Ziel. Eines ist gewiss, sie war alles andere als ein Empfang für ein blindes Kind. Simon erinnert sich an ein Spiel aus seiner Kindheit, als ein Spielkamerad mit verbundenen Augen einige Male um sich selbst gedreht wurde und dieser dann, nach dem Verlust von Orientierung und Sicht, aufgefordert wurde, sich wieder zurechtzufinden. Genau das geschah eben mit Louis, denkt sich der Vater. Die Besichtigung im Laufschritt konnte ihm nicht dabei helfen, auch nur irgendetwas von diesem Labyrinth zu behalten.

Aber er täuscht sich. Louis hat die großen Achsen bereits erfasst.

Das über die Maßen gedächtnisstarke Kind hat im Geiste alles aufgeschrieben. Auf einem breiten Blatt, das so weiß wie virtuell ist, hat es im Nu Linien gezogen, die Wörter aufgeschrieben, die ihm beim Zurechtfinden helfen, es sind seine Kieselsteine, ähnlich jenen des kleinen Däumlings. Abstraktion ist für ihn das Fruchtwasser, in dem es seit dem Tag schwimmt, wo alles vor seinem Gesicht verschwunden ist.

Der Direktor verabschiedet sich und hat noch nicht einmal die Stimme des Kindes gehört, und das konnte ihm nicht die quälende Frage stellen: »Wo sind die Bücher für Blinde?«

Aus Wut hat Simon die Hausordnung tief in seine Tasche gestopft. Es hat so viel Wichtigeres mit Louis vor, als damit ihre letzten Augenblicke zu vergeuden.

Er beschließt, mit seinem Sohn an die frische Luft zu gehen und den *Jardin des Plantes,* den Botanischen Garten, zu besuchen. Ihm ist nicht wohl hier, und das stinkende Rinnsal an der Ecke des Instituts ist ihm ein Beweis für das schädliche Umfeld des Internats. Sie haben nicht etwa einen schlechten Tag erwischt. Alle Tage hier sind schlechte Tage.

Im Park atmet er den reinen Sauerstofftief ein, wie man Mengen frischen Wassers bei Affenhitze hinunterstürzt. Er fragt sich, ob er Louis dalassen soll oder nicht. Später wäre es zu spät. Gewiss, sein Kind möchte gebildet werden, aber dieser Ort ist düster und ungesund. Und Simon ist klar, dass er auf niemanden zählen konnte, der ihn warnte, wenn sein Sohn nicht klarkam, unglücklich wäre. Letzterer erahnt die Bedenken seines Vaters.

– Papa, lass es mich versuchen. Ich gewöhne mich schon daran. Er will seinen Vater beruhigen. Überlegt sich wie. Als Louis das Laub unter seinen Füßen spürt, kommt ihm eine Idee.

Vater und Sohn vereinbaren, Louis würde nach dem Diktieren der Post an seine Eltern ein Blatt von einem Baum beilegen, was bedeutet, er möchte wieder nach Hause, ganz gleich, was im Brief stünde.

Einigermaßen beruhigt können sich das Kind und der Mann voneinander verabschieden.

Simon hat sich Gewalt angetan. In der unsinnigen Hoffnung, man gebe Louis hier das Kostbarste, hatte er sein Kostbarstes hergegeben. Gewissermaßen ein Vorschuss auf Rezept. In der Kutsche auf dem Rückweg wird ihm bewusst, dass er seiner Frau nicht erzählen kann, was er gesehen hat, dieses Internat, das nach Tod stinkt, dieser Direktor, der einem das Blut in den Adern stocken lässt, Louis mit seinen baumelnden Beinen auf dem zu hohen Stuhl, blass vor Aufregung, das Gesicht auf Worte gerichtet, die nicht fallen, auf seine Vorstellung der Zukunft, auf nichts. Er wird, wie gewohnt, wortkarg sein. Und wenn seine Frau es wissen will, wird er sie einfach anlügen. Jetzt, in der leeren Kutsche, heult er laut aus sich heraus.

An dieses Heil bringende Internat glaubte der Vater nicht. Aber er fasste den Beschluss, seinem Sohn zu glauben, der daran glaubt. Er ist gegen sein Innerstes vorgegangen, gegen seine Überzeugungen, gegen alles, was ihn seit jeher ausmacht. Aus Liebe hat er seinen Sohn dort gelassen, wo niemand ihn so lieben wird wie er. Heißt das aufrichtig lieben? Aus Liebe zu ihm das zu wünschen, was er will? Habe ich jemals einen solchen maßlosen Liebesbeweis erbracht? Wem?

Ich habe keine Kinder bekommen. Jetzt beim Schreiben frage ich mich, wo der Unterschied ist zwischen »ich habe keine Kinder bekommen« und »ich habe keine Kinder«. (Ist es nicht eher so, dass es mir beim Schreiben schwerfällt, das zu schreiben?) Wenn ich keine bekommen habe, habe ich halt keine. Und wenn ich keine habe, dann weil ich keine bekommen habe. Ich habe mir immer gern solche idiotischen Fragen gestellt und auch andere, für die ich das eine Wort, die Formulierung und die passendste Wendung finden musste. Ich bin pingelig. Mir stehen die acht riesigen Bände des Wörterbuchs der französischen Sprache, des *Littré,* zur Verfügung, alt und abgegriffen nehmen sie ein ganzes Regal in meiner Bibliothek ein. Aber ich bleibe oft an meinem Computer hängen. Wenn ich mich auf den sich immer wieder widersprechenden Pisten des Internets verlaufe, rufe ich schließlich Brigitte an. Sie ist eine Art Apostel der französischen Sprache und der französischen Grammatik, der kaum eine Nuance entgeht. Keine Eiferin. Allzeit bereit, jemanden aufzuklären. Ihr Haus ist ihr Verlag. Dort treffe ich sie. Jeden Donnerstag. Wir erfinden die Welt neu. Sie gibt Gedichte heraus. Um die Welt neu zu erfinden. Wir zweifeln zusammen. Sie hat oft Antworten auf meine Fragen. Und ich auf ihre.

Wenn ich nichts weiß und nichts finde, erfinde ich. So habe ich das immer gemacht. Am Science-Po, dem Institut für Politikwissenschaften, stellte man mir in der mündlichen Abschlussprüfung eine Frage, die ich nicht beantworten konnte. Hoffnungslos verloren, gab ich mein Nichtwissen zum Thema zu und ergänzte, ich würde vor ihnen mit logischen Schritten versuchen, die Antwort zu finden. Ich habe es gemacht. Es hat funktioniert. Ich erinnere mich weder an die Frage noch an meine Antwort. Nur daran. Ich bekam mein Diplom, gerade so. Es wurde für mich zur Manie, auf gut Glück zu erfinden, was ich nicht weiß. Und das Glück gesellt sich manchmal zur Wahrheit. Aber wenn ich die Geschichte von Louis schreibe, will ich nichts erfinden. Die Wahrheit ist erstaunlich genug, um noch eins draufzusetzen.

Braille hat nicht erfunden, was er nicht wusste. Er hat erfunden, was es noch nicht gab.

Um also den Faden wieder aufzunehmen, und nur, wenn mir Brigitte nicht widerspricht: Ich habe keine Kinder bekommen. Nach zwei Jahren Ehe und unzähligen Besuchen bei Dr. Mage, meinem Gynäkologen, wusste ich, dass ich keine bekommen kann. Das traf sich gut, da mein Mann keine wollte. Jedenfalls sagte er mir das. Eine große Liebesgeschichte, meinte er, konnte nicht nur, sondern musste ohne sie auskommen. Dass die schöpferische Arbeit von uns beiden allemal Kinder aufwog. Dass wir eines Tages unser großes Gemeinschaftswerk zur Welt bringen würden. Dass unser Abenteuer zu zweit alle anderen ersetzte, sogar das, was uns zu Eltern gemacht hätte. Aus Liebe und um bei mir kein Schuldgefühl aufkommen zu lassen, tat er so, als hätte er die Wahl getroffen, die mein Schicksal war. Dafür liebte ich ihn umso mehr.

Er war ziemlich überzeugend. Ich sagte mir also, mein Unglück im Leben wäre eher eine Chance. So erlebte ich zumindest die reine Liebe, die nicht über das Dreieck Vater-Mutter-Kind definiert ist, eine Liebe, die nur wenigen Menschen vergönnt war. Und das stimmte übrigens. Die Jahre vergingen angenehm und friedlich.

Ich war gerade dreiundvierzig Jahre alt geworden, als ich von der kinderlosen Frau zur kinderlosen Witwe wurde. Meine große Liebe ging dahin, ohne in einem anderen Menschen die Spur seines Aufenthalts zu hinterlassen. Ich hatte in meinem Leben niemanden, in dessen Gesichtszügen ich seine hätte finden können.

Kann man nur der Kinder wegen Handlungen aus leidenschaftlicher Liebe begehen? Alles, was ich für ihn getan habe, hätte ich es nicht auch für unser Kind getan?

Drehbuch, Szene 8. Zehn Jahre alt. Schlafsaal des Instituts

Am ersten Abend steht Louis allein vor seinem Bett, das man ihm im kalten Schlafsaal des Internats zugewiesen hat. Er soll sein Gepäck auspacken.

Louis sitzt auf seinem Bett und hat noch nichts in das Regal eingeräumt, das man im großen Gemeinschaftsschrank für ihn freigehalten hat. Er holt aus seiner Tasche auf dem Bett einen Stapel Kleidungsstücke, aber als er vor dem Schrank steht, gelingt es ihm nicht, das ihm zugewiesene Regal wiederzufinden. Er hatte es sich doch vorhin gemerkt, indem er seine Schritte gezählt hatte, wirft er sich vor. Mit beiden Händen voller Kleidungsstücke kann er den Schrank nicht erkunden, um seinen Platz wiederzufinden. Er legt seine Wäsche auf irgendein Brett. Er spürt, dass dieses Regal schon von jemandem anderen belegt wurde. Er will seine Sachen wieder herausholen, kann sie aber nicht mehr von denen unterscheiden, die vorher da lagen. Er gerät in Panik. Er tastet die Stoffe ab, um seine Sachen zu finden. Er steckt seine Nase hinein, um sie am Geruch wiederzuerkennen, dem Geruch der Schmierseife seiner Mutter. Aber es ist vergebliche Mühe, er bringt alles nur noch mehr durcheinander. Völlig verzweifelt schnappt sich Louis den gesamten Inhalt des Regals, stopft ihn in seine Tasche, würde am liebsten darin verschwinden, sie zuziehen und, hopp, zurück zum Absender, zurück zu seinen Eltern mit ihm drin. Er lässt sich darauffallen, steckt seinen Kopf hinein und schluchzt. Er schämt sich. Keiner kommt. Zum Glück. Bestimmt hatte man ihn vergessen.

Er friert am ganzen Körper. Er vermisst die gedämpfte Stimme seines Vaters, den starken Oberkörper, den Geruch des Leders. Mit seinem Vater fehlt ihm die Allgegenwart seiner Mutter.

Er wird sich schon daran gewöhnen, sagt er sich, das ist der Preis für sein neues Leben, es liegt in der Natur der Dinge, wenn die Kinder eines Tages ihre Eltern verlassen. Er besinnt sich. Dennoch ist er an diesem Abend ein kleines Kind. Es gelingt ihm nicht, sich selbst zu überzeugen.

Genau in diesem Moment spürt er ein schreckliches Zerren in Brust und Bauch. Sein Körper versucht um jeden Preis etwas festzuhalten, was hinaus will. Da ist ein heftiges Ziehen. Kann ein Körper die sich entfernende Vergangenheit festhalten? Er muss sich einen Moment auf sein Bett legen, so schlecht geht es ihm. Er denkt an die letzte Reise mit seinem Vater zurück, an die seit dem frühen Morgen verflossenen Stunden, an den Abschied von seiner Mutter und seiner Schwester, an den unterdrückten Kummer und den schrecklichen Empfang durch den Direktor, an seinen beschämten Vater, als man ihm die Hausordnung aushändigte, an ihre allerletzten gemeinsamen Minuten, an seine Mundharmonika, die ihm sein Vater in die Hand schob, sie losließ, um dann zum Rest der Familie zurückzukehren. Ohne ihn.

Wie kann man das auf der Leinwand zeigen, was in Louis vorgeht, als er die Einsamkeit entdeckt? Und mit ihr das Leiden, das sein Herz bedrückt. Das Gesicht der Blinden ist eine Festung, in die der Blick nicht eindringen kann. Da sie keinen Zugang zum Gesicht des Gegenübers finden, scheint sich ihr Gesicht in einem seltsamen, wechselseitigen Reflex dem Blick der anderen zu verschließen. Ihre Gesichtszüge sind selten belebt. Wie kann die Kamera hinter dieses Geheimnis kommen?

Louis ist zum ersten Mal von zu Hause weg, ohnmächtig vor seiner weit geöffneten Tasche. Als er in den zusammengeworfenen Kleidungsstücken herumwühlt, spüren seine Hände einen Umschlag. Er öffnet ihn. Er faltet den glatten, für ihn leeren Bogen auseinander. Er streicht über das Papier, dessen Worte sich ihm nie offenbaren werden. Unten im Umschlag entdeckt er eine getrocknete Kornblume, seine Lieblingsblume, die sicherlich seine Mutter aus ihrer Sammlung getrockneter Blumen hineingelegt hat. Er lächelt. Die Blume erinnert ihn an jenen schönen Sommertag, an dem sich das Ende der Beschlagnahme ihres Hauses durch preußische Soldaten abzeichnete, seit diesem Tag nennt seine Mutter ihn »meine Kornblume«. Er weint in sich hinein. Stilles Leiden des Kindes. Nichts zeigt deutlicher als dieser Schmerz die so oft empfundene Enttäuschung von Louis, nicht lesen zu können. Und während man ihn so sieht, verloren und all seiner Bezugspunkte beraubt, hört man die Stimme seiner Mutter aus dem Off, wie sie den Brief vorliest, den er erst einige Wochen später, zu spät, hören wird. Gerade jetzt hätte Louis, von Verzweiflung gebeutelt, die Worte dringend gebraucht.

Meine kleine Kornblume,
Wenn du diesen Brief findest, wirst du in deiner Schule für blinde Kinder angekommen sein. Jemand wird dir geholfen haben, deine Tasche auszupacken, und wenn er meinen Brief finden wird, nutzt du die Gelegenheit, ihn zu bitten, dass er ihn dir vorliest. Ist so was vorgesehen, Leute, die für euch lesen? So wie ich dir die Geschichten vorgelesen habe, die du liebst. Vielleicht wird das eine Köchin sein, eine Mama, oder einer deiner Lehrer, der ihn dir vorliest. Eine Stimme, die ich noch nicht kenne, wird dir sagen, dass ich sehr fest an dich denke, mein kleiner Louis.
Stimme, ich bedanke mich bei Ihnen.
Entschuldige, dass ich dich »mein kleiner Louis« nenne, du willst so gern erwachsen werden, um lernen zu können. Für mich aber wirst du immer mein Kleiner bleiben.
Mir fiel es schwer, an den Tagen vor deiner Abfahrt mit dir zu sprechen. Mein Hals war wie verknotet. Heute Nacht aber, ein paar Stunden vor deiner Abfahrt, schreibe ich dir.
Ich möchte dir sagen, dass ich deinen Entschluss sehr mutig finde, wegzugehen. Du hast aber auch die Kraft dazu, mein Louis. Du hattest immer noch dieses kleine Mehr. Nicht etwa, weil dir etwas fehlte. Der Pfarrer denkt wie ich. Er ist nicht unbedingt zu allen nett, aber zu dir ist er es. Er sagt mir, dass du sein »Herzenskind« bist, und legt dabei die Hand auf sein Herz, was ihn zum Lachen bringt.
Seit die Leute im Dorf wissen, dass du fortgehst, schauen sie mich seltsam an. »Du Arme, dein Jüngster, den du so spät bekommen hast, er hätte für deine alten Tage da sein sollen. Auch er geht also schon!«, so denken sie. Es stimmt schon, du bist glücklich hier im Dorf, aber das Dorf ist zu klein für dich und all das, was du kennenlernen willst.
Selbst wenn alle wissen, dass das Leben nicht in den Büchern steht, gibt es in den Büchern etwas, was man im Leben nicht findet. Und Menschen, die man anders nicht kennenlernen würde. Und du, mein Louis, bist neugierig. Da ist eine Weite in dir. Da ist Platz für viele Dinge, viele Menschen, viele Wörter. Ich weiß wohl, dass wir, dein Papa und ich, all das nicht hätten ausfüllen können.
Ich gehe jeden Tag zu unseren Hühnern und lege die Eier genauso behutsam auf den Boden des Korbes wie du. Aber bei dieser Kälte gibt es

nicht so viele. Abends werde ich immer unser Wiegenlied singen, zu der Stunde, in der du einschläfst. Ich sage dir das, damit du es weißt und meine Stimme hörst.
Sei stark, mein Louis. Und wenn du traurig bist (man hat immer das Recht, traurig zu sein, sogar wenn man stark ist), denke an die, die dich lieben. Und denke an die neuen Freunde, die du haben wirst. Und an all das Schöne, was dich in deinem kommenden Leben erwartet.
Ich umarme dich.
Mama

Während die Stimme seiner Mutter den Brief vorliest, sieht man, wie er den Schrank fertig einräumt, ihn schließen möchte (die heraushängenden Kleidungsstücke hindern ihn daran), sich im Raum orientiert, indem er seine Schritte zählt, wie er den Schlafsaal verlässt und dabei überall anstößt, um zum Speisesaal im Erdgeschoss zu gehen. Man hat jede Sekunde Angst um ihn, vor allem als er die Treppe hinuntergeht und mitten auf ihr beinahe stürzt, weil sich auf eine Stufe ein Handschuh verirrt hat.

Der Gegensatz zwischen der Zärtlichkeit und den Worten der Stimme seiner Mutter und der Brutalität, die er in dieser unbekannten, feindseligen und verlassenen Welt erlebt, ist schrecklich. Es ist keiner da, der ihm die Hand reicht. Nachdem es ihm gelungen ist, allen Hindernissen auszuweichen und auf der Treppe nicht zu stürzen, rutscht er in der Halle auf einer Wasserlache aus und landet bäuchlings auf dem Boden, gerade, als seine Mutter die letzten Worte ihres Briefes liest: »und all das Schöne, was dich in deinem kommenden Leben erwartet.«

Rotes Heft von Constance

Thomas hat die ersten Szenen gelesen. »Das ist wirklich gut, Constance, das ist gut.«
Ich mag es nicht, wenn er so beginnt. »Gut« verheißt bei ihm eben nichts Gutes. Ich wartete auf die Fortsetzung, das »aber«, das Ding, was weniger gut war als der Rest und das jetzt kommen würde.
»Vermeiden Sie diesen ländlichen Anstrich. Wahrscheinlich stimmt das, der Pater, das Dorf, der Grundschullehrer, aber wir sollten den Leuten damit nicht auf den Geist gehen. Szenen, die beeindrucken, Constance! Der Unfall von Louis, das ist eine Szene, die einschlägt. Übrigens versteht man wirklich nicht, warum ihn ein ausgestochenes Auge blind macht, er hat doch noch eins, oder?«

Ich hätte heute Lust ihn zu umarmen, weil er so mit mir spricht, mit dieser Unnachgiebigkeit ... Ich bin in seinen Augen also kein zerbrechliches Wesen mehr.

»Nicht ungeduldig sein, Thomas, du wirst sehen, ich erzähle dir alles, führ mich zum Mittagessen aus, du Nervensäge!«

Ich murrte. Der Form halber. Damit es ein Spiel blieb. Er nahm mich in die Brasserie neben seinen Büroräumen mit. Ich liebe diese lärmigen, zeitlosen Lokale. Sitzt man auf ihren ledergepolsterten Bänken, wirkt das Leben unveränderlich, alles bleibt wie es ist, die Leute haben keine Probleme oder haben Probleme wie in den Filmen von Claude Sautet, in denen sie zu schön sind oder zu sehr geliebt werden und nicht mehr wissen, wen sie sich auswählen sollen.

Seit einiger Zeit stochere ich nur noch auf meinem Teller herum, statt zu essen. Thomas ist das aufgefallen. Er ließ mir etwas Zeit beim Studieren der Speisekarte und hat dann, trotz meines Einspruchs, die drei Gerichte bestellt, zwischen denen ich mich nicht entscheiden konnte.
»Und alles gleichzeitig, bitte«, gab er dem Kellner mit auf den Weg.
»Alles gleichzeitig« könnte das Lebensmotto von Thomas sein, dachte ich und sah ihn dabei an, zärtlich gestimmt. Der Tisch wird nicht groß genug sein, dachte ich mir. Habe aber nicht bedacht, dass er auch Tische größer macht.

Als die Gerichte serviert wurden, haben wir gelacht. Mein Lachen brach einfach aus mir heraus. Es kam von weit her. Es hat Zeit gebraucht, bis es kam. Wir konnten nicht anders, als über Braille zu sprechen. Thomas ist ein ausgezeichneter Produzent, er lässt nie locker. Wir sprachen über die Tonspur. »Äußerst wichtig, der Ton, – er ist zwar blind, aber nicht taub, oder?« Thomas ist ein fanatischer Musikliebhaber und trifft oft eine gute Wahl. Stille erträgt er nicht. Auf seinem Jackenkragen baumelt immer ein Kopfhörer. Die sind nicht da, um einen Anruf entgegenzunehmen.

Thomas gehört zu den heutzutage sehr seltenen Exemplaren, die ihrem Gegenüber den Vortritt lassen. Ich habe nie erlebt, wenn wir uns unterhielten, dass er auch nur einen flüchtigen Blick auf sein Handy geworfen hätte. Obwohl er immer Vollgas gibt. Wegen der Musik habe ich geantwortet: »Ja, na klar«, und ihn daran erinnert, dass Louis ein ausgezeichneter Organist war. Ich sagte ihm, im Film müsse es eine Drehorgel geben, eine kleine altmodische und wiederkehrende Melodie, weil ich das liebe und weil mir dabei die Tränen kommen. Er hat mich angelächelt in der Art »das brauchen wir nicht, hör auf mit deinen Geschichten, die machen schlechte Stimmung«. Um wieder Haltung zu gewinnen, meinte ich noch, ich wüsste genau, wie ich die Drehorgel ins Drehbuch bringe. Sie ist schon da im Dorf, als Louis klein ist. Bevor er drei war. Er schaut gebannt auf das gelochte Papier, das herausrollt und auf dem Boden liegen bleibt, wie eine Vorahnung auf seine zukünftige Erfindung. Thomas hat dann über die bevorstehende Suche nach Drehorten gesprochen, die bald beginnen sollte. Ich hörte ihm zu, stierte ins Leere.

Auf einmal hat er mir direkt in die Augen gesehen, und ich hörte wie er sagte, er, bei dem ich immer darauf geachtet habe, es bei beruflichen Beziehungen zu belassen: »Constance, Sie sind Witwe, aber nicht tot, verdammt noch mal. Jetzt ist es über ein Jahr her, wachen Sie auf!« Und beim Anblick meines fassungslosen Gesichts meinte er salbungsvoll: »Lächeln Sie, leben Sie, Sie sind schön.« O wie gern würde ich auf ihn hören!

Ich konnte Thomas nicht ins Gesicht sehen. Ich starrte auf meine Hände und kam dann auf etwas anderes zu sprechen, mit gekünsteltem Interesse. Ich habe ihm vom damaligen Paris erzählt, vor Kulissen, die

Victor Hugos *Elenden* würdig gewesen wären, dem vor Menschen wimmelnden Platz, an dem Louis und Simon ankommen und aus der Kutsche steigen – ein riesiger Markt voller Stände und fliegender Händler, die Blumensträuße, große Schüsseln mit Kresse und Reisigbündel hinter sich herziehen. Der *Place des Innocents*. Ich erinnerte Thomas daran, dass Paris damals noch nicht von Baron Haussmann und seiner Clique in Schnitte zerlegt worden war. Keine großen Flächen, keine Öffnungen nach oben, kein Licht, keine Perspektive. Ungewollt fügt ich noch etwas hinzu: »Schwarz, schwarz, alles schwarz!« Meine Erregung amüsierte ihn. »Sie sehen schwarz, Constance!« Thomas sollte sich die Stadt so vorstellen, wie Monsieur Braille sie aus meiner Sicht entdeckte: riesig, dennoch dunkel und eng, Straßen wie feuchte Korridore, gepflasterter Erdboden, durchschnitten von Abflussrinnen, in denen Schmutzwasser mit ekelerregenden Ausdünstungen fließt. Wie kann man den Gestank zeigen, fragte ich mich laut. Thomas, der nicht gern lange schwieg, nahm die Sache wieder in die Hand:

»Benoît, der Chefbühnenbildner, ist ein großartiger Typ, er wird uns sogar sehnsüchtig nach diesem düsteren Paris machen, er zeigt es uns grau, blau, ekelhaft, aber schön. Düster, aber leuchtend. Durch Pinselstriche, wie ein Maler. Er findet Poesie in diesem ganzen Schmutz. Das Elend braucht Poesie, Constance. Also erschafft er sie. *›Ich ging mit der Faust in der löchrigen Tasche; Auch mein kurzer Mantel entsprach dem Ideal‹* …*

Thomas rezitierte dann noch mehr von Rimbaud, seinem Lieblingsdichter, er hielt ihn für sein zweites Ich. Er hat die Schule noch vor dem Abi geschmissen, hat das aber wettgemacht, indem er Verse auswendig lernte, was für ihn wichtiger war als alles andere. Thomas ist ein Schwätzer, der aber, wenn ihm die Worte fehlen, klug genug ist, andere zu zitieren, statt Dummheiten zu sagen.

Dann kam der Kaffee. Die Bedienung hatte die Worte Rimbauds nicht verstanden, mit denen Thomas sie ansprach. Sie bezog sie auf sich und glaubte, sie stammten von ihm. Es war ihr peinlich, und sie errötete beim Abräumen der Teller. Ich hatte in jedem Gericht herumgepickt, Thomas hatte alles aufgegessen.

*) Anfangszeile des Gedichtes »Ma Bohème« von Arthur Rimbaud.

Drehbuch, Szene 9. Zehn Jahre alt. Speisesaal des Instituts

Ein leises »Mama« hört man aus Louis' Mund. Wie ein Überlebensinstinkt. Als wolle er damit die Kraft seiner Mutter herbeirufen. Louis liegt mit aufgeschlagener Nase auf den eisigen Steinplatten und hört, wie sich Schritte nähern. Doch da ist keine Hand, die ihm wieder aufhilft. Was er unter allen Umständen zurückgewiesen hätte. Aber über den Versuch hätte er sich gefreut. Stolz steht er allein wieder auf.

»Monsieur Braille, Sie sollten im Schlafsaal auf mich warten. Sie sehen, was passiert, wenn man nicht hört. So, ich bringe Sie jetzt in den Speisesaal.« Er weiß nicht, wer mit ihm spricht. Es ist ihm auch egal. Er lässt sich mitnehmen. Er hat im Schlafsaal den Stock vergessen, den ihm sein Vater an einem Tag voller Sonne im Schatten eines Apfelbaumes geschnitzt hat, einem so ganz anderen Tag.

Er hört von Weitem die klappernden Geräusche aus dem Speisesaal. Er und die Stimme, die ihn am Arm festhält, kommen näher. Sie gehen, so stellt es sich Louis vor, durch einen langen Gang, in dem ihre unterschiedlich langen Schritte hallen. Louis zählt seine Schritte.

Der riesige Raum, in dem sich die Kinder zu den Mahlzeiten und zu den Preisverleihungen versammeln, liegt etwas tiefer, ist noch feuchter als die anderen. Man kommt über einige Stufen hinunter, die für Neuankömmlinge fatal sein können. Die Aufsichtsperson legt die Hand von Louis auf den Handlauf und nennt ihm die Anzahl der Stufen. Noch bevor er die siebte und letzte genommen hat, begreift er aufgrund der plötzlich eingetretenen Stille, dass das Besteckgeklapper verstummte.

Er wird als der Neue vorgestellt, und die anderen Internen werden gebeten, ihm einen Platz frei zu machen. Louis wird an den Tisch geführt. Die Wärme unter seinem Gesicht sagt ihm, dass ihm ein Teller vorgesetzt wurde. Eine Hand ergreift die seine, drückt ihm einen Löffel hinein, führt diesen zum Teller mit der dampfenden Suppe. »Achtung, sie ist heiß. Und ich vergaß zu sagen, die Hausordnung besagt, dass man seinen Teller leer isst.« Dann entfernt sich die Stimme.

Es war nicht die Stimme der Hand, die ihn in den Speisesaal geführt hatte, stellt er fest. Er erfasst jeden noch so kleinen Bezugspunkt. Alles, was er wahrnimmt, erlaubt ihm von nun an, Markierungen in seinem neuen Alltag zu setzen. Was für ein Dusel, eine Suppe als erste Mahlzeit, denkt sich Louis voller Ironie und lenkt all seine Kraft darauf, seinen Löffel angemessen zu füllen, damit dieser nicht überläuft, bevor er seine Lippen erreicht. Ein Zwischenfall am Nachbartisch macht ihn ratlos. Einer mit dem Namen Larivière muss den Tisch verlassen, weil er es nicht schafft, seine Suppe aufzuessen. Vergeblich erklärt dieser, von Porree werde ihm schlecht, vergeblich bitten die anderen Schüler Monsieur Claude, nachsichtig zu sein, weil es sein Geburtstag sei, alles vergeblich. Als einzige Antwort wird ihnen »die Hausordnung ist die Hausordnung« gegeben. Das erinnert Louis daran, dass er diese verflixte Hausordnung ja gar nicht kennt, weil sein Vater sie ihm nicht vorlesen wollte und lieber mit ihm über die Bäume des *Jardin des Plantes* sprach.

Im Augenblick isst Louis weiter überaus vorsichtig an seiner Suppe. Jeder Löffel ist ein Wagnis. Um ein Überlaufen zu vermeiden, neigt er seinen Löffel leicht über seinem Teller, bevor er ihn zum Mund führt. Er versucht, sich von dem geräuschvollen und gierigen Schlürfen seines Nachbarn zur Rechten nicht ablenken zu lassen, als ihm plötzlich jemand in sein linkes Ohr flüstert: »Tja, für deinen ersten Abend hätte es schlimmer kommen können. Stell dir vor, sie hätten uns Artischocken serviert!« Die Stimme fügt hinzu: »Ich bin Gabriel Gauthier. Merkst du es dir? Gabriel ist der Vorname, den mir meine Mutter gegeben hat, weil ich angeblich eine Engelsfresse habe. Und du wirst mir schwerlich widersprechen können.«

Von diesem Moment an hat Louis jemanden, mit dem er sprechen kann, und die Angst, es könne Artischocken geben.

Rotes Heft von Constance

Es war mein erstes Abendessen im Schlafsaal des Krankenhauses, in das ich wegen einer Trommelfelltransplantation eingeliefert wurde. Das war lange, bevor ich die Stumme spielte. Es hatte nichts damit zu tun. Ich war wohl neun Jahre alt. Mama saß neben mir auf dem Bett und versuchte, mich zum Lachen zu bringen, indem sie sich über den baiserähnlichen Dutt der Krankenschwester lustig machte, in dem sie sicher irgendein Ding versteckte, eine andere Erklärung konnte es dafür nicht geben. Wir waren zu zehnt in einem großen Saal mit trostloser Neonbeleuchtung. In der Mitte thronte ein Fernseher, in den regelmäßig Münzen eingeworfen werden mussten, damit er weiterlief. Es passierte ziemlich oft, dass er mitten in der Serie ausging, und immer waren es dieselben, die aus ihrem Bett aufstanden, um Ein-Franc-Münzen in den Schlitz zu stecken. Die einen gaben, oft dieselben, und alle profitierten davon. Es war der einzige Schlafsaal, in dem ich jemals geschlafen habe.

Louis hat lange, lange Zeit nur das Leben im Schlafsaal gekannt. Verblüfft habe ich entdeckt, dass er erst mit sechsundzwanzig Jahren ein eigenes Zimmer bekam, da war er schon jahrelang Lehrer. Man hielt es nicht für nötig, Menschen, die nicht sehen konnten, einen privaten Raum zuzugestehen. Stören sich Blinde etwa weniger daran, zusammengepfercht zu leben?

Ich hatte nicht vor, in meinem Schlafsaal zu bleiben. Doch Mama hatte dort einen Teil unseres Hausrates abgeladen. Jede Menge Gesellschaftsspiele und Schnickschnack aller Art verteilten sich um mein Bett herum, das am Ende einem Zigeunerwagen glich. Dieses Mal zumindest konnte sie mich nicht auf ihre besondere Art ansehen und mir einen Entschuldigungszettel schreiben. Wobei sie es auf eine Ungereimtheit mehr oder weniger nicht hätte ankommen lassen, so in der Art: »Würden Sie bitte meine Tochter entschuldigen, die wegen Unwohlseins nicht länger in Ihrem Krankenhaus bleiben kann.«

Man muss eben diese schreckliche Umgebung ertragen und versuchen, sich – Originalton Mama – »sein eigenes kleines Ambiente« im Umkreis zu schaffen, dem Bett und den dreißig Zentimetern darum herum. Davon waren wir fest überzeugt, als wir die Bücher meiner *Bibliothèque verte,* meine Kinderbücher, sowie unzählige Kuchenpakete in meinen Nachttisch einräumten, nachdem wir zuvor die Bettdecke der Sozialfürsorge mit großen bunten Pareos zugedeckt hatten, die meine Mutter vorsorglich mitgebracht hatte.

Von ihr habe ich die Angewohnheit, immer ein paar Stoffreste mitzuschleppen, wenn ich an einem fremden Ort übernachten muss. Wenn mir dann melancholisch zumute wird, werfe ich da und dort die vertrauten Farben hin, und es geht mir besser. Louis, was waren deine vertrauten Farben? Was wusstest du von der Umgebung deines Lebens, von diesem düsteren Gebäude, in das du mit zehn Jahren eingezogen bist?

Ich erinnere mich, dass Mama und ich uns angesehen und einen Lachanfall unterdrückt haben, als uns Riesen-Dutt auf einem beeindruckenden Tablett feierlich eine Artischocke servierte, als wär's ein königliches Mahl. Ich konnte sie nicht mal anfassen. Meine Mutter entblätterte sie vollständig, was sie etwas weniger gespreizt aussehen ließ und vortäuschen sollte, ich hätte davon gegessen. Das kleine Mädchen neben mir durfte nicht zu Abend essen. Sie sollte am nächsten Tag operiert werden. Sie sah gierig auf meine spartanische Mahlzeit. Ich schämte mich.

Der Arzt, der mein Trommelfell transplantieren sollte, hieß Doktor Seguin und wollte mich glauben lassen, er sei der Mann mit der Ziege, der aus Kummer sein Gebirge verlassen hatte und sich lieber um kleine brave Kinder kümmerte als um ungehorsame Ziegen. Er war nett. Ich tat so, als würde ich ihm glauben. Er hat mir mein Gehör fast vollständig wiederhergestellt. Ich ging gern mit meinen Eltern in seine dunkle Praxis, sah gern, wenn er seine Stirnlampe über die riesigen buschigen weißgrauen Augenbrauen zog. Man hätte ihn für einen Höhlenforscher halten können, der sich auf eine Höhlenerkundung vorbereitetet. Es ging zwar nur um meinen Gehörgang, aber dieser ganze Aufwand, um mich besser untersuchen zu können, schmeichelte mir. Diesen netten Doktor Seguin hatte ich völlig vergessen. Warum taucht er jetzt wieder auf, wo ich nach Louis Braille als Kind forsche?

Die Erwachsenen wissen weder, welche Erinnerungen sie in den Köpfen von Kindern hinterlassen, noch warum. Manchmal hängt das an nichts, an einer Kleinigkeit. Kinder sehen das Kleine wie unter einer Lupe. Ihr Leben besteht nur aus kleinen Dingen, die Stück für Stück zusammengefügt sind, die sie nach einer sehr eigenen und oft auch chaotischen Logik ordnen, die zu verstehen ein Gewinn für uns wäre.

Meine Kindheit schien in mir zu schlafen, und meine Erinnerungen waren in weite Ferne verbannt. Und da wuchern sie unterirdisch und tauchen jetzt in meinem Drehbuch auf. Sie sind manchmal sogar noch vor denen von Braille da und lassen mich die einen für die anderen halten. Wer kann da sagen, welche Artischocke vor der anderen kommt? Wenn ich Gabriel »eine Artischocke« in den Mund gelegt habe, hat diese die aus meinem Kinderkrankenhaus auftauchen lassen, oder ist es eher umgekehrt? Wenn ich versuche, mich in Louis hineinzuversetzen, um seine Verzweiflung zu beschreiben, bin ich es dann, die seinen Platz einnimmt? Ich entdecke, was ich nicht suche. Ich wundere mich darüber, manchmal aber geht es mir auf die Nerven. Ich möchte die Geschichte von Louis nicht durch meine eigene kontaminieren. Und trotzdem vermischen sich da ganz schnell in ein und demselben gemischten Bild die Kameraden aus dem Schlafsaal von Louis mit den kranken Kindern der achtziger Jahre in ihrem bleichen Saal.

Neulich abends habe ich Brigitte gestanden, ich hätte den Eindruck, als habe ich zur Zeit meiner Paarbeziehung mein Gedächtnis verloren, habe mit ihr alles vergessen, was ich vor ihr erlebt hatte. Als habe ich meine ganze Vergangenheit ausgespült, um mich besser von ihm, meiner großen Liebe, prägen zu lassen. Wovon ich ihr aber nichts erzählt habe, weil ich es gerade entdecke, sind meine ertränkten, zu lange versenkten Erinnerungen, die eine nach der anderen wieder an die Oberfläche aufsteigen. Der überlange Atemstillstand hat sie wohl noch lebhafter und wacher gemacht.

Die Schüler des Instituts mussten den Besuch des Arztes fürchten, der keine Ähnlichkeit mit meinem lieben Doktor Seguin hatte. Sein Kommen verhieß niemals etwas Gutes. Er wurde zu einer Diagnose gerufen, auf die nur selten eine Behandlung folgte. Viele Gesichter der jungen Blinden waren durch Pockennarben entstellt. Man konnte auch wenig gegen die Tuberkulose ausrichten, die das faulige Internat dezimierte, in dem die Kinder lebten. Regelmäßig blieb mitten im

Klassenzimmer wieder ein Stuhl leer. Keiner stellte Fragen. Alle wussten Bescheid.

Im Krankenhaus hatte meine kleine Nachbarin mir jede Menge Kuchen stibitzt, den sie mich in meinen Nachttisch stopfen sah. Ich hatte sie dabei beobachtet. Ich hatte sie nicht verraten wollen. Ich hatte gesehen, wie sie auf einer Krankentrage in den Operationssaal gebracht wurde, aber keiner hatte sie wieder hochkommen sehen. Sie ist an meinem Kuchen gestorben, das war gewiss. Vielleicht ist es falsch, nicht zu petzen. Mein Vater hatte uns immer vor Verhaltensweisen wie dem Anschwärzen gewarnt, »gute Menschen machen so etwas nicht!« War ich ein »gutes kleines Mädchen«? Tut man immer das Gute, weil man glaubt, Gutes zu tun?

Rotes Heft von Constance

Wenn Thomas und ich über den Film sprechen, sind wir oft zu Fuß unterwegs. Gestern hatte er mich in sein Büro bestellt, und kaum war ich da, erklärte er mir, er müsse sich die Füße vertreten, und nahm mich auf einen langen Spaziergang durch Paris mit. Seinem Schönheitsempfinden tut es keinen Abbruch, an den Füßen kunterbunte Turnschuhe zu tragen und dazu einen Anzug. Ich habe ihm erzählt, wie ich mir auf der Leinwand den Unfall vorstellte, der zur Erblindung von Louis führen wird. Das ist nicht mein Job, ich weiß, habe ich zu Thomas gesagt, damit er mich nicht daran erinnert. Er sucht noch einen Regisseur. Er verrät kein Wort darüber, wen er deswegen anspricht. Ich erzählte weiter. Man ahnt, dass da bald ein Unglück geschieht. Es geschieht aus dem Nichts im Bruchteil einer Sekunde. Und dennoch entwickelt sich alles aus einer präzisen und orchestrierten Anordnung der Dinge, wie ein Ballett mit schicksalhaftem und unvermeidlichem Ausgang. Während ich mit Thomas sprach, beschleunigte er seinen Gang auf dem *Pont Caulaincourt,* der Brücke, die über den Friedhof von Montmartre führt. Er hasse Gräber, sagte er mir, bevor ihm, etwas betreten, klar wurde, dass auch ich gute Gründe hätte, sie zu hassen. Ich habe Friedhöfe noch nie gemieden. Im Gegenteil. Ich bin auf ihnen immer gern spazieren gegangen. Dort einen Verstorbenen zu besuchen, ist etwas anderes. Ich glaube kaum, dass sie da sind.

Ich erzählte Thomas die Szene vom »Sturz« aus Truffauts *Taschengeld.* Dabei stockt einem der Atem. Jedes Mal, wenn ich sie sehe, halte ich die Luft an. Ein dreijähriger Junge nähert sich in der sechsten Etage einem offenen Fenster und klettert hoch. Erschreckend ist, wie man nach und nach jede seiner Handlungen sieht, vom Zurechtrücken des Schemels, den er mühevoll an das Fenster zieht, auf den er dann klettert, bis zum Erklimmen des Geländers, das ihn ins Unvermeidliche lockt. Man wird zum ohnmächtigen und gepeinigten Zuschauer. Und alles geschieht genauso, wie man es befürchtet. Bis zur Zeitlupe des Sturzes. Aber das Ende ist nicht das Ende. Wie ein Ball prallt der Junge von einem Strauch ab. Völlig natürlich und kaum erstaunt darüber, sechs

Etagen weiter unten zu landen, steht er auf und trollt sich davon, als ob nichts gewesen sei. Eben ein Kind.

Als wir in der Nähe des *Place des Abbesses* ankamen, ging Thomas noch schneller. Wovor lief er dieses Mal weg? Zwischen dem Jugendstil-Metroeingang und dem kleinen Park stand eine gerade aufgestellte Skulptur, die eine schwangere Frau darstellte. Sie stand vor einer Mauer, auf der »ich liebe dich« in allen nur möglichen Sprachen steht. Eine richtige Verkettung der Umstände ... Ich ging näher heran und ließ Thomas davoneilen. Die Frauenskulptur ist doppelt so groß wie ich. Sie übertrifft mich in allem. Sie steht aufrecht, hoch aufgeschossen, stolz, die Hände auf dem Rücken gekreuzt, mit einem dünnen, aber in die Zukunft gereckten Bauch. Fast arrogant. Sie braucht niemanden. Auf dem Sockel steht: »Ich bin zwei.« Damit ist alles gesagt. Da tauchte Thomas hinter mir auf. Er fand weder Wort noch Vers in seiner literarischen Schultertasche, um unsere Verlegenheit aufzufangen. Wir gingen weiter.

Ich setzte meinen Gedankengang fort, als hätte es keine Unterbrechung gegeben. Bei Truffaut war ich nicht zu bremsen. Ich lenkte mich von meinem Kummer ab. »Die Szene mit dem Sturz versetzt den Zuschauer in Schockstarre, Thomas.« Dabei befand ich mich gerade im freien Fall, während ich mit ihm sprach. Weiter: »Man sieht das schreckliche Ende kommen, will nicht glauben, dass er uns das zumutet, und in dem Moment, wo das Kind in der Luft ist, und man die Hoffnung verliert, durchkreuzt Truffaut die Vorahnung.«

Ja, die Kindheit steckt voller Überraschungen, sagt er uns. Er wusste so gut, wie man Kinder liebt und mit ihnen spricht, hatte verstanden, warum wir sie rührend finden, worum wir sie beneiden, es ist ihre Freiheit. Alles ist möglich, jederzeit. Wenn man nichts oder alles von ihnen erwartet, was aufs Gleiche rauskommt, geschieht ein Wunder, eine Überraschung.

Am *Place Charles-Dullin* setzen wir uns unter den Bäumen auf eine Bank. Vor uns das *Théâtre de l'Atelier*, auf dem Programm *Man spielt nicht mit der Liebe ...* Thomas und ich waren in Gedanken. Ich habe nie mit der Liebe gespielt, auch nicht in meiner frühen Jugend. Hätte ich es nur getan. Sehe ich mir den charmanten Aurélien an, sage ich mir, ein wenig Frivolität schadet nicht. Er scheint glücklich zu sein, und die Mädchen auch. Heute sage ich, verzichte auf die Liebe. Dass ich so etwas sage, ließ Thomas aufheulen vor Lachen. Er sieht darin eine reine Absichtserklärung, eine vorübergehende Reaktion des Unfallopfers. Nicht eine Sekunde hat er mir geglaubt. Er sagte mir liebevoll, wohl um mich aufzubauen, ich befände mich im Zustand der Besserung. Worauf ich ihm antwortete, Leiden sei keine Krankheit. Er kennt wohl meine Entschlossenheit nicht. Nur eine einzige Person hätte mich dazu gebracht, auf das Verzichten zu verzichten, François Truffaut. Er ist aber seit fünfundzwanzig Jahren tot. »Einen Toten zu erwählen, um über einen Trauerfall hinwegzukommen, ist kein Beleg für ein aufrichtiges Bemühen, meinte Thomas ironisch. Eines ist sicher, Constance, er kann Sie schwerlich enttäuschen.«

Man braucht den anderen nicht, um zu lieben. Auch nicht sein Einverständnis. Genau das hatte ich mir gesagt, als ich allein zurückblieb. Und wie froh war ich über meine Entdeckung. Sie hatte meinen Schmerz eine zeitlang besänftigt.

Thomas hat vor vier Jahren geheiratet und sich vor drei Jahren scheiden lassen. Er wollte Kinder, schnell, wie alles, was er will. Er hatte eher die Mutter seiner Kinder ausgewählt, als seine Frau. Er hat es glücklicherweise ebenso schnell bemerkt. Seitdem tönt er nicht mehr so herum. Man hört ihn nicht mehr alle naslang über die große Liebe reden. Er wurde diskret bei seinen kleinen Geschichten. Er hatte mich gebeten, beim feierlichen Akt Trauzeugin zu sein. Ich sollte mit meinem Mann an seiner Seite das ideale Paar darstellen, als Glücksbringer für seine Hochzeit ... Ich trug ein langes Balletträckchen in Cremeweiß, das ich schon so lange vorm Schaufenster angeschwärmt hatte, dass ich es kaufen musste. Thomas hatte mich darauf hingewiesen, ich sähe darin aus wie die Braut. Ich war rot geworden.

Drehbuch, Szene 10. Zehn Jahre alt. Schlafsaal des Instituts

Die Nacht ist düster, und im Schlafsaal dehnt sich die Zeit, man quält sich beim Einschlafen. Die Kinder werden jeden Abend früh zu Bett gebracht, was den Aufsehern erlaubt, Schluss zu machen mit ihrem langen Arbeitstag. Aber wenn alle Internen in die Betten geschickt werden, sind nicht alle müde. Louis gehört dazu. Er ist es nicht gewohnt, so allein im Bett zu liegen und auf den Schlaf zu warten, ohne Buch und Geschichte ... Zu Hause war immer jemand in der Nähe, eine Stimme, die ihn in die Nacht begleitete. In die Stille der Nacht. Die Stille war für ihn das »Schwarz« der sehenden Kinder.

Es war oft die Stimme seiner Mutter oder seiner großen Schwester, die ihn sanft in die Stille führten. Marie-Céline schlief in dem Behelfsbett neben seinem. Wenn ihnen die Winternächte zu früh das Licht raubten, sie also am Vorlesen hinderten, sang sie für ihren Bruder. Sie führte ihm stets seine Hand auf ihren Mund, weil er »die Noten herauskommen sehen« wollte.

Es ist erst seine fünfte Nacht hier. Er fühlt sich noch nicht zu Hause. Wie könnte er sich ablenken? Sein Spiel besteht darin, die Geräusche des Internats einzuordnen, das Knarren des arbeitenden Holzes im Dachgebälk, die gleichmäßigen Atemzüge der frühen Schläfer, das Flüstern zwischen den Nachbarbetten. Er wundert sich vor allem über den Wechselgesang der Hustenanfälle, die zwischen beiden Seiten des Schlafsaals hin- und hergehen. Alle scheinen sich daran gewöhnt zu haben und sie nicht mehr zu hören. Er nicht.

Später, als Louis glaubt, der Schlafsaal sei eingeschlafen, spürt er plötzlich eine Hand auf seinem Gesicht. Vor Schreck macht er einen Sprung und landet auf dem Fußboden neben seinem Bett. Reflexartig streckt er seine Arme über sich, will sich schützen. Er ist der Jüngste im Internat, gerade angekommen, und versteht nicht, was die ausgestreckten Finger von ihm wollen. Der Chef der Bande, ein großer Vierzehnjähriger, sagt ihm, er wolle ihn nur kennenlernen. Wieder berührt er sein Gesicht. Louis tut so, als wolle er es über sich ergehen lassen. Er redet sich ein, dies sei vielleicht die beste Art und Weise, Anerkennung zu finden. Man erklärt ihm, man wolle sich nur vorstellen. So gesehen ...

Er sieht nicht, dass ein Teil der Kinder auf der Lauer liegt und nur darauf wartet, vom Anführer zu hören, sich ihm zu nähern. Jetzt ist Eugène mit seinem zarten Flaum an der Reihe, dann Léon mit dem pausbäckigen Gesicht, ihm folgen Gustave mit dem kahl rasierten Schädel, René mit der Hakennase, Jeannot und noch viele andere, und jedes Mal versucht Louis aufmerksam, sich das Gesicht zu merken und es mit einer Eigenschaft zu verbinden. Gabriel bedeutet ihnen aufzuhören, es sei genug. Louis kann es nicht wissen, aber sein Mitschüler wird am anderen Ende des Schlafsaals von einem der Großen festgehalten. Als wäre diese Art des sich Vorstellens eine zuvor einstudierte Mutprobe. Die Kinder sind jetzt fast alle aus dem Bett und warten im Gänsemarsch darauf, dass sie dran sind.

In einer Ecke des Schlafsaals hält sich der zum Nachtdienst eingeteilte Grammatiklehrer auf, der sich nicht einmal verstecken muss, um nicht gesehen zu werden. Die meisten Lehrer wohnen vor Ort. Der besagte Piquette, also Pichler, stinkt manchmal nach im Übermaß gesoffenem Wein, wartet wie ein zahlender Gast auf das Schauspiel. Louis mit seiner sensiblen Nase hat sich oft gefragt, warum die Menschen ihren eigenen Geruch nicht wahrnehmen. Er fühlt sich im Internat belästigt durch neu entdeckte Gerüche, die nichts mit denen zu tun haben, die er bis dahin kannte. Piquette hat sich lautlos in den Gemeinschaftsraum geschlichen und seine Beine in den Boden gepflanzt, sein Spitzbauch zeigt nach vorne, er hält Abstand, damit ihn die Kinder nicht »riechen« können. Unbemerkt von allen verfolgt er vom Logenplatz aus den überlieferten Ablauf bei der Mutprobe.

Kinder können grausam sein. Sie spielen, grausam zu sein. Sie üben sich darin. Sie beweisen es sich gegenseitig. Bei diesem perversen Mann aber, der sich an der Not eines Kindes labt, ist der Sadismus greifbar. Die Szene ist so verblüffend, weil sich der Voyeur nicht verstecken muss, um das Geschehen zu beobachten. Reglos, außer einem Lächeln auf den Lippen, schaut er den Kindern zu, wie sie den kleinen Louis traktieren. Zum Glück weiß es Louis nicht. Er ahnt nichts von der Anwesenheit des Voyeurs. Das hätte ihn in diesem unfreundlichen Internat am meisten empört, denn er glaubt immer noch, Erwachsene würden ihn beschützen, wie sie es immer getan haben.

Louis lässt sich immer noch berühren. Jede neue Hand, die nach ihm greift, bedeutet ein Eindringen und wird kurz darauf eine Aggression. Louis ist jetzt auf das Äußerste gereizt. So dünnhäutig, dass ihn Verwirrung ergreift. Er verliert jedes Maß, ein Kind vom anderen zu unterscheiden, das folgende vom vorhergehenden, weiß nicht mehr, ob ihn Hände oder Füße berühren. Er verspürt eine Lähmung. Seine Hände wiegen schwer am Ende seiner baumelnden Arme. Er lässt widerstandslos die unbekannten Finger über sein Gesicht krabbeln. Als er sich gefügig den gierigen Händen zum Fraß hingibt, kullern dicke Tränen seinen Hals hinab. Piquette betrachtet ihn. Unvermittelt bäumt sich Louis auf und geht mit aller Gewalt zurück, um dieser höflichen und stillen Folter zur »Vorstellung der Neuen« zu entgehen. Jetzt nehmen sie sich seinen Schrank vor, räumen ihn aus und versuchen, auf Blindenart und feixend herauszubekommen, was drin ist. Einer hat seine Mundharmonika entdeckt und bläst grotesk auf ihr herum.

Piquette erahnt die bevorstehende Prügelei und hat auf leisen Sohlen den Raum verlassen, um ihn, in der Hoffnung auf eine abschreckende Wirkung, in gehöriger Lautstärke wieder zu betreten.

Louis hat sich in sein Bettzeug geflüchtet. Er hat seine Decken über den Kopf gezogen, zweifelsohne aus Furcht, man könne ihn weiter befummeln. Da liegt er in Fötushaltung, zurück in einer Form, die von sich noch nicht weiß, dass sie jemand ist. Gabriel ist der Einzige, der beim Erscheinen des hinkenden Aufsehers noch nicht wieder in seinem Bett liegt.

Er ist zu Louis gekommen. Er traut sich nicht, ihn zu berühren, um ihm zu sagen, dass er da ist, er flüstert ihm ins Ohr: »Louis, es tut mir unendlich leid.«

Rotes Heft von Constance

Aurélien ist es gelungen, die Namen eines Teils der Schüler herauszufinden, die zur gleichen Zeit wie Louis im Internat waren. Wenn er etwas sucht, verbringt er viel Zeit als U-Boot, er fühlt sich im Virtuellen wohl wie im Urwasser, dann taucht er mit einigen da und dort abgegriffenen Indizien wieder auf – die genaue Herkunft verschweigt er, und verschwindet für Nachforschungen. »Ich treibe mich vor Ort rum«, verkündet er mit einem breiten Lächeln, als er mit seiner Umhängetasche die Produktionsbüros verlässt, oft für mehrere Tage. Er ist auf der Hetzjagd. Ist unerreichbar. Er verliert sich in Raum und Zeit, jenen von Louis.

Für das Internat war es nicht leicht. Das alte Seminar, in dem das Institut untergebracht war – so gesundheitsschädlich, dass mehr als einer darin starb – wurde letztlich abgerissen, nachdem die Schüler in der für sie am *Boulevard des Invalides* gebauten prächtigen Villa untergebracht wurden. Man weiß nicht genau, wie viele Kinder gestorben sind, weil sie an diesem Ort leben mussten, an dem Louis 1819 eintraf. Die Schüler begannen zunächst zu husten, der Arzt bestätigte dann, was alle schon wussten, »Tuberkulose«, und von da an hieß es nur noch beten, damit das Leben noch lange in dem kranken Körper blieb, der noch lange Jahre überleben konnte.

Zuletzt starben die meist tuberkulösen Kinder wie die Fliegen. Es wäre zum Verbrechen geworden, dort länger zu bleiben. Louis war fünfunddreißig Jahr alt, als sie endlich auszogen. Eine Art Rettungsaktion. Die meisten Dokumente gingen während des Umzugs verloren. Möglichweise auch vorsätzlich, die Statistiken sollen katastrophal gewesen sein. Auf welches Interesse hätten sie stoßen sollen? Niemand hatte damals die Entdeckung von Braille ermessen können, auch nicht, wie sie sich verbreiten sollte. Der Briefwechsel in Brailleschrift von Louis mit seinen Freunden wäre eine Goldgrube gewesen, hätte man sie aufbewahrt. Neulich träumte ich, ich hätte in einem Antiquitätenladen für fünf Euro Handschriften in Braille erworben, die von Louis' Hand stammen. In meinem Traum las ich die Brailleschrift genauso schnell wie ein Blinder und verstand auf Anhieb, was ich gerade gefunden hatte. In Wirklichkeit befürchte ich, dass die Erben der Freunde von Louis, die Gauthiers, Coltats, Foucaults, die alten punzierten und auf einem Dachboden gefundenen Papiere wahrscheinlich verbrannt hatten. Ich wachte auf und war verzweifelt, mit leeren Händen dazustehen.

Aurélien gibt sich eher einsilbig zu der Art, wie er Sachen entdeckt. Wenn ich ihn dazu frage, antwortet er, wichtig sei doch, er liefere, was ich bestelle. Er kultiviert sein Geheimnis. Er beobachtet mich auch. Er weiß, dass mich das nervt, dass ich es wissen will. Er weiß, solange ich es nicht weiß, habe ich Lust, es zu erfahren. Er weiß, Lust zu haben, heißt, am Leben zu sein. Was weiß er von meiner Geschichte? Hat Thomas mit ihm gesprochen?

Seine große Gestalt beugt sich oft über sein kleines blaues Heft, in das er Notizen schreibt, ein einziger Saustall, der für ihn seine Ordnung hat. Sein Heft beschäftigt mich. Weil ich nicht herankomme.

Das Sonderliche dieses Kerls muss gefallen. Er hat einen gewissen Charme. Und dann ist er auch irgendwie schräg, was neugierig macht. Die Mädchen, auf die er steht, sind voller Hoffnung, mehr darüber zu erfahren. Ich sehe sie und sehe mich in ihrem Alter. Ich denke aber, dieser Typ ist nicht von der Sorte, sich hinzugeben. Er gibt viel, gibt dir aber gleichzeitig die Idee, er halte sich zurück, schütze sich, und es mache keinen Sinn, seine Maginot-Linie überwinden zu wollen. Als ich noch jünger war, hätte mich diese Art von Paradiesvogel angezogen. Etwas unzugänglich, bleibt in seiner Welt, aber gut für Überraschungen. Die Art von Typ, dem man in seinen Hirngespinsten gerne begegnet, um sie dann Schritt für Schritt auf die schöne Seite des Wirklichen zu ziehen. Wie anmaßend sind wir ewig jungen Mädchen doch gegenüber diesen Männern! Ohne jeden Rückhalt und frei von Zweifeln preschen wir vor. Dem anderen entgegen, glaubt man. Tatsächlich aber bis an unsere Grenzen. Zu uns selbst also. Ich gehörte auch zu denen. Ich ging auf die Suche nach ihm, den ich liebte. Sehr weit. Und dann habe ich ihn verloren. Man solle die Männer dort lassen, wo sie sind. Nichts mehr für sie wollen … Nichts wollen für die, die man liebt. Einfach da sein.

Gerührt und amüsiert betrachte ich diesen jungen Mann.

Ich nahm mir vor, mit Aurélien zu sprechen. Ich denke sowieso, dass ihm Thomas so zwei Sachen aus meinem Leben erzählt hat, und habe lieber noch zwei, drei Sachen hinzugefügt, um das Bild, das er in groben Zügen gezeichnet haben muss, zu verfeinern. In der Rolle der vierzigjährigen einsamen Witwe wollte ich mich nicht sehen. Ich musste mich rechtfertigen. So in der Art, ich bin allein, aber nicht ohne Grund, ich bin eine Gute, weißt du. Aber genau dafür kann ich was, zwangsläufig. Aurélien sah mich an, wie man jemanden ansieht, den man besser verstehen möchte. Er hörte mir zu. Also machte ich vertrauensvoll weiter. Als ich fertig war, oder fast – man wird ja nie fertig, wenn man ein Übermaß an Leiden trockenlegt –, ließ er die Bemerkung fallen: »Ein Mädchen wie du bleibt nicht lange allein.« »Punkt, neuer Absatz«, fügte er hinzu, um mir klar zu sagen, die Debatte sei vorbei. Dann setzte er noch den obskuren Schlusspunkt: »Punkt, neuer Absatz, Fischbrühe, Mayonnaise. Aurélien hat für sein Alter sehr aus der Zeit gefallene Bezugspunkte. In der Tat, dieser Typ lässt sich nicht einordnen!

Er hat mit mir nicht über sein Leben gesprochen – wobei ich keinerlei Vertraulichkeiten im Gegenzug auf meine erwartet habe –, aber ohne Überleitung, und ohne dass ich eine hätte finden können, erklärte er mir, er habe den Tick, wenn ihm ein Ding schrecklich auf den Geist ginge, sich genau das Gegenteil vorzustellen: »Du wirst sehen, das, worüber du dich beklagst, ist letztlich nicht so schlecht! Das ist zwar elementar als Strategie, aber seltsamerweise klappt das, das tröstet über vieles hinweg.« Worüber musste er sich denn hinwegtrösten?

Er ließ mich völlig verdutzt zurück. Aber sein treffendes Urteil tat mir unheimlich gut. Und dann in seinen Augen noch »ein Mädchen« zu sein, hat mir durchaus gefallen.

Drehbuch, Szene 11. Drei Jahre. Coupvray

Als die Mutter von Louis von Weitem den Umriss ihres Nachbarn auftauchen sieht, der im Eiltempo auf den Markt von Magny galoppiert, wo sie ihre Ernte verkauft, begreift sie sofort, dass etwas Schlimmes passiert sein musste. Ihr Körper erstarrt augenblicklich, und im Inneren gerät alles ins Schwanken. Ihre Schläfen füllen sich mit Blut, ihr Blick verschleiert sich und ihre Atmung stockt, bevor sie heftig weiteratmet. In den endlosen Sekunden, die sie von der eintreffenden Nachricht trennen, befürchtet sie das Schlimmste: Es geht um eines ihrer Kinder. Diesem Gedanken folgen einander überstürzende Bilder des Dramas. Die unterschiedlichsten Szenen, eine so schlimm wie die andere, springen ihr ins Gesicht und stellen sich zwischen sie und den Überbringer der schlechten Nachricht.

Als der Nachbar vor ihr steht, ist ihr Bewusstsein so alarmiert, dass sie die Nachricht schon weiß. Sie will es so schnell wie möglich wissen, oder aber überhaupt nicht, um wieder in der vorhergehenden Minute zu sein. »Es ist Louis, er hat sich in der Werkstatt das Auge ausgestochen. Ihr Mann hat mich gebeten, Sie zu benachrichtigen. Sie können mein Pferd nehmen, damit sie schneller sind.« Es ist also das Schlimmste. Sie fragt den Nachbarn, ob er mehr weiß. Kopfschütteln.

Wie konnte sie, die nicht recht reiten kann, eine Meile im schnellen Galopp zurücklegen? Nie wird sie sich das erklären können. Sie entdeckt eine ungeahnte, ursprüngliche und immense Kraft in sich. Sie begreift, was es noch bedeuten kann, Mutter zu sein, obwohl sie es schon seit fünfundzwanzig Jahren ist. In diesem tranceähnlichen Zustand, rittlings auf dem galoppierenden Pferd, überrascht sie sich dabei zu beten, um Gott, der so sehr darauf besteht, ihrer Familie eine solche Prüfung aufzuerlegen, zu bitten, ihr was auch immer aufzubürden, nur nicht ihrem kleinen Jungen. Sie weiß, wie absurd dieses Feilschen ist, aber sie kann nicht anders, als so zu denken und daran zu glauben. Sie empfindet ein nicht zu unterdrückendes Bedürfnis, Einfluss zu nehmen auf die so grauenvolle Wirklichkeit, die sie ohne einen Zauber nicht bestehen kann.

Schon auf der Straße sind die Schreie zu hören. Als sie ihr Haus betritt, sieht sie von ihrem Sohn zunächst nur die zu weiten Schuhe an den kleinen

Beinen, die auf dem Tisch des Bauernhauses liegen, der Rest des Körpers wird vom Arzt verdeckt, der sich über ihn beugt. Er ist soeben aus dem Nachbardorf gekommen, denn in Coupvray gibt es nur eine alte Heilerin. Auf der anderen Seite des Tisches steht ihr Mann mit verzweifeltem Gesicht, den Blick auf den seines kleinen Jungen geheftet, dem er auf diese Weise helfen will, den Schrecken zu ertragen. Die Schreie von Louis sind unerträglich. Madame Braille tritt näher, aber sieht im Gesicht ihres Sohnes nur ein rotes Loch an der Stelle der blauen Iris. Sie reißt sich zusammen, besinnt sich ihrer mütterlichen Kraft, ergreift ohnmächtig die kleine Hand. »Mama ist da, mein Louis.«

Nachdem der Arzt die Wunde mit viel Wasser gereinigt hat, trägt Simon seinen immer noch von Krämpfen geschüttelten Sohn in die Arme seiner Frau, die in dem großen Sessel neben dem Kamin Platz genommen hat, um ihn besser zu empfangen. Bei der Übergabe ihres Kindes aus seinen Armen in die ihren schauen sich Mann und Frau in die Augen. Simon kann in den Augen seiner Frau keinen Vorwurf lesen. Er schließt daraus, dass es dafür zu früh ist.

Sie wiegt Louis mit der ganzen Liebe ihres Körpers her und hin. Sie flüstert ihm ins Ohr und hängt ihr Abendlied dran. Sie erfindet Sätze, die sich dem Unaussprechlichen annähern. Schließlich schafft sie es, ihr Kind mit dem eigenen Körper in den Schlaf zu wiegen, wie man es mit Neugeborenen macht. Er lebt.

Rotes Heft von Constance

Als ich Thomas zu Hause besuchte, war er am Rudern. Unser Gespräch wurde vom gleichmäßigen Geplätscher des Wassers betont. Sein Wohnzimmer öffnete sich zu den Bäumen des *Square Adolphe-Max*, dort hatte er eine Ruderbank neuester Machart aufgebaut, die aussieht wie eine von Leonardo da Vinci gezeichnete Maschine, nicht wie ein Sportgerät. Außer der mit Wasser gefüllten Schale, in der es im Rhythmus seiner Bewegungen plätschert, ist alles aus Holz. Thomas ist ein Ästhet. In seiner Wohnung hatte er bis hin zum kleinsten Gegenstand nichts dem Zufall überlassen.

Er war hin und weg von seiner Errungenschaft und unterbrach unsere Diskussion mehrfach durch ein »toll, diese Maschine«, was ihn nicht daran hinderte, sich ebenso auf seine Abläufe wie auf unsere Diskussion zu konzentrieren, die jeweils gut vorankamen.

»Constance, man kann keine Sache erzählen, die man nicht erlebt hat. Wenn Sie die Mutter von Louis zeigen, die sich das Schlimmste ausmalt, als sie den Typen auf sich zukommen sieht, heißt das, Sie haben diese Angst schon mal verspürt, als es um das Leben von jemandem ging, mindestens einmal.«

Ich bin nicht dieser Meinung. Ich weiß, ich kann »eine Sache« erzählen, die ich noch nie erlebt habe und auch nicht erleben werde. Für mich ist es genau das, Schriftsteller zu sein. Wie sollte ich sonst das seltsame Phänomen erklären, das ich jeden Tag deutlicher verspüre. Wie soll ich es Thomas sagen, dass man beim Schreiben gewissermaßen eine andere Person entdeckt, die neben dir vorwärts geht. Die etwas an meiner Stelle weiß, die alles erlebt hat und manchmal vor dir steht, wenn du nach dem Kuli greifst.

Wirklich verstanden hat er mich nicht und mich für verrückt erklärt. Er hat uns gebeten, mich und mein anderes Ich, ihm Cola aus der Küche zu holen, das andere habe ja schon alles erlebt und wüsste deshalb, wo die Cola steht. Er käme um vor Durst, könnte aber nicht aufhören zu rudern wegen seiner auf dem kleinen elektronischen Bildschirm angezeigten Punktzahl, dem einzigen Zugeständnis an die Moderne durch den

Hersteller der Holzrudermaschine. Ich kam murrend seinem Wunsch nach. Wir bringen uns gegenseitig aus der Fassung. Von der Küche aus, am anderen Ende seiner riesigen Wohnung, habe ich seine Freudenschreie gehört. Er hatte seinen eigenen Rekord gebrochen. Das ist Thomas. Das überbieten, was er schon sehr gut macht, wozu ihn niemand jemals aufgefordert hat. Da liegt vielleicht sein Problem. Wer hat denn schon wirklich etwas von ihm erwartet?

Das andere Thema, das uns in letzter Zeit oft in Bewegung hält, ist die Wahrhaftigkeit des Braille-Films. »Alles im Film wird wahr sein, Thomas. Die Menschen müssen die Wahrheit über dieses Leben erfahren. Rechne nicht mit mir, um ihm eine Liebelei anzudichten, weil das angeblich in seiner Biografie fehlt.« Worauf er stets gleichbleibend antwortet: »Wir pfeifen auf die Wahrhaftigkeit, was zählt, ist die Wahrheit der Menschen.« Seine alte Leier bewirkt bei mir Achselzucken. »Am wichtigsten ist es, dass das hätte wahr sein können. Ich verlange von Ihnen nicht, Ihren Louis zu verfälschen, sondern zu erzählen, wie er war, und es so zu erzählen, dass aus seinem Leben ein Spektakel wird. Wir sind im Kino. Traum, Eros! Capito?« Ich weiß nicht, wie Thomas das macht, solche lachhaften Sachen wie »Eros!« zu sagen, ohne ins Lächerliche abzugleiten. Dieser Typ kann sich alles erlauben. Ein Talent, das mir fehlt! Wie dem auch sei, für mich ist es keineswegs »capito«, ich habe keineswegs die Absicht, ihm nachzugeben. »Dann, Thomas, *hätte* alles wahr sein *können*. Und dem Erfindungsdrang wären keine Grenzen gesetzt.«

Im Grunde hält er mich für verklemmt, nicht so frei, wie er das erwartet von einem Schriftsteller, einem Künstler, einem echten Künstler.

Er verschweigt nicht, dass er gern einer gewesen wäre, und singt jedes Mal davon zur Eröffnung der Karaoke-Abende, die er der Belegschaft seiner Firma Jahr für Jahr zumutet. Thomas liebt es, Baudelaire zu rezitieren, aber auch Richard Cocciante zu singen. Er hält sich damit nicht zurück, manchmal macht er es gleichzeitig, wobei einen seine Vorstellungen ziemlich aus der Fassung bringen können. Das ist seine Freiheit. Dafür liebt man ihn. Und damit nervt er manchmal.

Was Louis Braille angeht, ließ ich nicht locker. Wir lieben beide dieses zähe Ringen. »Genau, sein Leben war alles andere als ein Schauspiel,

Thomas. Wir werden Louis weder steppen lassen, noch ein Mädchen betatschen. Capito?« Schweigen bei Thomas. Ungewöhnlich, das ist immer ein schlechtes Zeichen. Ich legte nach, damit er reagiert: »Thomas, das Mädchen gab es nicht, nur in seinen Träumen ...« – »Na dann lassen wir ihn eben von Mädchen träumen!«, schloss Thomas an meiner Stelle. Da ist er auf meinen Schelmenstreich reingefallen. Eins zu eins unentschieden. Bei ihm habe ich gelernt, um die Ecke zu denken. Jetzt muss ich den Traum nur noch aufschreiben. Thomas wird vor Begeisterung sagen, dass er eine ausgezeichnete Idee hatte. Ich bin zufrieden mit mir.

Drehbuch, Szene 12. Zehn Jahre alt. Institut

Obwohl Louis über einen regen Geist verfügt, braucht er im Internat einige Zeit, um sich in der ausgeklügelten Geografie der Räume zurechtzufinden. Mit seinen langen Gängen, Klassenzimmern mit wurmstichigem Parkett, hintereinander aufgereihten Werkstätten und verschlungenen Treppen ist dieses alte Seminar von einer packenden Vielschichtigkeit, in der sich jeder verlaufen hätte. Lamartine war damals Abgeordneter und hat es beschrieben als einen »engen, scheußlichen und düsteren Ort, eine ins blinde Gesicht der Kinder geschleuderte Herausforderung«. Dieses Institut ist wie ein Labyrinth angelegt, damit Blinde die größte Mühe haben, sich zurechtzufinden.

Louis wartet seit seiner Ankunft nur darauf, endlich die für die Blinden verfassten Bücher zu entdecken, von denen ihm sein liebevoller Lehrer Monsieur Becheret erzählt hat. Am Tag seiner Ankunft ist er an der für ihn geöffneten Tür der Bibliothek vorbeigekommen, aber er konnte nur das Quietschen der schlecht geölten Türangel vernehmen. Noch keiner hat ihn zu diesem Ort geführt. Er wird nicht darum bitten, er bittet um nichts. Er ist zu schüchtern, zu neu, zu intelligent, will es nicht riskieren aufzufallen, er spitzt eher seine Ohren und wartet voller Hoffnung auf den passenden Moment. Am ersten Tag in der Klasse konnte er sich einem Buch in Reliefschrift nähern, aber er hat noch keines berührt. Es sind nicht genügend Exemplare vorhanden. Nicht alle Kinder haben ein Buch. Hier gehört jedes Buch allen Kindern.

Seine Kameraden haben ihm erklärt, die Schüler würden einer nach dem andern aufgerufen, in die Bibliothek zu gehen. Als er hört, wie der Französischlehrer sechs Schüler bittet, die Grammatik und das Konjugationsbuch zu holen und ihn mitzunehmen, »damit der Neue sieht, wo das ist«, fragt er sich, wieso eine solche Expedition dafür notwendig ist. Er stellt keine Fragen und folgt den Schülern. Blinde Kinder rennen wenig, ihre Lebhaftigkeit drückt sich anders aus, ihr Körper gewinnt anders an Selbstsicherheit. Ihre Stimme singt eher, als dass sie spricht. Ihre Arme und Hände gestikulieren. Die sechs Schüler, die durch den Flur gehen, sind an diesem Tag in ihren Bewegungen recht impulsiv.

Louis folgt ihnen auf dem Fuß. Und dennoch, nach einem Moment versteht er aufgrund der einsetzenden Stille, dass er jetzt ganz allein ist. Er ruft nach seinen Kameraden. Dann ruft er auf gut Glück in die Leere: »Wo ist bitte die Bibliothek? Ist da jemand?« Er schien doch vor wenigen Minuten noch den anderen gefolgt zu sein. Und plötzlich befindet er sich allein in diesem Internat, in dem ihm alles fremd ist, in diesen Bogengängen, diesen Resonanzkörpern, die jede Orientierung nach dem Klang unmöglich machen. Er hofft auf eine Stimme, die ein bisschen das Schwarze erleuchtet, in das er vordringt, da es ihm an Orientierung auf der sich entfaltenden unsichtbaren Karte seiner geistigen Leinwand mangelt. Er ruft noch einmal. Nichts passiert. Er ist ohne Stock, er hielt es für unnötig, ihn mitzunehmen. Er schreitet mit vorgestreckten Armen voran.

Plötzlich spürt er, wie jemand nach seinem Ellenbogen greift. Es ist der Hausmeister, Monsieur Claude, sagt ihm die Stimme. Der Mann hat verstanden, dass die anderen ihn abgeschüttelt haben, nimmt ihn mit zum Ziel, lässt sich Zeit dabei, was Louis erlaubt, sich den Weg einzuprägen. Der Hausmeister macht ihm keine Vorhaltungen, Louis ist verwundert.

Endlich steht er vor der Bibliothek. Monsieur Claude verschwindet, kurz bevor er hineingeht. Louis ist erleichtert. So sieht es aus, als hätte er es allein geschafft. Er hat seinen Stolz.

Ihm fällt zuerst der Geruch von gekochtem Papier und Moder auf. Endlich steht er an der Schwelle des Saales, der auf seinen Regalen das Wissen beherbergt, und weiß nicht, wie er hineinkommen soll. Ein Junge, »Schlappen« genannt, weil er beim Gehen mit den Füßen schlürft, lässt ihn eintreten und führt ihn zum »Bücherregal«. Er lässt Louis die Rücken der »hellen Bücher« berühren – die für Blinde in Reliefschrift geschrieben sind –, und lässt seine Hand über die auf dem Regal eng zusammenstehenden Bände gleiten, so wie man auf der Tastatur die Tonleiter spielt. Louis wiederholt es allein, diesmal langsamer.

Er zählt zwanzig Bücher. Das ist das Inventar ihrer Bibliothek, der Beweggrund seines Exils. Louis kann seine Enttäuschung nur schwer verbergen. Eugène lässt ihn hinsetzen, und legt mit Hilfe eines Kameraden und vierhändig – wegen der außergewöhnlichen Größe und des entsprechenden Gewichts – ein aufgeschlagenes Buch vor Louis auf den Tisch. Man erklärt ihm, man müsse immer zu zweit sein, um ein Werk zu holen. Allein ist kein

Schüler stark genug, ein Buch in den Klassenraum zu bringen, höchstens Léon, weil er in einem Zirkus gearbeitet hat, dabei muss sogar er es auf dem Rücken tragen. Man muss auch die Bücher immer in der gleichen unveränderlichen Reihenfolge zurückstellen, eine Reihenfolge, die jeder auswendig kennen muss. Ohne das Ende der Erklärungen abzuwarten, hat Louis seine Handflächen auf das Werk gelegt. Vor dieser geöffneten Seite sind seine Aufregung und Zaghaftigkeit spürbar und entgehen seinen Kameraden mit den versiegelten Augen nicht. Es herrscht vollkommene Ruhe. Die hämisch lachenden Kinder sind verstummt. Louis ist feierlich zumute. Die anderen warten, als ob auch für sie der Moment ausschlaggebend ist.

Louis hat sein Gesicht über das Buch gebeugt, als glaube er noch daran, seine Augen könnten ihm behilflich sein. Unter seinen Fingern lassen sich die geprägten Buchstaben langsam erraten. Seine Geste wirkt sehr zart. Weil er Hochachtung davor hat. Louis streichelt über die Buchstaben. Er erkennt die Formen, die ihm sein Vater in der Werkstatt aus Leder ausgeschnitten hat. Er weiß, dass sie ihm ihren verborgenen Sinn anvertrauen müssten. Er weiß, es wird nicht sofort sein. Er schlägt die schwere Seite um, die aus zwei zusammengeklebten Seiten besteht. Er bemerkt gewisse Falze, die in die Falte zwischen den Seiten eingebracht wurden. Man erklärt ihm, dadurch würden die Prägungen der Buchstaben nicht zerdrückt. Louis beginnt die Buchstaben mit seinen Fingern leicht zu streifen. Laut nennt er jeden einzelnen Buchstaben. »L-I-E-B-E-N ... lieben; V-E-R-B, Verb« ... Es ist das Konjugationsbuch.

Und während die Finger von Louis über das mit geprägten Buchstaben bestreute Blatt fahren, lässt er seine Gedanken schweifen, die ihn, wie so oft schon, in die Zukunft führen, die seine, die ihre. Von Buchstaben zu Wörtern, von Wörtern zu Sätzen, von Sätzen zu Büchern, die ihnen vielleicht eines Tages die Entdeckung der Literatur ermöglichen, *ihnen*, den Blinden, denen die Geschichten der anderen fehlen. Da ist er, sein Traum, das Motiv für all seine Entscheidungen. Louis fragt den »Schlappen«, ob er lesen kann. Der antwortet beschämt, er erkenne die Buchstaben, aber sie seien so groß, dass es ewig dauere, um ein Wort zu verstehen. Wenn man am Ende des Satzes angelangt ist, hat man den Anfang schon wieder vergessen. »Das nimmt einem den Mut«, gesteht er. »Nicht mal ein Viertel von uns hier ist in der Lage, diese Buchstabenblasen zu entziffern.« Louis sagt sich, mit viel Übung wird er schon einen Weg finden, wie man diesen ein flüssiges Lesen verhindernden Rhythmus beschleunigt.

Louis begreift, dass die »hellen Bücher«, die für sie verfasst wurden, nur Schulbücher sind. »Für Fortsetzungsromane musst du warten oder sie dir von deiner Mutter vorlesen lassen. Die »schwarzen Bücher«, die wir nicht lesen können, sind sehr viel lustiger als unsere«, fügt der »Schlappen« hinzu.

Louis will noch mehr darüber wissen. Er fragt, wo die Reliefbücher hergestellt werden. Er erfährt, dass es am Ende der Bibliothek eine Tür gibt, die zum Druckereisaal führt, wo fast täglich zwei Pressen in Betrieb sind. »Die Pressen werden von den Großen betrieben. Man muss kräftig sein, um fest genug zu pressen, wenn du auf dem feuchten Papier ein Relief auftauchen sehen willst.« Der »Schlappen« ergänzt: »Ich bin nicht schlecht darin, in einigen Jahren, mein Kleiner, kannst Du es auch.« Der seltsame Geruch, den Louis beim Eintreten wahrgenommen hat, ist der von nassem Papier und Seife, sagt man ihm. Von Zeit zu Zeit müssen die Metallbuchstaben der Presse mit trockener Seife eingeschmiert werden, damit sie nicht verkleben. Louis will wissen, wie das dicke Papier beschaffen ist, das unter die Form gelegt wird. »Das ist kein Papier, eher ein Papierbrei, und man muss vor dem Pressen einen guten Molton darauf legen, weil sonst alles futsch ist.«

Die anderen sind nicht so neugierig. Sie wissen nicht, wie viel Zeit es braucht, ein Buch zu drucken, wissen nur, dass sie das letzte Buch zum Schuljahresabschlussfest und das davor zu Weihnachten bekommen haben. Das heißt alle sechs Monate.

»Zwei pro Jahr«, sagt sich Louis nachdenklich. Er greift nach einem Ende eines Buches, und der »Schlappen« nach dem anderen. Gemeinsam schleppen sie sich mit Mühe und Not bis zum Klassenzimmer, ein Monument zwischen ihren Armen. Louis hatte sich nicht vorstellen können, dass Wissen so viel Platz einnimmt.

Rotes Heft von Constance

Ich habe Thomas, der regelmäßig den kompletten Inhalt seiner Schränke verscherbelt, tief beeindruckt, als ich ihm sagte, dass ich immer noch mein Konjugationsbuch besäße. Das Rot auf dem Einband ist ein bisschen verblasst, die Ecken sind rund geworden und die Seiten vergilbt, aber es ist meins. Am meisten berührt mich mein Name auf dem Vorsatzblatt, in der Handschrift eines strebsamen Kindes, die ich nie wieder haben werde.

Ich habe mich immer gefreut, dass Konjugationslehrbücher den guten Geschmack haben, als erstes aller Verben das auszuwählen, das von Liebe spricht. Man entdeckt die erste Gruppe mit dem Verb *lieben.* Man entdeckt die Zeit von lieben. Man fragt sich erstaunt, wie hoch die Liebesdosis noch ist, wenn man sagt »dass ich geliebt hätte«. Man stellt fest, nichts ist trauriger als ein Infinitiv der Vergangenheit, »geliebt haben …«. Ist dann alles vorbei? Ich hatte nie Lust, mich der zweiten Gruppe zuzuwenden …

»Toll, diese Buchszene!« Thomas war hoch erfreut. »Constance, das wird spektakulär auf der Leinwand. Zwei blinde Bengel, die jeden Moment auf die Schnauze fallen können, weil sie ein Riesenbuch tragen müssen! Ich sehe die Szene schon vor mir, ich sehe sie.« Gleich danach fügte er hinzu: »Ansonsten wollte ich Ihnen noch sagen, schreiben Sie uns eine etwas lustige Szene. Das ist die reinste Schwarzmalerei, dieses Institut, wurde da drin nie gelacht?« Angesichts meines ungerührten Gesichtsausdrucks gab er den Rotzlöffel und meinte mit verändertem Tonfall: »Das muss ein Alptraum gewesen sein, das Leben in diesem Internat.« Thomas ist ein großes Kind. Er kann seine Begeisterung nur schwer verbergen. Er bringt mich zum Lachen. Und wenn er mir auf die Nerven geht, sieht er es und bringt mich noch mehr zum Lachen. Wäre er nicht mein Produzent, könnte er mein bester Freund sein.

Ich habe nie »eine beste Freundin« gehabt, ich hätte so gern eine gehabt, aber es hat sich nie ergeben. Ich habe Freundinnen. Es fehlt mir diese eine, der man alles anvertraut, die einen besser kennt als man sich selbst, die das gleiche Wort wie man selbst im gleichen Moment ausspricht, die man anruft, wenn man vergessen hat, wo man den Sommer 1998 verbracht hat … »Du bist eine glückliche Einsiedlerin«, sagte der, mit dem ich sechzehn Jahre lang zusammengelebt habe, dessen Gefallsucht ihn zu immer mehr Begegnungen und frischen Freundschaften trieb. »Wenn du nur deine Bücher hast«, fügte er manchmal hinzu. Wir waren so unterschiedlich. Und uns dennoch so nah. Seine Liebe erfüllte mich. Ihn zu lieben, erfüllte mich, wäre passender. Lieben kann egoistisch sein.

Bevor ich sein Büro verließ, überreichte mir Thomas ein Päckchen von Aurélien. In solchen Fällen bin ich zu neugierig und kann es nicht erwarten, ich habe es im Beisein von Thomas geöffnet. Es ist das gleiche Notizbuch wie das von Aurélien, das er überall mit sich herumschleppt, nur ist seines blau und meines nun rot. Auf der ersten Seite hat er geschrieben »für alles, was dir in diesem Moment durch den Kopf geht und nicht Louis ist …« Als könne der Typ in mir lesen. Er hatte ein Postskriptum hinzugefügt: »Ich habe es nicht in Blau genommen, damit wir sie nicht verwechseln. Ich errate lieber deine Gedanken als sie zu lesen, und dass du von meinen auch weiterhin nichts weißt.« Heute Abend noch fange ich damit an, sagte ich mir. Ich beginne mit dem Tag im Panthéon. Ich erzähle alles. Es war, als hätte ich etwas nachzuholen. Ich musste mich »auf den neuesten Stand bringen«. Wovon, von wem?

Thomas hat mich lesen sehen und mir keine einzige Frage gestellt.

Drehbuch, Szene 13. Drei Jahre alt. Coupvray

Die Tage und Wochen, die auf den Unfall von Louis folgen, sind eine Serie aufeinanderfolgender Hoffnungen und Verzweiflungen. Seine Eltern pflegen sein krankes Auge mit größter Sorgfalt, so wie es ihnen der Arzt gezeigt hat. Die Pflege ist dennoch unzureichend, denn sie beschränkt sich auf das Auswaschen des Auges mit reichlich Lilienwasser und den Verbandswechsel. So können sich Keime vermehren, die noch keinen Namen haben und von denen noch keiner etwas ahnt.

Louis verbringt die ersten Tage der Genesung im großen Wohnzimmer, eingekeilt zwischen den Kopfkissen aus dem elterlichen Bett. Sein feingeschnittenes Gesicht ist durch den dicken Verband über seinem rechten Auge aus dem Gleichgewicht geraten, es verträgt nur schwer den Verlust seines Ebenmaßes. Er neigt den Kopf zur Seite, um dieses Unbehagen auszugleichen. Louis spielt mit den kleinen Krippenfiguren, die seine Mutter ausnahmsweise aus dem Kästchen entnommen hat, das sonst erst an Heiligabend geöffnet wird. Aber das hier ist eine Ausnahme. Madame Braille würde alles tun, um ihren Sohn von den Schmerzen seiner Verletzung abzulenken. Sie sieht darin keine Missachtung des Heiligen, denn für sie ist jetzt ihr Sohn heilig, und nur er.

Das Federbett ist mit Figuren und Tieren übersäht, deren christliche Überlieferung eine neue Bestimmung erfährt, denn Louis erschafft auf Kinderart die Welt neu. Seine Mutter hat sich neben das Bett gesetzt, schält Kartoffeln und hört dabei den Geschichten zu, die Louis mit lauter Stimme erzählt, ohne sich was anmerken zu lassen, sie ist glücklich über seine Fantasie, über der er sein Leiden vergisst.

Aber in der folgenden Nacht werden Louis' Eltern am frühen Morgen vom Stöhnen ihres schweißgebadeten, heißen Kindes geweckt. Er erkennt nur mit Mühe die über ihn gebeugten und so vertrauten Gesichter.

Sein Gesicht, befreit vom abgelösten und auf dem Boden liegenden Verband, ist eine einzige Leidensmaske. Das eitrige und halb geschlossene Auge scheint nur noch nach innen schauen zu können. Das andere steht hervor und ist gerötet, es rollt in alle Richtungen, als ob es Bilder festhalten wolle, die jene anderen in seinem Wahn verjagen sollen, die ihn in Schrecken versetzen. Er ist nicht mehr wirklich da, aber auch noch nicht gegangen, eher im Gehen begriffen, zwischen zwei Ufern; seine Eltern betrachten ohnmächtig das Schauspiel ihres Kleinen, der die Leinen losmacht.

Simon kann sich nicht damit abfinden, seinen von Krämpfen geschüttelten Sohn allein mit dem Tod kämpfen zu sehen. Sein Instinkt führt ihn nach draußen, um Hilfe im Dorf zu holen. Wenn er schon nichts tun kann, wird es jemanden geben, der es kann. An das Gegenteil ist nicht zu denken.

Madame Braille bleibt allein bei Louis und ihrer großen Tochter, die ebenfalls aufgewacht ist und panisch darauf wartet, ihre Mutter möge, wie sonst auch, die Sache in die Hand nehmen. Aber die Mutter rührt sich nicht. Sie ist wie hypnotisiert von dem, was sich vor ihren Augen abspielt. Als sie endlich aus dieser Schockstarre zur Besinnung kommt, bittet sie ihre Tochter, Tücher in frisches Wasser zu tauchen, die sie auf den glühenden Körper ihres Jungen legt und drückt sich an ihn im elterlichen Bett. Sollte er sterben, wäre das hier, ganz nah, von wo er herkommt. Sie atmet im Rhythmus von Louis. Ihr beider Atem ist im Gleichklang. Sie streichelt den Kopf ihres Kindes und umfasst sanft seinen unruhigen Körper. Sie begleitet ihn so gut sie kann. Sie lässt die Zeit entscheiden, die folgende Minute wird ihr den Sohn nehmen oder ein wenig zurückbringen. Seltsamerweise scheint ihr diese Haltung das Wirksamste zu sein, was sie tun kann.

Sie weiß nicht, wie lange sie schon so liegt. Mit jedem Atemzug wird ihr bewusst, dass sie und er noch leben. Sie weiß nicht, ob der nächste ihr wieder diese milde Gabe gewährt. Allmählich verändert sich ihre Wahrnehmung so weit, dass sie meint, sie sei er. Plötzlich ist sie überzeugt, sie werden zusammen leben oder sterben. Sie sagt sich sogar, es sei ihr gleichgültig, da ihr Schicksal untrennbar miteinander verbunden ist. Als sich die Tür öffnet, und ihr Mann, gefolgt vom Apotheker, hereinkommt, hat sich Louis beruhigt. Sein Vater, der unter Schock steht, begreift nur langsam, dass er weder tot, bewusstlos noch lethargisch ist. Die Krämpfe haben aufgehört und ihn nicht mit sich gerissen. Die Macht der Mütter ..., denkt er.

Die ganze Zeit über kniete Marie-Céline, ohnmächtig angesichts der grauenvollen, sich vor ihren Augen abspielenden Szene, zusammengekrümmt in der Ecke der Fensternische. Eine schreckliche Erinnerung kroch in ihr hoch, als Louis bewusstlos in den Armen seiner Mutter lag. Sie erinnert sich, eines Tages gehofft zu haben, Louis möge verschwinden. Er sollte nicht sterben, nein, das, schwört sie, habe sie nie gewollt. Aber sie hatte sich gewünscht, er möge nicht mehr im Haus sein, wo er so viel Platz und so viel Liebe in Anspruch nimmt. In den Tagen nach diesem schändlichen Wunsch war sie ihrem Bruder gegenüber doppelt so fürsorglich ... Wenn in einer Familie ein Kind nicht wie die anderen ist, gilt es für die ganze Familie. Sie hat bei sich gerade etwas Schreckliches entdeckt. Niemand hatte es damals bemerkt. Aber sie weiß es. Sich dieser schuldhaften und geheimen Hoffnung eines Tages hingegeben zu haben, nur für einen Augenblick, sie geschöpft zu haben, das kann sie nie wieder vergessen.

Warum kommt es ihr gerade jetzt wieder, da ihr Bruder unter ihren Augen dem Tod entgegendämmert? Wurde ihr »Wunsch von damals« jetzt erhört? Ratlos sagt sie leise alle ihr bekannten Gebete auf, verbirgt dabei das tränenüberströmte Gesicht in ihren Händen. Sehr schnell aber verhallen diese, und sie bleibt in einem unerträglichen Abgrund zurück. Die Rosenkränze aus heilbringenden Worten lösen sich einer nach dem anderen auf. Sie fällt ins Leere. Sie sucht in Gedichten nach beruhigenden Rhythmen. Aber alles, was sie jahrelang fehlerfrei rezitiert hat, stiehlt sich davon, vermischt sich, verdreht sich, versagt ihr die Beruhigung, nach der ihre Schuld verlangt, so wie die klaffende Wunde danach verlangt, dass man sie schließt. Sie muss um jeden Preis ein Mittel finden, um das aus ihren schlechten Gedanken entstandene Drama abzuwenden. Sie ist dabei, den Verstand zu verlieren. Und alle haben sie in ihrer Ecke vergessen.

Als ihr Vater sie von hinten so verzweifelt und von Krämpfen geschüttelt wahrnimmt, nähert er sich ihr vorsichtig, nimmt ihr verzweifeltes Gesicht in seine Hände und zeigt ihr, dass die Gefahr vorüber ist. Da versteht sie, dass der Tod aufgegeben hat, und bricht in den Armen ihres Vaters zusammen. Er hebt ihre sechzehn Jahre und ihr überschweres Herz hoch. Er trägt sie wie ein Kind zum Bett, in dem Louis schon schläft. An diesem Morgen sind sie alle Überlebende.

Rotes Heft von Constance

Mama hat noch nie angemessen reagiert. Im Fall einer Panik geriet sie vor uns verblüfften Kindern in Panik. Aus einer Maus machte sie einen Elefanten. Und die wichtigen Dinge rauschten an ihrem Kopf vorbei oder kamen dort mit Verspätung an. Unsere Papiere »von den Eltern zu unterschreiben« wurden immer mit Verspätung signiert und unsere Notenbüchlein manchmal mit extravaganten Kommentaren versehen. Einmal hatte sie im Heft meiner Schwester auf die Mitteilung »kann es besser« hinzugefügt: »Sie auch«. Bei ihr wusste man nie genau, was einen erwartete. Oder vielmehr, man war jederzeit auf alles gefasst.

Ich habe mich oft gefragt, warum sie mich Constance genannt hatte. Das sieht ihr überhaupt nicht ähnlich … Sie muss sich gesagt haben, es könnte zu mir passen. Und es könnte ein Ausgleich sein. Eine Constance in ihrer frisch gegründeten Familie, das würde ihr die Freiheit lassen, weiterhin eine Variable zu sein, ein Kind, das zugleich zur Mutter wird. Constance Duroc*, wenn ich damit nicht solide bin! Als ich mich bei Aurélien über diese Wahl beklagte, meinte er, ich hätte Glück gehabt, dass sie mich nicht Tempérance** genannt hat. Ja klar, schlimmer geht immer.

In der Schule stürmte sie öfter in meine Klasse. Zuerst schob sie den Arm durch den Türspalt, wedelte mit meiner roten Wollmütze – oder mit einem anderen »vergessenen« Gegenstand – trat dann ein und flötete gespielt achtungsvoll: »Ich möchte keinesfalls stören, aber Constance hat das da vergessen. Ich lege es Ihnen auf den Tisch, bis später, mein Liebling.« Mein Lehrer war baff. Die Kinder lachten, und ich wollte im Erdboden versinken.

Manchmal war »das da« mein in Alupapier eingewickeltes Pausenbrot oder ein altes Schulheft aus dem letzten Jahr. Man könnte glauben, sie durchsuchte, sobald ich zur Schule aufgebrochen war, die Wohnung in der Hoffnung, irgendwas zu finden, was sie mir in die

*) Duroc (frz.): vom Fels.

**) Tempérance (frz.): Enthaltsamkeit.

Klasse hinterhertragen könnte. Vermutlich träumte sie davon, der verständnisvolle Lehrer würde ihr vorschlagen, sich in eine Bank zu setzen und bei uns zu bleiben. Dann hätte sie herumtoben können, so wie sie es laut ihrer Erzählung in aller Ruhe in den gesegneten Zeiten ihrer Kindheit getan hat. Es ist nicht einfach, allein zu spielen. Das muss sie sich gesagt haben, als wir alle drei in der Schule waren. So hat Louise Bourgeois mit der Bildhauerei begonnen, sie war zu einsam, als sich die Schultore hinter ihren Kindern geschlossen hatten.

Als ich in die sechste Klasse kam, war Schluss damit. Sie kannte meinen Stundenplan nicht mehr so gut, um herauszufinden, in welchem Klassenzimmer sie mich antreffen würde. Sie gab auf. Oder sie hat es versucht, sich zwei, drei Mal geirrt und war müde.

So nach und nach hörte ich auf, diese Klassenzimmertür zu fürchten, die ständig meine Ruhe bedrohte. Dann habe ich mich darauf eingestellt, dass sie sich wieder öffnet ...

Ich habe sehr früh begriffen, dass es nichts bringt, im Leben etwas vorwegzunehmen, denn nichts geschieht so, wie man es sich vorstellt. Später habe ich es vergessen.

Drehbuch, Szene 14. Drei Jahre alt. Coupvray

Eines Tages sagt Louis seiner Mutter, dass das ihm verbliebene Auge zunehmend verschwommen wird, immer verschwommener. Der sofort alarmierte Arzt kommt am nächsten Tag ins Haus der Familie Braille. Er greift vorsichtig nach dem Gesicht von Louis, dringt mit seinem Blick in das zweite, bereits glasige Auge, nimmt seine Hände zurück, wobei er sie zärtlich über den Hinterkopf des Kindes führt. Für Madame Braille sagt diese unwillkürliche Geste des gutmütigen Arztes alles: »Armer kleiner Kerl!« Sie weiß, was er ihnen gleich verkünden wird. Er hat solche Fälle schon gesehen, in denen das kranke Auge das gesunde angesteckt habe, da kann man nichts mehr machen, außer sich darauf einzustellen und das Kind darauf vorzubereiten, dass es in wenigen Wochen vollständig erblindet sein würde.

Madame Braille weint daraufhin die ganze Nacht, eingekuschelt in die Arme ihres Mannes, dessen Verzweiflung zwar stiller ist, ihm aber umso sicherer auf den Magen schlägt. Die Kinder schlafen neben ihnen, Louis hat einen leichten Schlaf und ein immer feineres Gehör. Sie versucht, so gut sie kann, ihr Schluchzen zu unterdrücken, aber der Schrei sitzt in ihrer Brust. Sie tut immer so, als würde sie husten, wenn sie ihren Atem in der Luftröhre erstickt. Der merkwürdige raue Ton dieses vorgetäuschten Hustens wirkt beunruhigend. Es ist der Ton des reinen Schmerzes. Der kein Gegenmittel kennt. Nicht einmal die Zeit.

In den Tagen kann die Mutter nicht anders, als ihren Sohn anzuschauen, offen und geradewegs in die Augen, wenn sie einen Grund hat, meistens aber versteckt. Ja, er sieht weniger, doch sie weiß, dass er in der Lage ist, ihre besorgten Blicke wahrzunehmen.

Wenn sie das verletzte Engelsgesicht ihres Kindes betrachtet, verfolgen sie die wohlwollenden Worte des Arztes, in ihren Ohren aber die grausamsten, die sie je gehört hat: »Bereiten Sie Ihren Sohn darauf vor, blind zu werden.« Wie kann man das von einer Mutter verlangen? Wie soll sie es anstellen? Muss sie das machen? Muss sie vergessen, was sie gehört hat? So verbringt sie mehrere Tage in Erwartung eines unmöglichen Wunders, das sie vom künftigen Unglück befreit. Eines Nachts, sie schläft nicht, sieht sie sich mit ihrer ganzen Familie, wie sie immer weiter unter einem sich über sie ergießenden feinen Sandregen begraben werden. Der Pegel steigt langsam und gleichmäßig in diesem Stundenglas, in dem sie ohnmächtig zum herunterrieselnden Sand aufschauen und warten. Louis, der Kleinste, wird als erster verschlungen, bis hin zu den Haaren. Ihr Gatte, ihre Tochter und sie erstarren, bis endlich der Schulterhöhe erreichende Sand aufhört zu rieseln. Madame Braille ist besessen von dieser seltsamen, für Louis so schrecklichen Vision, da keine rettende Hand vorbeikommt, um die Sanduhr seines Schicksals umzudrehen. Sie würde so gern mit einer kräftigen Geste den Ablauf ihres Alptraums ändern.

»Schau dir die ganze Schönheit der Welt jetzt an, zögere nicht, und grabe sie tief in dein Gedächtnis ein.« Sie wünschte, ihr Sohn könne das hören, ohne es ihm sagen zu müssen. Es zu sagen, hieße zuzugeben, dass diese Schönheit ihn verlassen wird. Dazu kann sie sich nicht entschließen. Zu wissen, dass eine Sache bald zu Ende geht, hindert einen, sich ihrer zu erfreuen, denkt sie zu Recht oder zu Unrecht, schließlich müsse für die anderen das auch gelten, was für sie gilt.

Madame Braille lässt sich wie immer Zeit, wenn sie nicht weiß, was sie machen soll, nimmt sich zurück, ist aber hellwach. An einem Morgen der folgenden Woche ist es dann Louis, der seiner Mutter ungewollt einen Weg aus der Sackgasse weist, in der sie sich befindet.

Er sitzt am Eichentisch und zeichnet mit der Bleimine seiner Schwester ein steifes Männlein mit einem Hut auf dem Kopf und einer Fliege und einer Harke in der Hand. Seine Mutter setzt sich zu ihm, sieht sich die Zeichnung aufmerksam an und befragt Louis. Sie möchte wissen, was er darstellen wollte. Er antwortet ihr, es handle sich um eine Vogelscheuche, die er tags zuvor gesehen habe, als er an der Wiese der Nachbarn vorbeigegangen sei. Madame Braille bittet ihn, sie ihr zu zeigen. Sie steckt vorsorglich Papier, eine neue Bleimine und zwei Brettchen aus der Werkstatt ihres Mannes ein. Sie will sein Modell sehen, sagt sie ihm, und will auch zeichnen, zusammen mit ihm, so wie sie es als Mädchen tat. Als sie ankommen, setzen sie sich auf die Erde und beide beginnen zu zeichnen. Auch sie malt die Vogelscheuche, aber schlecht. Sie bittet Louis, den Pflug hinter der Vogelscheuche zu malen, die Heuhaufen hinter dem Pflug und den Himmel hinter den Heuhaufen. Der nächste Tag ist ein Donnerstag, Tag des fliegenden Händlers. Sie kauft eine Schachtel Farbe und Pinsel.

Jeden Tag gehen Louis und seine Mutter durch das umliegende Land spazieren, bleiben stehen, wenn sie das finden, was sie gern malen möchten. Sie erzählt ihrem Sohn, wie sie es als Kind machte. In Wirklichkeit erfindet sie alles, sie erinnert sich nicht mehr daran. Sie erklärt, man müsse zuerst gut hinsehen, ohne etwas zu tun, dann zu den Farben greifen und von dem Bild, das man vor Augen hat, zum Bild wechseln, das man machen möchte. Sie schlägt ihm vor, um das, was er sieht, gedanklich einen Rahmen zu ziehen, um es besser zu sehen. Sie zeigt Louis, wie man Grün aus Blau und Gelb hervorzaubern kann. Dann bittet sie ihn, sich alle Grüntöne der Bäume und Wiesen anzusehen. Unbewusst hält Louis in seinem Inneren für immer die Farben und Formen fest, die ihn umgeben.

Eines Morgens baut sich Monique vor ihm auf und sagt: »Louis, male Mama.« Sie bedauert es auf der Stelle, ohne zu wissen warum. Aber es ist zu spät. Sie betrachtet ihren Sohn, wie er sie lange ansieht, bevor er zu zeichnen beginnt, so, wie sie es ihm geraten hat. Sie ist eingeschüchtert von diesem starken und aussichtslosen Blick.

Louis sagt zu ihr ein wenig feierlich: »Jetzt mache ich dich auf dem Blatt noch einmal.«

Die kleinen Finger setzen sich in Bewegung. Er nimmt ein bisschen zu viel Wasser, denkt sie, sagt aber nichts. Mit vier Jahren wird er noch keine Ähnlichkeit zustandebringen. Genau das schüchtert sie ein, mit vier Jahren macht man nicht das, was man sieht, man macht, was man glaubt. Als er »fertig!« ruft, tritt sie näher. Sie hat sicher in den letzten zwei Jahren etwas zugenommen, aber er hat sie viel dicker gemalt als sie ist. Sie ist ein wenig überrascht. Louis zeigt auf den dicken Bauch, greift zu seinem Stift, zeichnet ein Fenster hinein und sagt zu seiner Mutter: »Da bin ich.«

Louis wusste nicht, dass man gleichzeitig weinen und lachen kann. Aber eben das macht seine Mutter vor seinen Augen, aus Freude. Sie ist für ihren Sohn gleichzeitig die ihn in sich Tragende und das Fenster, aus dem er entwischen kann, jenes wundersame Paradox der Mütter, der guten Mütter. Die anderen haben kein Fenster. Madame Braille sagt sich: »Ich bin zwei.« Sie ist es für immer.

Dass die Kinder zuerst in einem Bauch heranwachsen, weiß Louis nicht, er ist zu jung dafür. Gleichzeitig weiß er es aber. Da versteht sie, dass Louis die Dinge immer sehen wird. Nur anders.

An den Tagen danach malt er alles, was ihm unter die Augen kommt, auch die Leute, auch sich selbst im kleinen Spiegel, den ihm seine Mutter hinhält. An diesem Tag wird ihr bewusst, als sie ihre Tränen hinter dem Spiegel verbirgt, dass er sein Männergesicht nie kennen wird.

In den folgenden Monaten schaut sich Louis alles an. Er schaut ein letztes Mal. Er schaut und weiß nicht, dass es das letzte Mal sein wird.

Drehbuch, Szene 15. Zehn Jahre. Institut

Im Schlafsaal hört Louis ein mit Mühe unterdrücktes glucksendes Lachen seiner Kameraden. Ab und zu schießen ungehemmt Lachsalven hervor. Für die anderen ist Louis noch der Neue und wagt sich nicht, sich der Gruppe zu nähern. Deshalb spitzt er die Ohren, so gut er kann. Er fragt sich, was die Internen in eine solche Aufregung versetzen könnte.

Er nimmt Flüstern und jede Menge Erregung wahr, auch Worte, die ihn aufhorchen lassen. Er lässt sich keines davon entgehen. Er hat nur sie, um die Szene zu entschlüsseln. Ein solches Lachen, erinnert er sich, hatten auch manchmal die Wäscherinnen, die ihn durcheinanderbrachten, wenn er seine Mutter begleitete.

– Jeder kommt dran, Jungs. Ihr macht sie noch kaputt, sagt einer.

– Hast du schon mal eine in echt berührt?

– Nein, noch nie.

– Also weißt du nicht, wie sie sind?

– Ich weiß es. Meine Schwester hat's gern gemacht, aber nie umsonst, etwa zum Tausch gegen mein Vesperbrot, jedes Mal musste ich ihr irgendwas dafür geben.

Ein anderer wird ungeduldig:

– Jetzt bin ich dran, macht mal, wir pfeifen auf deine Schwester.

Louis atmet kaum, aus Angst, die anderen könnten sich daran erinnern, dass er da hinten im Bett liegt. Sie mussten ihn vergessen haben. Er hätte gar nicht im Schlafsaal sein dürfen, denn um diese Uhrzeit waren die Jüngeren in den Werkstätten.

– Glaubst du, dass wir eines Tages eine haben werden, eine Frau? Eine richtige Frau?

– Jedenfalls wirst du sie nicht einmal sehen können.

– Jaaa, aber wenn sie schön ist, krieg' ich's ?raus.

– Aha, und wie?

– Weiß nich', aber ich krieg's raus, sag' ich dir. Du, meinst du, sie ist schön, deine Figur, die wir begrapschen dürfen?

– Natürlich ist sie das.

– Und woher willst du das wissen?

– Weil man sonst keine Statue daraus gemacht hätte, antwortet Arsène. Hau ab, wenn's dir nicht gefällt.

Zu seinen Worten kommt die passende Geste, er schubst seinen Kameraden, der gegen den neben seinem Bett stehenden Louis kracht. Beide liegen jetzt am Boden.

Der andere steht wieder auf und wirft sich in die Traube von Kindern, die immer noch dicht gedrängt um die Nackte herumstehen, um sich den zu greifen, der ihn gestoßen hat. Sollte er ihn in der Menge finden, ist er fest entschlossen, ihm mit seiner Statue das Maul zu stopfen. Die Atmosphäre ist aufgeladen. Die Jungs haben Lust, sich zu schlagen. Oder vielleicht brauchen sie es einfach. Ein nicht mehr unterdrückbares Bedürfnis, aus Wut darüber, Porzellan mit den Formen einer Frau liebkosen zu müssen. Eine allgemeine Prügelei wäre ein perfektes Ventil. Sie ist wohl unvermeidlich.

– Hey, lohnt sich nicht, euch deswegen zu prügeln! Ob schön oder hässlich, Frauen sind nichts für uns. Jungs wie uns will keine.

Der Startschuss ist gefallen. Rufe wie »das werden wir sehen«, »wir sind keine Lumpen« oder »auf in den Kampf!«, tönen durch den entfesselten Schlafsaal. Es folgt ein großes Handgemenge, bei dem niemand weiß, wen er schlägt oder sich greift. Als Piquette eintritt, findet er die Jungen in einem Haufen rings um Scherben aus Porzellan. An diesem Abend ist das Abendessen für den Schlafsaal gestrichen.

Drehbuch, Szene 16. Drei Jahre alt. Coupvray

Wie es der Arzt aus Meaux vorausgesagt hatte, wurde auch das zweite Auge von Louis von der Infektion befallen, ohne dass man etwas dagegen tun konnte. Die Umrisse der Gegenstände werden trüb, die Dinge ringsum tauchen erst im letzten Moment auf. Er gleicht aus, indem vor seinen Körper die gestreckten Hände hält. Die Farben werden schwächer. Das Gesicht seiner Mutter, die sich über ihn beugt und das Wiegenlied singt, wird jeden Abend etwas trüber. Kurz nach dem Unfall sah er sie wie hinter einer beschlagenen Scheibe, aber in den Folgetagen verblassten ihre Züge ganz, ihre Nase war weggewischt, dann ihre Augen und ihr Mund. Er nimmt nur noch den Umriss ihres Gesichts wahr, so wie in einem starken Gegenlicht. Von seiner Mutter bleibt ihm lediglich ein Lichtkreis übrig, der sich vom Licht ringsum unterscheidet, und ihre Stimme, die weiter für ihn singt …

Und eines Tages, als wär's die erste Nacht aller weiteren, sinkt dieses letzte Leuchten zu einem tiefen Schwarz hinab.

An jenem Morgen, als die Sonne schon am Himmel steht, fragt Louis: »Papa, ist es bald Morgen?« Er kann die Tränen seines Vaters nicht sehen. Er hört ein Räuspern, sonst kommt kein Ton.

Er gewöhnt sich an, die Gesichter zu berühren, die sich ihm zuwenden. Seine Mutter streckt ihm ihres jeden Abend entgegen, auf dem er dann mit seinen kleinen Fingern spazieren geht.

Louis Pasteur und Louis Braille hätten sich begegnen können. Louis war vierzehn Jahre älter. Als Pasteur geboren wird, beginnt Louis mit seiner Erfindung, die den Blinden das Lesen ermöglicht. Als Louis stirbt, weiß Pasteur schon genau, wonach er sucht. Es fehlte nicht viel, nur eine Generation, und Louis hätte von den Entdeckungen Pasteurs profitiert. Die Brailleschrift hätte nicht das Licht der Welt erblickt. Das zweite Auge von Louis hätte gerettet werden können. Diese Überlegung erinnert mich an ein Spiel, das ich als Jugendliche mit dem Klassenbesten spielte. Dieser lerneifrige Brillenträger schreckte fast alle Schüler ab, mich nicht, denn ich hatte in meiner stummen Phase seinen wahren Charakter entdeckt. Er war der Einzige gewesen, der mir mit größter Ernsthaftigkeit riet, mich mit Zeichen verständlich zu machen. Das hatte uns einander nähergebracht. Als ich wieder zu sprechen begann, hatten wir unser Zeichenspiel durch ein anderes ersetzt. Wir hatten Spaß daran, uns vorzustellen, was aus der Welt geworden wäre, wenn ein Sowieso vor einem Sowieso geboren worden wäre. Diese Kombination von »wenn« und von »dann und dann also …« unterhielt uns und warf Fragen auf. Alles schien von so wenigen Dingen abzuhängen.

Warum liegt uns daran zu sehen? Wissen wir es?

Hier eines der Dinge, die ich am meisten in der Welt fürchte: Eines Tages dazu verdammt zu sein, in Dunkelheit zu leben. Die Dunkelheit hat mir immer Angst gemacht. Wenn ich auf meine Schwestern aufpassen musste, verheimlichte ich ihnen meine Angst, damit sie nicht ihrerseits Angst bekämen, und versteckte meine kleine fluoreszierende heilige Jungfrau unter meinen Decken. Nichts zu erkennen, meinen Blick auf nichts richten zu können, ließ bei mir eine Art Panik aufkommen. Das Nichts an den Tag gebracht durch die Dunkelheit.

Schon die Stunde der Abenddämmerung, wo sich Grün, Blau oder Rosa verflüchtigen, wo das Grau sich einschleicht vor der Dunkelheit, ist wie eine düstere Warnung. Formen und Farben sind das Leben, wie es sich der Säugling aneignet, der mit schon geöffneten Augen zur Welt kommt. Ich will im Leben stehen. Nichts anderes. Auch wenn ich weiß, dass nichts ohne sein Gegenteil existiert, gibt es Gegenteile, von denen ich nichts wissen will.

Mit dem, der mein Mann geworden war, hatte ich keine Angst mehr vor der Dunkelheit. Er war Licht. Wie soll ich sagen? Ein dunkles und hartnäckiges Licht. Das einzige, das sich gegenüber der Nacht wie gegenüber dem Tag behaupten konnte. Ich schreibe es und mir wird klar, wie unpassend diese Worte für jeden anderen außer mir sind. Ich schreibe es trotzdem. Ich schreibe es für mich. Ich schreibe es für ihn. Louis hätte verstanden. Wie sonst hätte er diesen Riesenschatten ertragen können, der eines Tages alles überdeckt hat? Er hat das Licht woanders gefunden, an seiner Quelle, in seinem Innersten.

Drehbuch, Szene 17. Zehn Jahre alt. Institut

Wenn es Louis besser geht, liegt es daran, dass Gabriel und er endlich Nachbarn sind. Sie wurden während des Unterrichts nebeneinandergesetzt, bei den Korbflecht- und Strickarbeiten und beim Musikunterricht, das heißt, fast die ganze Zeit. Vor sechs Monaten nahm Louis seine erste Mahlzeit im Speisesaal ein, ein Abendessen, bei dem es Gabriel gelungen war, ihn trotz seines Kummers zum Lächeln zu bringen.

Seitdem nutzen sie jede Gelegenheit, um zusammen zu sein. Sie haben manchmal einen Anlass dafür gesucht, seitdem aber brauchen sie sich darum nicht mehr zu kümmern. Ein Banknachbar ist weit mehr als nur das in dieser besonderen Schule. Er ist ein Mitspieler, ein Gefährte im Unglück oder im Glück, je nach Tag und Ärgernis. Mit diesem Partner wird man in die Bibliothek geschickt, macht man vierhändig sein Bett, wickelt man seinen Wollstrang ab. Vor allem ist er es, mit dem man sein Buch teilt, was entweder viel Geduld erfordert oder den gleichen »Lese«-Rhythmus bei den Reliefwörtern.

Zweifellos sind sie aus diesem Grund nebeneinandergesetzt worden. Louis hat seit seiner Ankunft alles dafür getan, das Niveau dieses Jungen zu erreichen, den er schon als seinen Freund schätzte.

Vor Louis und Gabriel liegt das Geografiebuch. Sie wissen es nicht, aber der Direktor und Lehrer nimmt ihre aufkeimende Freundschaft neugierig unter die Lupe. Ihn beschäftigen die Gefühlsbekundungen bei anderen, weil diese ihm seit jeher unbekannt sind. Louis und sein Freund haben verstanden, dass sie auf der Hut vor ihm sein müssen, und helfen sich unauffällig. Sie flüstern eher, als dass sie sprechen. Der Direktor weiß nicht, wie er sie in die Enge treiben kann. Er hat oft versucht, Louis zu ertappen, indem er ihm unvermittelt eine Frage stellte, etwa über den Verlauf der Seine, die Gebirge oder die Hauptstädte, aber jedes Mal überraschten seine richtigen Antworten Monsieur Guillié. Die beiden Freunde bilden ein unglaublich erfolgreiches Tandem. Sie haben sich gefunden.

Sie sitzen in der ersten Reihe im Klassenzimmer. Der eine »beäugt« eine Frankreichkarte mit seiner flachen Hand auf der linken Seite. Der andere »entziffert« die Erklärungen auf der rechten Seite. Jede Seite eines gepressten Buches besteht aus zwei zusammengeklebten Blättern, was eine Vorder- und eine Rückseite ergibt. Jedes Blatt kam unter die Presse, um die Reliefbuchstaben herauszuarbeiten. Die Seiten der Bücher für Blinde sind also zugleich sehr groß und sehr dick, was Gabriel, der keine Gelegenheit auslässt, ihr Unglück ins Lächerliche zu ziehen, zu der Bemerkung verleitet, dass man mit dem Umblättern einer Seite alle Schultüren zuschlagen kann.

Louis versucht, sich die Umrisse »unseres schönen Landes« einzuprägen, wie es der Lehrer dummerweise sagt. Sein Finger bewegt sich langsam auf der Linie unserer Meeresgrenzen, die für ihn niemals blau umrandet sein werden. Er lässt seiner Vorstellung über das türkisblaue Wasser freien Lauf, über die Bewegung der Wellen und die Unermesslichkeit eines Ozeans, der Länder verbinden kann, so viele Dinge, die er auf seine Art neu erfindet. Er, Braille, hat seinen eigenen Ozean ... und er ist unendlich. Er hat sein eigenes Blau ... »Blau« bedeutet für ihn eine besondere Klarheit, aus verblassten Erinnerungen bestehend, aber aufgefrischt durch imaginierte und kolorierte Tuschzeichnungen.

Louis hat die Kartenseite unter seinen Fingern. Er denkt schon an die nächste Seite, die Erklärungen, die er mühselig mit dem Finger entziffern wird. Was er hier lernen wird, wird vielleicht seine Fantastereien Lügen strafen, und wenn schon. Für ihn heißt Wissen zuerst Glauben, bevor es Gewissheit wird. Die Menschheit hat sich sehr wohl eine flache und schwimmende Erde erfunden, bevor sie erfuhr, dass sie rund ist. Man kann nicht leben, ohne sich das vorzustellen, was uns fehlt, da erfindet man lieber die Wirklichkeit, als sie nicht zu kennen. Man kann nicht würdevoll in der Leere leben. Louis hatte nie angenommen, dass die Finsternis, in die er eingetaucht ist, ein Nichts war. Deshalb ist er nach Paris gegangen, um hinter den schwarzen Vorhang zu schauen, der den Weg zu seinem Geist versperrte. Gabriel ist aus dem gleichen Holz geschnitzt, aus jener widerständigen Festigkeit gegenüber der Zwangsläufigkeit des Schicksals, dieses entschieden unentschlossenen Wesens. Louis und Gabriel sind sich begegnet und wissen, dass sie sich nicht mehr trennen werden. Indem sie sich gegenseitig stützen, gehen sie von nun an voran.

Um Louis Zeit zu ersparen, erklärt ihm Gabriel die Karte, die dieser gerade abgetastet hat. Sie müssen leise sprechen, die Verbote des Internats unterlaufen.

Louis möchte trotz seiner Schwierigkeiten weiterhin daran glauben, dass aus den Reliefbüchern noch etwas herauszuholen ist. Er kommt nicht so schnell voran, wie er möchte, aber er kommt voran. Er wird einen Weg finden, wenn es sein muss, dieses System zu verbessern, aber eines Tages wird er im Rhythmus der Sehenden lesen.

Das ist sein Credo.

Drehbuch, Szene 18. Sieben Jahre alt. Coupvray

Wie die meisten Häuser im Dorf wurde das Haus der Brailles nach der Niederlage von Napoleon durch die preußische Armee beschlagnahmt. Die Besatzung dauerte zwei Jahre, in denen lärmende Soldaten in den Haushalten einander ablösten. Als die letzten abziehen, ist Louis sieben Jahre alt. Niemals wird er die Mannsbilder mit den hallenden und metallischen Schritten vergessen, die in ihrem Haus wohnten. Die ganze Familie war in den Dachboden ausgewandert.

An diesem Sommertag des Jahres 1816, als der Abzug der Truppen angekündigt wird, lässt der bei ihnen einquartierte Offizier durch seinen Burschen bitten, Madame Braille möge selbst das Esszimmer für ein »kleines Fest« anlässlich ihres bevorstehenden Abzugs schmücken. Der Hausherrin bleibt keine Wahl, denn hinter diesem scheinbar höflichen Ersuchen verbirgt sich ein Befehl. Der Sieger hat immer Recht. In den zwei zurückliegenden Jahren ist das den Bewohnern von Coupvray schmerzlich klar geworden. Das Fest soll am nächsten Tag stattfinden.

Am frühen Nachmittag sehen die Dorfbewohner, die auf den Stühlen vor ihren Haustüren sitzen, wie Mutter Braille entschlossenen Schrittes, gefolgt von ihrem sich an den Schürzenbändern festklammernden kleinen Blinden und der strahlenden Marie-Céline, der Blume der Blumen, zu den Feldern gehen. Auf einer Wiese halten sie an, und Madame Braille verteilt an alle Körbe, die sie unter dem Arm trägt. Louis soll ihr Kornblumen bringen, ihre Tochter Mohnblumen suchen und sie selbst wird Margeriten pflücken.

Es wurde ihr zur Gewohnheit, Louis Aufgaben zu übertragen, von deren Ausführung sie annahm, dass sie für ihn von Gewinn sein könnten. Und er gewinnt dabei. Manchmal an Stolz. Manchmal an Wendigkeit. Und immer an Geduld. Sie weiß, dass Louis mit dem Pfarrer lernt, Bäume, Vögel und Blumen zu bestimmen. Ihr Kind hat im Laufe der ersten Jahre seiner Erblindung einen selbst für Blinde außergewöhnlichen Tast- und Geruchssinn entwickelt. Deshalb zweifelt sie an diesem Tag nicht daran, wo sie im hohen Gras der blühenden Wiese hockt, dass ihr Louis seine Sammlung bringen wird. Die Kinder singen, bei den Brailles wird viel gesungen, die Körbe füllen sich, die Mutter lächelt vor Wohlbehagen und genießt ihre Posse voller Vorfreude.

Als sie sieht, dass die Ernte erfreulich ist, ruft sie die beiden Pflücker, die kommen und sich neben sie setzen. Auf ihren Gesichtern spiegelt sich ihr Glück, diesen innigen Augenblick mit ihrer Mutter zu teilen, die sich zu dieser Gelegenheit von den Pflichten des Hofes freigemacht hat. Die Sonne scheint sanft, ihre unnützen Hüte liegen verstreut auf dem Boden. Marie-Céline findet ihre Mutter schön mit ihren noch goldgelben Haaren, die sich aus ihrem Haarknoten lösen. Louis weiß, sie ist schön.

Sie beginnt, die Spule mit feinstem Baumwollgarn, die sie in ihre Schürzentasche gesteckt hat, abzurollen und ruft die Blumennamen auf:

»Kornblume«, und schon hält Louis ihr stolz die erste Blume hin, die sie zur entstehenden Girlande knüpft.

»Margerite«, sagt sie, und greift nach der weißen Königin.

»Mohnblume«, wendet sie sich ihrer Tochter zu und hält die Schleife für den Knoten um ihren nächsten Gefangenen bereit.

»Kornblume, Margerite, Mohnblume, Kornblume, Margerite, ...«, skandiert die mütterliche Stimme, die der leichte Wind hinforttträgt, dorthin, wo das Leben ernster ist, dort wo die Männer bei der Ernte sind.

Mit jedem Wort, das die Geste unterstreicht, verlängert sich die dreifarbige Wiesenkette der Mutter und ihrer Mitwisser, allesamt feierlich und lustig. Die beiden jüngsten Kinder der Brailles haben den Widerspruchsgeist ihrer Mutter geerbt.

Vom Nachbarfeld aus, auf dem noch gearbeitet wird, sieht man die lustige Schar in umgekehrter Richtung mit den kostbaren blau-weiß-roten Girlanden wieder aufbrechen. Niemand versucht zu verstehen, was die Frau des Sattlers und ihre Kinder mitten in der Woche so antreibt.

Als sie wieder zu Hause sind, bringt Madame Braille ihre Blumengirlanden an den Balken ihrer Bleibe an, stellt hier und da einige Sträuße in den gleichen ironischen Farben hin und wartet, sichtlich amüsiert und kaum beunruhigt und mit ihren Töpfen hantierend, auf den Offizier.

Auch wenn sich Madame Braille ungezwungen gibt, ist es nur zum Schein, eine schwache Ablenkung, um die Ihren vor der Angst zu schützen, die allmählich in ihr hochkriecht. Es ist klar, ein Zurück gibt es nicht. Dazu ist es zu spät. Aber sie findet sich plötzlich verantwortungslos, dem Feind auf diese Weise zu trotzen. Sie hat keine Angst um sich, das nicht, sondern um ihre Kinder und ihren Mann. Und alle, die jemandem wehtun wollen, wissen es: Um jemanden richtig tief zu verletzen, muss man knapp daneben zielen; mit der gleichen Mühe verdoppelt man die Wirkung.

Sie steckt im Zwiespalt. Als Mutter verachtet sie sich, so wenig an die Folgen ihrer Handlung gedacht zu haben, man erzählt im Dorf schreckliche Dinge über die Preußen. Aber die Frau in ihr hat sich den gesamten Nachmittag über versichert, dass Mut kein leeres Wort ist und es in ihrem Haus nicht sein wird.

Madame Braille macht sich auch aus einem anderen Grund Vorwürfe. Sie hat ihrem Mann kein Wort davon gesagt, was sie ausheckt, weil sie die Verantwortung für diese gewagte Idee lieber allein übernimmt. Um aber ganz ehrlich zu sein, wollte sie auch vermeiden, dass er sich gegen ihr Vorhaben stellt. Sie wollte ihn vor vollendete Tatsachen stellen. Und jetzt weiß sie nicht mehr, was sie am meisten fürchtet, den Ausbruch ihres Mannes oder den des Offiziers. Sie fühlt sehr wohl, dass sie gegen jene stillschweigenden Regeln verstoßen hat, die das Räderwerk ihres Zusammenlebens geräuschlos am Laufen hielten. Sie ist nicht stolz darauf.

Simon kommt als Erster. Ihre Blicke treffen sich, und er hofft, dass sie den Zorn nicht sieht, der plötzlich über ihn kommt, und den er zu verbergen sucht. Seltsam, dieses innere Zusammenspiel von Wut, ausgelöst durch seine Frau, und dem trotz allem vorhandenen Bedürfnis, ihr beizustehen. Vielleicht ist es das, was ein Paar ausmacht, Widersprüche, die friedlich zusammenleben, jemanden nicht ausstehen können und zugleich immer noch lieben. Er lehnt das Risiko ab, das Monique für alle eingeht, aber in diesem Fall müssen sie zusammenstehen, beide.

Das Eintreffen des Offiziersburschen steht unmittelbar bevor. Der Mensch ist außergewöhnlich scharfsinnig. Dem Offizier, seinem Vorgesetzten, ist diese Eigenschaft auf grausame Weise versagt, seine Dummheit ist nur mit seiner Boshaftigkeit zu vergleichen. Der Soldat ist bei jeder Ortsveränderung ein paar Minuten vor dem Offizier da und ist sein Dolmetscher sowohl für die Landessprache als auch für die Dinge des Lebens.

Louis drückt ganz fest die Hand seines Vaters und spürt seine Fiebrigkeit. Auf der Blumenwiese hatte seine Mutter ihm erklärt, man müsse manchmal das Risiko eingehen, sich zu widersetzen. Der Preuße wollte, dass sie sich fügt. Sie hat ihm seine Girlanden des triumphierenden Mannes geflochten, jawohl, aber auf ihre Art, als unbeugsame Frau. Louis fragt sich, wie es sein würde, wenn der Herr, der das Strohbett seiner Schwester genommen hat und anders sprach als sie, sich wirklich ärgerte. Was würde er seiner Mama antun? Seine Angst wächst mit der Zeit; der Offizier und sein Bursche lassen auf sich warten und er hat Angst um seine Mutter. Er hat Angst an ihrer Stelle. Sie dagegen hat niemals Angst. Wahrscheinlich, weil sie nicht weiß, wann man Angst haben muss, sagt sich ihr Sohn.

Als der Offiziersbursche alleine über die Schwelle des Hauses tritt und ihm die blau-weiß-roten Girlanden ins Auge springen, erfüllt ein Lachen den Raum, das sogleich auf die ganze Familie übergeht. Für die Brailles ist es ein Lachen der Erleichterung.

– Madame, ich beglückwünsche Sie zu Ihrem so raffinierten wie gewagten Schmuck. Zum Glück wird sich Ihr feiner Witz meinem Leutnant entziehen. Er wird jede Minute eintreffen, aber Sie haben nichts zu befürchten, sagt er in seinem wirklich guten Französisch, ihre subtile Provokation ist zu schwer zu verstehen für ihn, das versichere ich Ihnen.

»Nur, weil ihr der Ausgang recht gibt, hat sie trotzdem nicht recht«, denkt Simon Braille, der noch unter dem erlittenen Schrecken steht, während seine Frau ihn mit einem verstohlenen Lächeln betrachtet.

»Angst zu haben, kann man nicht lernen, meine Mutter wird es also niemals wissen«, sagt sich Louis an diesem Tag. Er glaubt auch, dass man lernen kann, keine Angst zu haben, und dass er gerade seine erste Lektion darin erhalten hat.

Drehbuch, Szene 19. Zehn Jahre alt. Institut

In Coupvray hatte Louis zwar Beschützer, Erwachsene, die wegen seiner Besonderheit gerührt waren, auf das blinde Kind aufpassten und darauf bauten, dass es Fortschritte machte, aber keine Freunde.

Louis begreift, dass Gabriel zwar ist wie er und geneigt ist wie niemand anders, ihn zu verstehen, aber auch ein anderer, der sein eigenes Ding macht. Alles in allem hat Louis verstanden, dass sie zu zweit stärker, intelligenter, besser sind.

Sie sind alleine groß geworden und auf grobe Art wegen ihrer Versehrtheit, dennoch hegt keiner von beiden Groll gegen den Rest der Welt. Ihre Veranlagung bringt sie dazu, bei den anderen zuerst das Gute zu sehen und um sie herum ebenso. Erst dann entscheiden sie. Wenn das Schlechte nicht nachlässt, hat jeder seine eigene Art und Weise, sich von ihm zu entfernen oder sich vor ihm zu schützen, aber selten finden sie sich damit ab. Ihre Unbeugsamkeit bringt sie einander näher.

Bei Gabriel ist es der Humor, bei Louis die angemessene Distanz. Sie haben es sich gegenseitig versichert, wortlos, und ohne es mit einem Eid zu besiegeln, dass sie niemals mehr allein auf der Welt sein werden.

Gabriel weiß instinktiv, dass Louis von alleine darauf kommen wird, dass seine Hoffnung, eines Tages so wie Sehende lesen zu können, illusorisch ist. Es würde nichts bringen, ihn darüber in Kenntnis zu setzen. Ein Bewusstwerden wird nur zur gegebenen Zeit möglich sein, wenn es seinen Geist erreicht, ohne sein Herz zu verletzen. Die Kunst, die innere Uhr eines jeden zu respektieren, ist ein Zeichen für die große Begabung, den wirklich zu lieben, den man vorgibt zu lieben. Nicht stolz darauf zu sein, den anderen besser zu verstehen als er selbst, ihn einfach nur zu achten.

Gabriel fürchtet die Reaktion seines Freundes. Im Moment scheint Louis den Mut wirklich nicht zu verlieren. Andererseits ist es nicht seine Art, die Augen vor Tatsachen zu verschließen, er nimmt sie zur Kenntnis. Und ja, er erzählt seinen Eltern nichts von seinen enttäuschten Hoffnungen. Und ja, er fühlt sich plötzlich ganz klein, wo er doch hierher kam, um groß zu werden. Und ja, es gibt Tage, an denen er deshalb weinen möchte. Aber Louis ist jemand, der immer vorwärts geht, weil er glaubt, keine andere Wahl zu haben, als sich selbst in Bewegung zu setzen, damit die Welt um ihn herum sich in Bewegung setzt. Er wird nie satt. Er pflückt die kleinste Frucht, die diese so trockenen Bücher hergeben. »Und danach werden wir sehen, werden wir finden«, sagt er sich. Louis' Geist gerät in Gärung. Im Moment hat er nur eine Gewissheit: Wenn dieses für sie gemachte Institut sich als so unvollkommen erweist, dann ist es für sie, die Blinden, nicht gemacht. Das muss man den Leuten begreiflich machen, die sagen, ihnen helfen zu wollen.

Gabriel und Louis sind davon überzeugt: Wer sieht, kann sich weder die geringste Vorstellung von der schwarzen Insel machen, auf der sie leben, noch von den notwendigen Stegen, auf denen sie den Kontinent der Sehenden erreichen können.

Louis brauchte nicht lange, um zu begreifen, auf wen er sich im Institut verlassen kann. Hier herrscht strenge Disziplin. Unaufhörlich gibt man den Kindern zu verstehen, dass sie sich glücklich schätzen müssen, da zu sein, dass sie Privilegierte sind. Louis ermisst den Wahrheitsgehalt wie auch die Ironie dieser Feststellung. Sie sind blind. Sie sind Privilegierte. Zwei Wahrheiten, von denen die eine die andere nicht ausschließt, sicher, aber die eine wiegt die andere auch nicht auf.

Sehr wenigen Kindern, die das Augenlicht verloren haben, erlaubt man zu wissen – das stimmt. Und Louis gehört dazu. Aber sie aufzufordern, Dankbarkeit zu zeigen, ist ein offensichtlicher Mangel an Feingefühl.

Anerkennung gibt es nicht auf Befehl, sie gibt es, oder es gibt sie nicht. Er weiß, es ist *seine* Chance, die sich ihm hier bietet. Er fragt sich, warum diejenigen, die uns Gutes tun, ihr Tun verfälschen, indem sie darauf aufmerksam machen. Das Institut schwitzt gutes Gewissen aus.

Monsieur Claude, der Hausmeister, gehört nicht dazu. Seine Sachlichkeit beruht übrigens nicht auf seinem Willen, sondern vielmehr auf dem Fehlen von Entschlossenheit. Er scheint weder ein gutes noch ein schlechtes Gewissen zu haben, man könnte glauben, er sei bar jeder Ausprägung eines Gewissens. Er scheint nur von einem Wunsch angetrieben, nämlich das, was man von ihm verlangt, so gut wie möglich zu machen, ein Garant der Ordnung zu sein, und deswegen vermeidet er, sich die geringste Frage zu stellen. So ist er dem Frondienst ausgeliefert, und der Direktor geniert sich nicht, diesen schwachen Charakter auszubeuten. Kein einziges Gefühl dringt aus der etwas engstirnigen Person, die sich in ihrem beinahe kindlichen Körper nicht wohlfühlt und mit ihren zu schmalen Schultern niemandem die Stirn bieten kann. Die Gefühlspalette erschöpft sich schnell, denkt man, wenn man ihn in seinem farblosen Kittel unscheinbar über den Hof gehen sieht, als würde er sich im Grau der Internatsmauern auflösen, an denen er den lieben langen Tag entlanggeht. Der rechtschaffene Mann versucht unauffällig zu sein, indem er sich untadelig gibt. Monsieur Claude achtet strikt auf die Einhaltung der Vorschriften, aber ohne jeglichen Sadismus, worin er sich sehr von Piquette, dem Pichler, unterscheidet.

Beim Hausmeister scheint alles bei völliger Abwesenheit irgendeiner Gemütsverfassung zu geschehen. Vorschrift ist Vorschrift, jawohl. Und der Hausmeister ist die Vorschrift. Der alte Junggeselle lebt mit seiner Katze im hintersten Teil der Hausmeisterwohnung, in einem einzigen großen Zimmer, dessen einziges Fenster kaum Licht hereinlässt, weil es von einem schweren, theatralisch roten, immer zugezogenen Samtvorhang verhängt ist. Keiner hat jemals seinen Familiennamen erfahren. Claude ist sein Vorname.

Drehbuch, Szene 20. Sieben Jahre. Coupvray

Louis begleitet seine Mutter oft ins »Waschhaus der Lästereien«.

Mit den ersten Sonnenstrahlen kniet er neben ihr unter dem Vordach und ist ihr behilflich. Hier ist die Luft angenehm feucht, stellt Louis fest und streckt sein Gesicht dem feinen Nebel entgegen, der über den Waschplatz zieht. Er hört gern zu, wenn sich die Frauen unterhalten und dabei ihre Wäsche reiben. Es ist ein Ort, der den Frauen vorbehalten ist, die durch das Schlagen der Wäsche mehr als genug in Anspruch genommen sind, um nicht noch ihre Knirpse, die ins Wasser fallen oder weglaufen könnten, im Auge zu behalten. Mit Louis aber ist das anders. Sie fühlen sich nicht gestört, wenn er da ist, so als störe er sie weniger, weil er sie nicht sieht. Zudem ist Louis ein sehr ausgeglichenes und stilles Kind. Er vermochte es schon immer, unauffällig zu ein.

Manche Frauen schreien von einer Seite zur andern des Waschhauses, um sich verständlich zu machen, wenn das Schlagen der Wäschebleuel zu laut ist. Der Ort ist laut und fröhlich. Alle Frauen plagen sich mit ihrer Wäsche, aber sie tun es zusammen. Die Mutter von Louis vertraut ihm die Stoffe an, auf denen hartnäckige Flecken besonders lange bearbeitet werden müssen. Denn Louis hat immer Zeit, sich nützlich zu machen. Nichts macht ihm mehr Freude, als mitzuhelfen. Unermüdlich lässt Louis die eingeseifte Bürste über den Stoffhin- und hergleiten. Madame Braille beobachtet ihn aus den Augenwinkeln und stoppt ihn, wenn die Wäsche endlich makellos ist.

Madame Braille betrachtet ihn voller Stolz. Auch wenn Louis immer behilflich ist, hat er trotzdem Sinn für Eigeninitiative. Sie beschäftigt sich weiter mit ihrer Wäsche und erinnert sich … Als ihr Mann einmal einen Sattel ins Nachbardorf ausliefern musste und danach in seine Werkstatt zurückkehrte, entdeckte er dort die Ledersachen nach Farben sortiert, eine Arbeit, für die er bisher nie Zeit hatte. Nachdem er sich bei ihr nach seinem Wohltäter erkundigt hatte, teilte Monique ihm betreten mit, sie habe Louis erlaubt, den Nachmittag in der Werkstatt zu verbringen, unter der Bedingung, kein einziges Werkzeug anzurühren. Simon konnte nicht glauben, dass sein Sohn in der Lage gewesen war, seine Häute auf diese Weise zu ordnen. Louis hatte ihm daraufhin erklärt, er könne sie auseinanderhalten, weil er sie häufig abgetastet und seinen Vater nach ihrer Farbe gefragt hatte, während er mit ihnen arbeitete. Es war verblüffend! Er hatte drei Lederhaufen angelegt, einen schwarzen, einen braunen und einen hellen und sich nur zweimal geirrt. Sie sieht sie noch vor sich.

Gelächter reißt Madame Braille aus ihren Erinnerungen. Sie bemerkt, dass Louis aufmerksam den Gesprächen lauscht, es ist der einzige Ort, wo er den Eindruck hat, sich der Welt der Erwachsenen zu nähern. Der Frauenwelt.

Sie waschen die Wäsche ihrer Familie oder die ihrer Herrschaft, wenn sie von Beruf Wäscherin sind. Was Louis hört, lässt ihn aufhorchen, er wagt aber nicht, bei seiner Mutter nachzufragen. Eine der Frauen arbeitet im Schloss von Rohan, sie erzählt glucksend, dass es auf der Weißwäsche der Gräfin schon seit zwei Monaten keinen roten Fleck mehr gegeben habe, und es an der Zeit sei, dass der Herr Graf ihn in der Hose lässt und auch aufhört, in der Küche zu jedem Mist seinen Senf dazuzugeben. Dann bricht sie in Lachen aus und stülpt sich die große weiße Unterhose aus bestickter Baumwolle, die sie gerade wäscht, über den Kopf. Alle Wäscherinnen amüsieren sich. »Sei bloß still, sagt die Mutter von Louis, offensichtlich nicht zum Lachen aufgelegt, du musst nicht gleich das ganze Dorf auf dem Laufenden halten.«

Wenn ein Kind nicht versteht, was es hört, hört es, was es verstehen kann. Louis stellt sich vor, dass der Graf mit den schönen Koteletten ganz verrückt nach Senf ist und ihn sich regelmäßig in die Taschen steckt, wodurch sie voller Flecken sind. Aber das Lachen der Frauen, die auf sonderliche Weise von Leckereien sprechen, hält ihn davon ab, eine Bestätigung seiner Lesart der Dinge zu erfragen und nimmt sie lieber als gesichert an. In Wahrheit spürt er, wie unangenehm es seiner Mutter ist, und das mag er überhaupt nicht. Er fragt sich, ob es seinetwegen ist oder wegen des dicken Herrn, der so verrückt nach Senf ist.

Rotes Heft von Constance

Ich schaffe es nicht mehr zu schreiben. Das ist mir natürlich schon passiert, aber es verunsichert mich nicht immer so sehr. Das geht mir seit einem Monat so. Ich hatte forsch begonnen. Ich habe zunächst alles gelesen, was ich konnte, letztendlich nicht viel, denn nur wenige Leute haben sich mit seinem Schicksal beschäftigt. Ich kann mir das nicht erklären. Einige seiner Zeitgenossen haben über Louis in ihren biografischen Aufzeichnungen gesprochen: Pignier, Coltat, Roblin gehören dazu. Gabriel, sein treuer Freund, hat keine Zeit mehr dazu gehabt, denn er ist Louis im Tod gefolgt und aus dem gleichen Grund. Diese Berichte füllen das wertvolle Werk von Pierre Henri, das er in den 1950er Jahren mit akribischer Sorgfalt und gewissenhafter Achtung vor der Wahrheit geschrieben hat. Danach hat der Amerikaner C. Michael Mellor Briefe und Dokumente gesammelt, um das Leben von Louis aufs Genaueste nachzuzeichnen. Ich machte Notizen über Notizen, kritzelte Hefte voll und fertigte Skizzen an. Ich zeichnete einen Plan des Instituts, zog allerlei Schlüsse, hatte extrapoliert, erstellte Szenen, schrieb eine Synopsis, um sie in eine Reihenfolge zu bringen. Dann verwarf ich diese Reihenfolge. Ich baute sie um und noch einmal um. Die Reihenfolge der Dinge war noch nie meine Stärke. Ich habe vier unterschiedliche Versionen auf meinem Rechner. Ich träume von Louis. Ich glaube, seine Eltern zu kennen, ihre Lebensart. Ich verehre die Art der Mutter, wie sie unerwartet, aber immer richtig, reagiert. So wollte ich sie. Ich bin bestürzt über seinen unglücklichen und unbeholfenen Vater. Sie sind mir alle vertraut. Ich hasse Guillié, den Direktor, der zur Zeit seiner Ankunft im Internat wütete. Ich hätte mich mit seinem Nachfolger Pignier angefreundet, so sehr verblüfft mich seine Weitsicht in Bezug auf Louis. Ich muss den guten Pignier sehr schnell in die Erzählung reinbringen. Und Louis, mein Louis, ich glaube ihn gekannt zu haben, so sehr »fühle« ich ihn. Ich errate seine Reaktionen, stelle mir Szenen vor, in denen ich zeige, welche einzigartige Persönlichkeit hinter seinem zurückhaltenden Naturell steckt. Aber ich finde sie den Anforderungen nicht angemessen. Ich bleibe spröde. Es fällt mir schwer zu verstehen, was los ist, warum es sich mir widersetzt, warum ich mich widersetze und wogegen.

Dagegen wird mein rotes Heft schwarz und füllt sich mit mir.

Gar nichts in meinem Drehbuch erscheint mir wahr, wahrscheinlich, gerechtfertigt. So wie ich Louis allen zugänglich und unserer Epoche verständlich machen will, befürchte ich, das Holz zu »verbiegen«, aus dem er geschnitzt ist, es zu verfälschen. Ich möchte lediglich, dass er sich so zeigt, wie er war, dass er sichtbar wird und dass jene, die fähig und würdig sind, ihn zu sehen, ihn lieben. Die anderen sind mir egal! Ich habe keine Lust, ihn solchen auszuliefern, die ihn nicht zu würdigen wissen. Vielleicht will ich ihn aufbewahren. Das Gegenteil von dem, worum mich Thomas bittet. Eine Persönlichkeit wie ihn bringt man nicht in *Umlauf*. Plötzlich möchte ich ihn in Ruhe lassen. Mit welchem Recht gräbt man auf diese Weise eine Existenz aus, die immer darauf bedacht war, zurückhaltend zu sein, selbst nach dieser außergewöhnlichen Erfindung. Vielleicht hat deshalb fast niemand über Braille geschrieben. Aus Achtung. Um seiner Bescheidenheit nicht in die Quere zu kommen. Je mehr Thomas versucht, mich anzuregen und zu ermutigen, umso mehr blockiere ich. Ich habe ihn gebeten, mir etwas Zeit zu lassen, bevor ich ihm etwas zeigen kann, mich loszulassen. Seine Unruhe steckt auch mich an. Ich habe Angst, ihn zu enttäuschen. Es ist immer das Gleiche, entweder erwartet keiner etwas von mir und ich mache mir Sorgen, oder man erwartet zu viel von mir und ich mache mir Sorgen. Ich muss wieder durchatmen. Und dann bekomme ich Wutausbrüche, die mich zeitweise daran hindern, mich zu konzentrieren. Ich habe Lust, gegen die Wände meiner Wohnung zu schlagen. Manchmal mache ich es. Ich tue mir weh. Ich muss damit aufhören oder mir Boxhandschuhe kaufen.

Während Aurélien weiterhin das über Louis sucht, worum ich ihn bitte, zweifle ich. Louis ist unbestritten ein Held. Er verkörpert eine Art von Heldentum, die mich besonders berührt. Vollkommen uneigennützig. Er maß seiner Person keinerlei Bedeutung bei. Nicht er hat sein Verfahren »Braille« genannt, denn als er es 1829 Pignier diktierte, hieß es ursprünglich »Verfahren, um mithilfe von Punkten Worte, Musik und Choräle zu schreiben, zur Nutzung durch Blinde und für sie eingerichtet«. Erst lange nach seinem Tod und aus sprachlicher

Bequemlichkeit hat die Methode von Louis Braille seinen Namen angenommen. Dass es sie gab, war die einzige Sache, die für ihn zählte. Louis ist ein Held wider Willen, und niemand zu seiner Zeit hat die wirkliche Tragweite seiner Entdeckung ermessen, auch heute noch nicht, mit Ausnahme der Blinden, deren ausgestreckte Finger jeden Tag Tausende von kleinen Braille-Punkten überfliegen.

Ich möchte meinen Zeitgenossen vermitteln, was mich bei ihm so aufwühlt, und ich weiß nicht, was es ist. Ich bin und war noch nie eine gute Vertreterin meiner Epoche. Zweifellos bin ich ein wenig »altmodisch«, wie meine Schwiegermutter über mich sagte. Es ist komisch, aber dieses Wort klingt so, wie es ist. Ich liebe, was vergangen ist, weil es mir fehlt. Für mich gibt es Dingen einen Wert, dass sie längst vergangen sind. Das fesselt mich an Louis, nur warum? Er ist ein Wesen, das sich versteckt hielt. Wird das auch andere berühren außer mir? Er ist jemand Reines, Kompromissloses, Entschlossenes, Starkes, aber er ist weder spektakulär noch strahlend, wie es unsere Epoche verlangt.

Man weiß nicht einmal, ob er sich jemals einer Frau genähert hat. Aurélien sucht gerade danach. Wem hätte Louis in seinem Leben begegnen sollen, das er gänzlich in dem Institut verbracht hat, in das er zum Lesen lernen gegangen ist und welches das einzige Umfeld seines Lebens war. Zuerst als Schüler und dann als Lehrer hat er sich dem verschrieben, was er über alles liebte: Wissen vermitteln. Er gab das weiter, was er sich gewünscht hätte zu bekommen. So einfach ist das. Sein Leben war Hingabe für andere. Aber kein opferreiches Leben. Er kannte den Wert von erworbenem Wissen nur zu gut und freute sich darüber, es weiterzugeben. Eine Art glücklicher Heiliger. Das darf ich Thomas auf keinen Fall sagen, denn »ein Heiliger ist alles andere als sexy«, wird er mir entgegnen. Aber ja doch, genau das ist es. Sie sind aufregend, die extremen Lebenswege, die über lange Strecken in eine unbedingte Richtung gehen. Ich weiß, was Thomas an Louis Braille gefällt, es ist sein Kampf. »Er hat alles gegen sich und gibt niemals auf.« Thomas spricht von ihm. Spricht man denn immer über sich, wenn man über andere spricht?

Aurélien wiederum hat sich davon überzeugt, dass Louis eine geheime Liebesgeschichte gehabt hat. Er spürt es, sagt er. Er sagt es mir immer wieder, dass ein ganzes Leben ohne das unmöglich ist. Ich glaube, er findet das so traurig, dass er es sich eingeredet hat. Wenn man sechsundzwanzig Jahre alt ist und alle Mädchen bekommen kann, die man will, ist das unvorstellbar. Ich warte auf seinen Beweis, habe ich ihm geantwortet. Ich weiß nicht. Was hat er wirklich erlebt? Manchmal ist er so weit weg. Manchmal ist er so nah. Ist er es oder bin ich es, die diese Distanz im Belieben der Tage einrichtet? Louis, hast du auch anders geliebt, als man seine Eltern, seine Freunde und seine Schüler liebt?

Drehbuch, Szene 21. Zehn Jahre. Institut

Der Frühling beginnt, das Leben der Kinder milder zu gestalten. Mit dem Licht zieht Heiterkeit in die Gemäuer des Instituts ein. Louis hat sich angepasst und fühlt sich mittlerweile angenommen. Der Kleine hat sich bewährt. Er findet zu seinem Lebenshunger und seiner Vergnügungslust zurück. Die drückt sich vor allem zusammen mit Gabriel aus. Louis hat gerade entdeckt, dass sein Freund das absolute Gehör hat und es manchmal auf seltsame Weise einsetzt. Es erlaubt ihm, jedes nur einmal gehörte Stück nachzuspielen, aber auch, noch unterhaltsamer, ein außergewöhnlicher Imitator zu sein. An einem Mittwochmorgen fragt Louis während des Lateinunterrichtes seinen Freund leise, welchen Lehrer er nachahmen könne. Da beginnt Prahlhans Gabriel mit der Stimme von Piquette zu sprechen, so als sei Letzterer in der Klasse und antworte auf eine Frage des Direktors, der auch der Lateinlehrer ist. Gabriel leiert die gesamte Deklination von *templum* im Plural herunter. Louis ist verblüfft. Die Strafe folgt auf den Fuß. Sein Freund wird mit einem Tag Einzelhaft im Karzer bestraft. Louis will es zuerst gar nicht glauben. Dann begreift er, dass sein Freund tatsächlich einen ganzen Tag unter der Erde eingesperrt verbringen muss, wo ihre Schule schon an der Oberfläche ungesund ist. Gabriel bringt andere gern zum Lachen und hat die dazu nötige Freigebigkeit und das entsprechende Maß an Widerspenstigkeit. Obwohl er niemals respektlos ist, ist er doch zu prahlerisch, um die Risiken seiner Schlagfertigkeit abzuwägen.

Braille erträgt keine Ungerechtigkeiten, da er nie welche erlebt hat. Gabriel hat diese Strafe nicht verdient. »Ich habe ihm die Vorlage geliefert, mit der er uns zum Lachen gebracht hat«, sagt sich Louis. Und vor allem kann er es nicht hinnehmen, dass Lachen bestraft wird. Warum soll dieser Ausbruch an reiner und nicht zu unterdrückender Freude bestraft werden? Ist das Leben im Internat nicht schon hart genug, um nicht jede Möglichkeit zu ergreifen, es freundlicher zu gestalten?

Es wird erzählt, das Verlies stinke vor Feuchtigkeit, wimmle vor Ratten, man komme aufgeweicht heraus mit aufgequollener Haut an den Fingern, wie nach einem zu ausgiebigen Bad. An diesem unterirdischen Ort fehlt den gesichtslosen Augen der Schüler das Tageslicht nicht, aber ihrer Haut schon, dem einzigen Aufnahmeorgan für das Licht. Und wenn man schon nicht sehen kann, ist es eine Folter, nicht sprechen und hören zu können. Die kleinen Blinden sind schwatzhaft, das stimmt, denn Sprechen ist ihr einziger Weg, die Welt der anderen zu entdecken, wo das Reich der Bücher ihnen verwehrt ist. Wenn man nicht sieht, wie kann man wissen, dass man nicht allein ist? Die Blinden werfen ihre Worte in die Dunkelheit und lauern auf den Klang des Aufpralls.

Aber dem Direktor, unfähig zur geringsten Empathie, ist es nicht gegeben zu ermessen, wie schmerzhaft diese Strafe für die Kinder ist, die ständig die Finsternis vor ihren Augen durch irgendwelche Tricks ausgleichen.

Louis ist schüchtern, aber recht kühn. Er ist selbst von seinem Wagemut überrascht, als er vor dem Büro des Direktors steht. Louis zweifelt überhaupt nicht an der Berechtigung seines Ersuchens. Eher an dessen Ausgang. Nervös klopft er an die Tür des Büros, das er seit seiner Ankunft mit seinem Vater nicht wieder betreten hatte. »Ja, Braille, treten Sie ein. Ich habe Ihren Besuch erwartet. Was führt Sie zu mir, man sagte mir, Sie hätten darum gebeten, mich zu sprechen. Ich schließe daraus, dass es wichtig ist.«

Louis antwortet nicht. Er sieht den Mann nicht, vor dem er steht, aber die Herablassung der Person ist spürbar. Er hat Angst vor diesem Mann, dessen Blick er nicht erwidern kann. Um sich Mut zu machen, denkt er an seine Mutter, an ihre Trikoloren-Girlande, die sie den Blicken des Besatzers entgegengeschleudert hat. Im Institut machen jede Menge Geschichten über die Wutausbrüche des Direktors die Runde. Die Schüler, die aus seinem Büro kommen, erzählen nichts oder brauchen oft mehrere Tage, bevor sie sprechen können. Er hat Angst, stellt aber gleichzeitig erleichtert fest, dass er diese verbergen kann. Er spürt die Angst wie bei einem aufgeregten Hund gegen seinen Brustkorb pochen, kann sie aber im Zaum halten. Er ist stolz darauf, er weigert sich zu zeigen, wie beeindruckt er ist. Er versteht jetzt, dass auch seine Mutter damals Angst gehabt haben musste, so wie er jetzt, und sie sich damals nichts hat anmerken lassen, aus Stolz, vor allem aber, weil es sein musste. Louis wäre so froh, wenn sie jetzt da wäre, jetzt sofort, und er sich in ihre Arme werfen und an sie gekuschelt bleiben könnte.

Die mächtige Stimme reißt ihn aus seiner tröstlichen Ruhe, in die er sich für einige Sekunden zu flüchten suchte, um Kraft für die bevorstehende Auseinandersetzung zu sammeln.

– Also, mein Junge, stehen Sie nicht so erstarrt da, was verdient einen Besuch in meinem Büro?

– Guten Tag, Herr Direktor. Es ist ungerecht, Gabriel Gauthier mit einem Tag Karzer zu bestrafen, er hat nichts gemacht, es ist meine Schuld.

– Aber das Leben ist ungerecht, mein Kind, besser Sie lernen das so schnell wie möglich.

– Ich habe das schon vor Langem gelernt, Herr Direktor.

– Keine Unverschämtheiten, mein Junge! Ein Gebrechen ist keine Ungerechtigkeit, sondern Schicksal.

– Ich möchte anstelle von Gabriel bestraft werden, weil das alles meinetwegen passiert ist. Ich ärgere mich darüber und würde mich noch mehr ärgern, wenn Sie ihn bestrafen.

– Sie bitten mich also darum, Sie von einer Schuld zu erlösen, die Sie belastet …

– Wenn Sie so wollen …

– Was soll das heißen: Wenn ich will?

Louis besinnt sich um und beschließt, die Konfrontation abzukürzen, indem er sich kleinlaut gibt.

– Ich will sagen, wenn Sie das wirklich wollen, ja, dann wünsche ich es mir.

– Sie lieben diesen Gauthier sehr, nicht wahr, wenn Sie so handeln?

– Er ist mein Freund.

– Ich habe das gehört. Nun gut, ich werde Ihnen die Möglichkeit geben, diese beginnende schöne Freundschaft zu festigen und Ihr Schuldgefühl zu besänftigen. Ich werde also Ihrem Antrag stattgeben und Ihnen einen Handel vorschlagen. Wenn er in den Karzer kommt, ist es ein Tag, sind Sie es, werden es zwei.

– Dann werden es zwei, Herr Direktor, antwortet Louis, ohne einen Moment zu zögern. Aber ich möchte Sie noch um etwas bitten …

Und der Direktor verspricht Louis, dass Gabriel niemals etwas über den Vorstoß seines Freundes erfahren würde. Man wird ihm sagen, er habe, ansteckend und isoliert, zwei Tage im Krankenzimmer verbracht. Die Krankenstation befindet sich im Gebäude der Mädchen, weit von dem der Jungen entfernt. Louis ist zufrieden und eilt so schnell er kann davon, um sich einsperren zu lassen.

Rotes Heft von Constance

Da ich es nicht mehr schaffte, über Louis zu schreiben, wollte ich mich ihm nähern und besuchte das Dorf, in dem er die ersten zehn Jahre seines Lebens verbracht hatte, Coupvray. Ich wollte hier etwas finden, wusste aber nicht was. Ich fragte Aurélien, ob er Pläne des Dorfes zu Zeiten von Louis habe, worauf er mir vorschlug, mich dorthin mitzunehmen. Er würde die Forschungen für seine Doktorarbeit auf später verschieben. Ich nahm seinen Vorschlag an in der Hoffnung, Aurélien würde verstehen, dass ich das Bedürfnis hatte zu schweigen. Ich falle in meine Jugend zurück, ich muss schweigen.

Worte wurden nicht gewechselt, trotzdem gab es keine Stille. Er hat sein momentanes Lieblings-Chanson *L'Hiver* von Hugo Jardin,* das er meeeeega findet, auf volle Lautstärke gestellt. Es ist schön, überrascht zu werden. Wir brauchten weniger als eine dreiviertel Stunde für die Strecke. Louis benötigte zweihundert Jahre früher mehr als vier Stunden. Aurélien verließ sich auf sein GPS, und ich las in der Straßenkarte auf meinen Knien, »um mit den Augen die Strecke nachzuvollziehen, die Louis so viele Male gefahren war«, wie ich Aurélien erklärte. Ich muss das Papier spüren, den vor seinen Augen sich entfaltenden Raum, wenn man die Karte aufklappt. Ich hatte außerdem einen Plan von Coupvray in meiner Tasche, »für alle Fälle«, damit wir uns im Dorf zurechtfanden. Ich gestand Aurélien, wie sehr ich das Verschwinden der Karten bedauerte, auch wenn die Falten manchmal so mitgenommen sind, dass sie einreißen, und es schwer ist, ein im Riss verschwundenes Dorf zu finden. Das GPS hilft bestimmt, so manche Schreierei unter Eheleuten zu vermeiden, was ich sogar fast bedauere. Am Bestimmungsort stieg das Ehepaar erschöpft aus dem Auto, weil es sich verfahren und gegenseitig beschimpft hatte – es ist schon schwer, nicht nach einem Schuldigen für den Irrtum zu suchen. Man kam dann bei den Freunden etwas unterkühlt an, aber nicht zu sehr, weil man seine Gastgeber nicht in Verlegenheit bringen wollte. Das Mittagessen in der Sonne ließ meist den

*) Hiver (frz.): Winter; Hugo Jardin ist Vertreter des Nouvelle Chanson française.

Groll und die noch frischen Vorwürfe dahinschmelzen. Am Ende des Tages, wenn man wieder ins Auto stieg und den Rückweg antrat, ohne die Karte aufzuschlagen, wurde dem anderen ein verständnissinniges Lächeln geschenkt und man wunderte sich, dass man ihn auf dem Hinweg so gehasst hatte. Aurélien hatte sich meine nostalgische Leier angehört, fast ein wenig mitleidig, dann warf er mir mit einem spöttischen Blick ein »Früher war alles besser, hm?« hin. Mürrisch fiel ich in mein Schweigen zurück.

Obwohl wir die Autobahn mieden, hatte unsere Strecke nichts mehr mit der von Louis zu tun, und ich verstand schnell, warum unser Eintreffen in der Gegend von Coupvray mehr dem Annähern an eine amerikanische Megalopolis ähnelte als an die Umgebung eines Städtchens in der Provinz *Beauce:* Das Dorf, in dem Louis aufwuchs, grenzt heute an Disneyland Paris. Ein Teil der Gemeinde wurde sogar von Mickeyland verschlungen, das, von Amerika kommend, hier am Rande des friedlichen Dorfes von Louis Braille eingepflanzt wurde. Nachdem wir das fröhliche und tentakelartige Monster Disney umfahren hatten, gelangten wir ohne Überleitung auf eine verlassene und reizende Landstraße. Von einer Welt in die andere. Wir gingen rechts an einer mächtigen Steinmauer entlang, über die hundertjährige Bäume hinausragten, und ich verstand, dass es sich nach meinem Plan um das Schloss von Marquis d'Orvilliers handeln musste, demselben, der es Louis mit seiner Großzügigkeit ermöglicht hatte, wegzugehen und zu lernen. Weiter unten links stand das Waschhaus, in dessen Schatten ich Madame Braille mit dem kleinen Louis an ihrer Seite zu sehen glaubte, als sie ihre Weißwäsche bearbeitete. Als Ironie des Schicksals gehört das »Waschhaus der Lästereien«, wie es von den Einwohnern während der französischen Revolution genannt wurde, als Gemeinschaftshaus zum »Park der Harmonie«, so vor fünfzehn Jahren entworfen von einem konformistischen Angestellten des Rathauses, dem es aber im Vergleich zu den revolutionären Dorfbewohnern ein wenig an Humor und Poesie fehlte. Aurélien und ich haben darüber gelacht. Ein »Park der Lästereien« hätte uns größere Lust auf einen Besuch gemacht.

Unmerklich fand ich meine gute Laune wieder. Wir gelangten in die Mitte des Dorfes. Ich fühlte mich bei Louis angekommen, als wir den

Place de l'Église, den Kirchplatz, erreichten, der gleichzeitig der Rathausplatz und der Platz der Gendarmerie war, wie man den Inschriften auf den Giebeln der Gebäude entnehmen konnte. In der Mitte die Frische eines Springbrunnens, an dem Louis und die anderen Kinder ihren Durst stillten. Der von Bäumen umsäumte Platz war es früher auch von Steinbänken, und es war ein Vergnügen, bei größter Sonnenhitze auf ihnen im Schatten zu sitzen. Heute kann man dort nur noch herumlaufen.

Wir gingen dann zu Fuß durch die kleine *Rue de l'Église* hinab bis zur *Rue de la Touarte,* bevor wir endlich die *Rue Louis Braille* entdeckten. Mein Herz klopfte. Sein Haus befand sich nur zwei Schritte von mir entfernt.

Sind unsere zwei Welten noch in irgendeinem Punkt vergleichbar? Was damals ein Gebäude war, ist für uns ein Häuschen, das aber in seinen Proportionen und in seiner Einfachheit nach wie vor schön ist, ein Ziegeldach und Steinmauern, die heute mit Putz verkleidet sind. Einige Stufen, deren Unebenheiten Louis auswendig gekannt haben musste, ein Geländer und ein winzig kleiner Vorbau, der Zugang zum sogenannten »Wohnzimmer«, welcher der gesamten Familie als Esszimmer, Küche und Schlafzimmer diente. Das Haus war für die damalige Zeit aber keineswegs bescheiden. Das beweist neben dem Kamin ein Brotbackofen, ein Luxus zu Beginn des 19. Jahrhunderts.

Man fragt sich, wie sie hier alle zusammenleben konnten. Gleichzeitig waren bis zu drei Kinder im Haus. Das war vor der Geburt des Jüngsten, Louis. Im Sommer schliefen die Kinder auf dem Dachboden inmitten der Säcke mit dem Saatgut, das hier zum Trocknen zwischengelagert war. Aber im Winter schob man den Bauerntisch beiseite und rollte die Matratzen aus. »Und hopp, wie die Japaner, wobei die Eltern gut beraten gewesen wären, zum Schäkern in die Scheune zu gehen«, flüsterte mir Aurélien während der Besichtigung ins Ohr. Ist Intimität nicht nur die Vorstellung, die man von ihr hat? Ein schwerer, zugezogener Vorhang ... Aber schon lange flüstert niemand mehr hinter dem Behang.

Das Haus von Louis wurde ein Museum. Eintritt wird zu bestimmten Zeiten und jede volle Stunde gewährt. Ein Führer bemüht sich mit echter Begeisterung, das zum Leben zu erwecken, was tot ist. Wie bei jedem Wiederherstellungsversuch bleibt man mit trauriger Seele und beklommenem Herzen zurück. Alles ist da, die Kissen auf den Stühlen, die Betttücher im Bett, die Teller auf dem Tisch, das Brot im Korb ... Nur das Leben fehlt. Sie sind alle tot, sagte ich mir, eine Feststellung, die mich traurig stimmte, da es so offensichtlich war. Aurélien hat der Melancholie, die uns beide langsam befiel, ein rasches Ende gesetzt, er griff eine in der Tracht aus der Provinz Brie kostümierte Ankleidepuppe und ließ sie singend zum Walzer von Schostakowitsch tanzen. Dann warf er sie in die Arme des perplexen Führers, fasste mich um die Taille und schrie »Damenwechsel«, ließ uns bis in den Garten Walzer tanzen, wo wir uns eiligst und irre lachend davonmachten, wie Kinder beim Klingelnputzen. Jeder hat so seine Art, gegen die Trübsal vorzugehen. Aurélien handelt. Es ist grausam, aus einer Wohnstätte ein Museum zu machen. Man sucht Menschen und stößt gegen Dinge. Am Ende ist einem zum Heulen zumute. Ich hatte das Gefühl, wir seien in Formalin getaucht worden. Und Louis, wo bist du?

Durch unseren überstürzten Aufbruch konnten wir die Werkstatt des Sattlers nicht besichtigen, die genauso wiederhergestellt worden war wie damals, als Louis die Tür zu ihr aufstieß, um seinem Vater zu helfen. Ich ziehe es vor, sie mir vorzustellen, schrie ich Aurélien hinterher, der mich bereits abgehängt hatte, weil er schneller rannte als ich. Jedenfalls ist es undenkbar, noch einmal am Schalter des Louis-Braille-Museums aufzutauchen. Wir werden von nun an auf der Liste stehen und mit Besuchsverbot belegt sein, so wie andere Besuchsverbot fürs Kasino haben. Wir hatten unser Spiel überzogen.

Ich folgte den großen Schritten meines Studenten und fand ihn am Gitter des Friedhofs wieder, das bereits offenstand.

Schon von Weitem war die Grabstätte von Louis Braille zu sehen. Sie war sehr weiß und stand inmitten von Blüten. Dabei ruht der ins Pantheon überführte Körper von Louis Braille schon seit Langem nicht mehr hier. Auch wenn ich das weiß, macht es mich traurig. Man verharrt also in stillem Gedenken dort, wo er war. Ist es nicht genau das, was wir ansonsten tun? Uns über ein Grab beugen, in dem die geliebte Person nicht mehr ist, um uns vorstellen zu können, dass sie woanders ist. Man verlangt nach einem Ort, an dem wir ihr begegnen wollen, ein Rendezvous post mortem. Dafür sind Friedhöfe da.

Ich denke, ehrlich gesagt, Louis hätte sein Dorf, in der Nähe der Seinen, dem *Panthéon* vorgezogen. Er hatte seinen letzten Willen hinterlassen. Aber wie hätte er, dessen Tod von keiner einzigen Zeitung der damaligen Zeit vermerkt wurde, ahnen können, dass man ihn hundert Jahre später ins *Panthéon* überführen würde? Wie hätte er zu dem Zeitpunkt, als er seinen letzten Willen festlegte, sagen können, »bitte lasst mich da, wo ich bin, *ad mortem aeternam,* in meinem Dorf, dem Ort, der am besten zu mir passt«?

Louis hatte noch die Zeit, dem Tod ins Auge zu sehen. Er ließ den Pfarrer und den Notar rufen. Louis, der keine Kinder hatte, wollte das Wenige, das er besaß, natürlich seiner Familie vererben, seine Mutter war noch am Leben (sein Vater und seine letzte Schwester waren früh gestorben), aber auch einigen treuen Freunden und dann dem sehr jungen Knaben, der ihm in den letzten Jahren bei seinen Spaziergängen als Führer zur Seite stand, und schließlich seinem Institut, das sein ganzes Leben über auch sein Zuhause war. Im Zimmer von Louis fand man, nach der Aussage seines Freundes Roblin, eine kleine Holzkiste, auf der stand: »Verbrennen, ohne zu öffnen.« Ich kann mir die treuen Freunde von Louis sehr gut vorstellen, wie sie erstaunt um die geheimnisvolle Schachtel herumstanden, wohl wissend, wie bescheiden ihr verstorbener Freund war, und wie sie befürchteten, etwas zu zerstören, was von ihm kam und er vielleicht zu Unrecht als wertlos betrachtet hatte. Nach einiger Tuschelei wurde die Kiste schließlich geöffnet. Wir wissen, dass sich darin alle Schuldbriefe derer befanden, die sie bei ihm gemacht hatten. Aus Feingefühl wollte er sie löschen, ohne dass die Namen der Nutznießer bekannt würden. So war er. Über den Rest des Inhaltes wahrten die Freunde von Louis das Geheimnis der zu verbrennenden Schachtel. Aber seinen Schatz, seinen wirklichen Schatz, hat er schon zu Lebzeiten vererbt. Er hat ihn allen zukünftigen Blinden vermacht.

Gedankenverloren näherte ich mich dem Grab. Aurélien war mir vorausgegangen. Von hinten betrachtet fand ich ihn ein bisschen steif, wie er über der Grabstätte stand. Eine Haltung, die ich von ihm nicht kannte. Nicht mehr so lässig wie vorher. Wobei sich Aurélien nicht bereitwillig dem Rituellen oder Feierlichen beugt. Ich traue ihm durchaus zu, auf einem Grab sitzend ein Glas zu Ehren des Verstorbenen zu trinken statt ein *Ave Maria* zu beten.

Ich habe ihn erreicht und habe mich neben ihn gestellt. Nachdem ich endlich verstanden hatte, ist mir ein »mein Gott« herausgerutscht, wobei an meiner rechten Seite ein »ach du Scheiße« ertönte. In Goldbuchstaben eingraviert in eine Urne aus weißem Marmor konnten wir lesen: »Mit Andacht verwahrt die Gemeinde von Coupvray in dieser Urne die Hände des genialen Erfinders.«

Ich war aschfahl geworden, Aurélien drehte sich zu mir um: »Der Körper auf der einen Seite, die Hände auf der anderen. Bitte schlagen Sie sich nicht, es ist für jeden etwas da!« Unbewusst hatte Aurélien mit seiner ironischen Reaktion recht. Später erfuhr ich, dass die Einwohner von Coupvray das Kind des Dorfes nicht hergeben wollten, als die Überführung der Gebeine von Louis Braille ins Panthéon anstand. So wurde ein unanständiger Kompromiss ausgehandelt – in welchem unsensiblen kleinen Würstchen-Hirn konnte sich nur diese wahnsinnige Idee entwickeln? Weil die Einwohner Louis Braille es wollten, hat man ihnen ein kleines Stück davon dagelassen: seine Hände.

Der Bürgermeister war etwas beschämt gewesen und hatte der Form halber protestiert. »Glauben Sie, man kann das machen?«, hatte er den Pfarrer gefragt. Die Katholiken haben sich nie sonderlich mit Skrupeln belastet, wenn es um Reliquien ging, deren Streuung, um nicht zu sagen, deren Handel, das alles war gang und gäbe im Mittealter. Der Bürgermeister hatte also zugestimmt und ein geeignetes Reliquiar anfertigen lassen, einen hübschen kleinen Sarg für Hände.

Ich dachte zuerst an die Mutter von Louis, deren Reaktion ich mir vorgestellt habe. Wie die Mutter im Moment von Salomons Urteil hätte sie ihre Stimme erhoben: »Nehmt ihn von mir, aber nehmt ihn ganz, oder lasset ihn mir für immer und ewig!«

Ich war aufgebracht, gleichzeitig aber fühlte ich eine seltsame Erregung in mir aufsteigen. Sie störte mich, ich hielt sie irgendwie für ungesund. Was war los mit mir? Ich war ganz einfach dabei, das dramatische Interesse des eben Erlebten für *mein* Drehbuch zu begreifen. Ich freute mich über etwas, was mich einige Sekunden vorher noch schockiert hatte und mich sogar immer noch schockierte. Wie konnte mein Wesen das zulassen? Ich drehte mich zu Aurélien um und sah in seinem Blick, dass er wusste, wohin mich meine trüben Gedanken trugen.

»*Die Hände des Louis Braille*, das, Aurélien, wird der Titel des Films sein und der rote Faden unserer Erzählung! Alles beruht auf den Händen von Louis Braille, das sind Hände, die sehen können, das waren die ersten Hände, die lesen konnten, das ist ein Stück des ruhmreichen Körpers, um das man sich reißt, das ist die Nacht, die man durchquert. Sie gehören ihm nicht mehr, seit sie ein Symbol geworden sind.« Ich hörte nicht mehr auf. Ich wurde leidenschaftlich. »Die Hände des Louis Braille sind keine Hände, sie sind der Augapfel der blinden Welt!« Ich jubelte. Auch ich hatte sie mir sofort instinktiv angeeignet. Wer war ich denn gewesen, über andere zu urteilen? Ich schwieg.

Später schämte ich mich. Noch später erfuhr ich, dass Aurélien gewollt hatte, dass ich diese Entdeckung selbst mache, statt mir davon zu erzählen. Er hatte den Überraschten gespielt. Aber wusste es schon. Ich habe viel über Aurélien zu lernen.

Drehbuch, Szene 22. Fünf Jahre alt. Coupvray

Eines Morgens klopft an die Tür von Louis' Haus der sogenannte »Bazar Choisnet«, der fliegende Händler, ein Vertreter für Nippes. Einmal im Monat warten die anderen Kinder ungeduldig auf den Aufbau seiner Bude auf dem Platz. Wie auf einem Basar findet man auch hier alles, was man sucht, auch Dinge, von deren Existenz man noch nicht einmal etwas wusste. Diese sind am begehrtesten. Nicht aber unbedingt das, was man kauft.

Man findet hier vor allem Traumdinge, nützliche und unnütze, von denen man sich vorstellt, sie eines Tages ganz allein für sich in den Händen zu halten.

»Bazarchoisnet« in einem Wort, wie es die Kinder hören, ist gekommen, ohne den ersten Donnerstag im Monat abzuwarten, den Tag, an dem das Dorf seinen Karren umringt, um sich sattzusehen und den Marktschreiereien zuzuhören, so wie man Märchen zuhört.

Er will Waren verkaufen, aber nicht seinen üblichen Ramsch. Er weiß, das Haus Braille ist eines der wenigen, in denen man liest. Auf dem französischen Land kann nicht einmal jeder Dritte lesen, und es ist ein Wunder, dass die Brailles dazugehören. Sonst wäre Louis wohl nicht davon überzeugt gewesen, ihm entgehe etwas Außergewöhnliches. Sonst hätte er niemals das Lesen mit den Fingerspitzen erfunden.

Seine Mutter legt ihre Flickarbeiten beiseite, um zu öffnen, und sieht den recht entspannten Straßenhändler eintreten. Louis bleibt beim Kamin sitzen und verfolgt aufmerksam die Fortsetzung dieses überraschenden Besuches.

Er hört seiner Mutter gern zu, deren besondere Art, auf Ereignisse zu reagieren, ihn beruhigt, seien sie vorhersehbar oder unerwartet. Sie scheint für jede Lebenslage eine geeignete Antwort in der Hinterhand zu haben, eine Antwort, die sie einfach wie aus einem Fächer eines unerschöpflichen Kartenspiels herausfischt. Sie imponiert ihm.

Kaum ist der Mann in der Wohnung, legt er ungefragt ein großes Bündel auf den Tisch, knotet es auf und legt unter mehreren Lagen Stoff das Objekt frei, das ihn herführt. Das beeindruckende und hübsch gebundene

Buch führt auf dem Umschlag die Aufschrift *Universalwörterbuch der französischen Sprache*, verfasst von einem gewissen Boiste. Woher mag er solch ein Werk haben? Die Waren des Händlers sind zuweilen zweifelhafter Herkunft. Madame Braille schaut ihm zu, kommentiert für ihren Sohn das Treiben des Händlers. Dieser ist gewöhnlich unbeirrbar, jetzt verunsichert. Dennoch findet er zu seiner für ihn typischen Selbstsicherheit zurück, um mit seinen zurechtgelegten Worten seine Lobhudelei fortzufahren, als hätte er das Haus der Brailles als Kulisse für seine Generalprobe ausgewählt. »Wie lässt sich ein Ding verkloppen, das keiner will.«

Es ist die Rede von »Wörtern, die kein Mysterium mehr sein werden«, von »Bürgerlichen, die davon träumen würden, ein solches Buch zu besitzen«, von »Erfolgen, die ihr Knirps beim Lernen erzielen könnte«, von »Zerstreuung an den langen Winterabenden«, von »wie schön es sich auf dem Buffet ausnehmen würde«, und kampfesmüde beendet er trivial mit »es ist nicht teuer für das, was es ist«.

Als der Unglückliche keine Argumente mehr auf Lager hat und ihn vor allem das undurchdringliche Gesicht von Madame Braille entmutigt, den ultimativen und entscheidenden Grund zu finden, sie umzustimmen, hört er von selbst auf zu reden, wie ein kleines mechanisches abgelaufenes Männlein, das darauf wartet, dass ihn jemand mit dem Schlüssel wieder aufzieht. Louis ist fünf Jahre alt und kennt Bücher nur durchs Berühren, was sie nur noch faszinierender macht. Im Haus gibt es bereits eine Bibel, die *Fabeln* von Lafontaine, die *Bucolika* von Vergil und die *Märchen* von Perrault, die ihm seine Mutter vorliest, wenn sie ihm eine Freude machen will.

Er fragt sich in der eintretenden Stille, was denn da gerade passiert. Er hört das Rascheln der mütterlichen Kleidung, dann das Klappern der Holzschuhe und das Geräusch der hinteren Tür, wie sie sich öffnet. Er kennt den Weg. Seine Mutter geht in den Hof. Louis fragt sich, warum sie ihn mit dem Herrn alleingelassen hat. Bazar Choisnet weiß nicht so recht, was er davon halten soll und fühlt sich immer unwohler. Madame Braille kommt mit einer Kornblume in der Hand zurück, die sie auf dem Beet vor der Tür gepflückt hat.

»Mein Knirps, wie Sie sagen, wird die Worte, die hier drin geschrieben stehen, niemals lesen können, was Ihnen wohl entgangen zu sein scheint. Aber zeigen Sie mir trotzdem einmal Ihr Wörterbuch.«

Monique öffnet das Buch in der Mitte und legt die Blume in die Hand ihres Sohnes: »Hier Louis, nimm die Blume und lege sie hier hinein. Gut so. Und jetzt klapp das Buch mit einem einzigen Schlag zu, sodass es einen großen Knall gibt.«

Louis ist entzückt und entledigt sich lachend seiner Aufgabe. »Da haben wir's!«, fasst sie zusammen. Der Marktschreier zuckt zusammen, schöpft aber Hoffnung. »Sie nehmen es also?«

Madame Braille macht sich nicht die Mühe, ihm zu antworten.

– Louis, das ist der Anfang unseres Herbariums. Auf den Seiten stehen Worte, und zwischen den Seiten liegen Blumen.

– Das lässt die Worte dann gut riechen, fragt Louis, der seit dem Auftauchen von Choisnet noch nichts zu sagen gewagt hat.

So kam es, dass die Familie des Sattlers zu einer Zeit ein Wörterbuch erwarb, noch vor Larousse, als erst nur wenige Häuser in Frankreich eines besaßen.

Rotes Heft von Constance

Bei meinen Großeltern war das Wörterbuch mit uns allen bei Tisch, wie ein verschwiegener Gast, der den Mund nur öffnete, wenn er gefragt wurde. Ich sehe es vor mir, wie es neben dem Pater familias lag, durch den Gebrauch in die Jahre gekommen, mit dem rosafarbenen Streifen in der Mitte des abgegriffenen Schnitts, so fesch und deutlich, was mich als kleines Mädchen faszinierte.

Das war der Spalt des Buches, durch den ich gern allein eindrang. Ich erntete daraus »für später« die romantischen Zitate, die, so glaubte ich, meine Liebesbriefe schmücken würden, und lateinische Ausdrücke, die mich klug aussehen lassen sollten. Ich schrieb alles ab und löste dafür die Lasche an meinem kleinen verschließbaren Heft, auf dessen Umschlag ein Bild von Kate Greenaway war. Ach ja, das Heft hatte ich auch vergessen.

Die Bücher! Wie soll man ohne sie leben? Die Bücher meines Lebens. Sicher hat mich Thomas deshalb gebeten, das Drehbuch zu schreiben. Er hat sich gesagt, ich könnte fühlen, was es heißt, blind geboren zu sein vor der Brailleschrift, ich wäre in der Lage, mir ein Bild von Louis' Panik zu machen, als er verstand, dass Bücher in seiner Welt nicht existierten. Eines Tages hatten Thomas und ich »wenn ich Robinson Crusoe wäre« gespielt, da hatte ich ihn damit genervt, ich an seiner Stelle hätte während des Landgangs ein Buch geschrieben, damit ich es vergessen und später lesen könne. Aber war nicht ich dieser Robinson mit meiner Kindheit als einsamer Insel? Die Bücher haben mich gerettet.

In meiner Wohnung der ewigen Studentin standen einander gegenüber zwei Bücherregale. So ist es übrigens heute noch, sie sind einfach gewachsen. Das erste befand sich links, wenn man hereinkommt, darin und im großen Durcheinander alle noch ungelesenen Bücher, wo man sich nach Lust und Laune bedienen konnte. Diese Bücher kaufte ich, bekam sie geschenkt oder vergaß sie zurückzugeben. Das zweite Regal rechts enthielt solche, die ich gelesen, geliebt und mit reichlich Anmerkungen versehen hatte (also kostbare Bücher), diese da waren so gut geordnet, dass ich keine fünf Sekunden benötigte, um ein beliebiges Buch herauszufinden. Mein Geliebter hatte seinen Spaß, es mit dem

Sekundenzeiger seiner Uhr nachzuprüfen. Die Bücher wanderten also von links nach rechts – in Schreibrichtung, bemerkte er – sobald sie ausgelesen waren. Seltsamerweise nahm das linke Regal nicht ab, auch wenn das rechte immer voller wurde. Es schien sich im Rhythmus des Buchverlusts wieder aufzufüllen.

Wenn ich das Geld für meine kleinen Jobs in bar erhielt, versteckte ich immer ein, zwei Scheine in den Büchern, um sie zu vergessen und als freudige Überraschung wiederzufinden, wenn ich das Buch einige Monate oder einige Jahre später wieder öffnete. Das Problem bei diesem kleinen Vergnügen war nur, wenn es aufhört eines zu sein, weil nichts mehr da ist, um den Kühlschrank zu füllen, und man auf allen Vieren auf dem Boden jedes einzelne Buch eins nach dem anderen durchsucht. Ich vermute, wenn Thomas unter dem Vorwand ins Haus kommt, eines auszuleihen, wird er seinen Spaß daran haben, mir zuzusehen, wie ich das Buch mit dem Kopf nach unten »durchblättere«, bevor ich es ihm gebe. Meine Beziehung zu Büchern bringt ihn genauso zum Lachen, wie es ihn nervt.

Wenn Ebbe in der Kasse war, haben Worte oder Zeichnungen die Banknoten in den Büchern ersetzt. Begonnen hatte mein Mann damit. Als ich einmal für das Drehbuch einer Serie in meinem *Wörterbuch der Psychoanalyse* nachschlug, hatte sich die Seite »Wahnvorstellung« wie von selbst geöffnet, und ich hatte eine anzügliche Bemerkung darin gefunden. Danach hatten wir das Spiel weitergespielt. Das Problem bestand nur darin, dass der Zettel zeitversetzt zum Moment der Niederschrift gefunden wurde. Man ist nicht recht in der Stimmung, ein flammendes Briefchen zu lesen, wenn man sich gerade gestritten hat ... So hatten wir also für dieses improvisierte Spiel eine Regel festgelegt, man musste das Wort mit dem Datum seiner Entstehung versehen.

Auf diese Weise hatte ich in *Die Schöne des Herrn* entdeckt, dass er mir neun Monate zuvor einen Heiratsantrag gemacht hatte. Ich hatte keine neun Monate gewartet, um *Frühes Versprechen* auf seinen Nachttisch zu legen, darin mein Versprechen, ihm »ja zu sagen jeden Tag, vom Morgengrauen bis zur Abenddämmerung unseres Lebens«.

Wenn ich manchmal abends schlechter Laune bin, suche ich in meinen Büchern nach übrigen zärtlichen Botschaften. Meine Bibliothek hat nicht mehr die gleiche Leichtigkeit.

Drehbuch, Szene 23. Zehn Jahre alt. Institut

Im Institut muss es sechs Uhr abends sein. Louis hat nur seine innere Uhr als Orientierung, aber sie ist immer sehr verlässlich. Er kann die Uhrzeit bis auf wenige Minuten genau angeben, was seine Kameraden sehr witzig finden und auch stutzig macht. Er gibt sich gern für Wetten her, die auf ihn gemacht werden. Die Neuen halten das nicht für möglich und sind bereit, mit den Leckereien aus ihrem Postpaket darauf zu setzen, dass Braille nicht in der Lage wäre, die Uhrzeit auf fünf Minuten genau zu schätzen. Jedes Mal verlieren sie, und die Kumpel von Louis sacken den Gewinn ein.

Er weiß, dass man ihn nach der Nachmittagsvesper, so gegen vier oder fünf Uhr, hinuntergebracht hat. Piquette hat die Aufgabe, so schien es ihm, mit einer gewissen Genugtuung übernommen. Es ist ein Vertrauensbeweis seitens des Direktors, ihm diese unterirdische Strafexpedition anvertraut zu haben. Piquette, der erst seit Kurzem dazu verpflichtet wurde, kann seinen Stolz darüber nicht verhehlen. Einige Fußtritte in den Hintern von Louis verraten seine Freude.

Das, was Louis von diesem Verlies wahrnehmen kann, ähnelt dem, wie er es sich vorstellte, nur ist es schlimmer. Auf allen Vieren erkundet er es, voller Angst, auf einen unerwarteten Gegenstand, ein unvorhergesehenes Hindernis oder eine Ratte zu stoßen. Der Boden besteht aus gestampfter Erde, die Wände sind aus Stein. Bei einer Wand benötigen seine Hände etwas Zeit, bis sie verstehen, dass sie zwei verschlossene Metallringe ertasten. Als er sie berührt, erstarrt er vor Entsetzen. Er weiß, dass Kinder manchmal daran gefesselt werden, um ihnen einige scharfe und abschreckende Peitschenhiebe zu verpassen. Moder steigt in seine Nase. Louis spürt einen frischen Luftzug. Als er darauf zugeht, wird ihm klar, dass er von einem höher gelegenen Kellerfenster kommt. Aber dieser frische Luftstrom reicht nicht aus, um das in die Erde gegrabene Verlies zu belüften. Auf der Seite liegt ein Strohsack. Die Hände von Louis befühlen das grobe Tuch, mit dem er bezogen ist, sie finden keine Decke. Und auf der Erde, also auf dem Boden, Brot und Wasser, zweifelsohne seine Mahlzeit. Wie für einen Hund, sagt sich Louis. Die Größe des Verschlags erlaubt ihm immerhin, drei große Schritte von einer Seite zur anderen zu machen. Louis ist beruhigt. Er wird ein wenig gehen können. Er kennt sich, er musste immer seine Beine bewegen, um gut aufgelegt zu sein. Seine täglichen Schritte sind die unerlässlichen Kurbelumdrehungen, die seinen Geist in Gang bringen. Es ist ärgerlich für einen Blinden, nicht nach Belieben einen Spaziergang machen zu können. So ist es nun mal. Manchmal sagte er sich, dass er diese körperliche wie geistige Spaziergangssucht mit Abt Palluy teilt.

Nachdem er seine Haftbedingungen eingeschätzt hat, geht er in sein angebliches Bett schlafen. Er muss nun achtundvierzig Stunden durchstehen, schlaflose Stunden, dunkle Stunden, glatte, ohne Unebenheit. Nichts, woran er sich festhalten könnte. Als er liegt, rollt er seinen Körper sanft auf die eine, dann auf die andere Seite, um etwas in dieser armseligen Welt zu verspüren. Das ähnelt nicht den Schaukelbewegungen, die ihm beim Lernen antreiben, steht aber zu diesen in einer Beziehung. Er ist erstaunt, wie oft er diese Bewegung wiederholt, als wäre es ein notwendiges und lebenswichtiges Wiegen. Er wünschte sich, es würde nie aufhören. Er hört die Stimme seiner Mutter, als käme sie durchs Kellerfenster. Ihre Einschlafstimme, ihre Flüsterstimme, ihre Bilder hervorzaubernde Stimme. Dann sieht er hinter seinen geschlossenen Lidern ein kleines Kind, das auf ihn zugeht. Es möchte von jemandem in den Arm genommen werden. Das Kind kommt näher, er erkennt es. Er ist es. So hat er sich vor langer Zeit als Kind gesehen, in dem kleinen Spiegel, den ihm seine Mutter vorgehalten hatte, damit er sich zeichnen konnte. Da lässt er sich plötzlich von dieser zerbrechlichen und in seinem Inneren vergessenen Anwesenheit überwältigen, von diesem Kinde von früher. Louis muss nun weinen, endlich weinen, allein, ruhig, verborgen, geschützt vor den Blicken und Gesten all derer, die nicht verstehen können, alle, die nicht er sind. Bläuliche Tränen quellen über am Ursprung seiner Augen, in der erloschenen Iris. Sein Leid fließt dahin, entweicht ganz sanft und spendet ihm auf geheimnisvolle Weise Trost. Nach und nach spürt er, dass er sich nun endlich ausruhen kann. Er darf es. Er schläft ein, sein schönes Gesicht ist von Tränen gewaschen, hat Ruhe gefunden.

Rotes Heft von Constance

Wenn Aurélien vorausgesehen hatte, dass ich angesichts von Louis' Händen in der Marmorkiste die Fassung verlieren würde, hatte er auch die Folge vorausgesehen.

Die Kirche ist nicht allzu groß, eine schöne Dorfkirche. Nachdem wir eingetreten waren, sahen wir eine junge Frau Orgel spielen, ungefähr im Alter von Aurélien, eine zeitgenössische Mona Lisa. Ich erkannte auf Anhieb das Präludium Nummer eins aus dem *Wohltemperierten Klavier* von Bach. Noch schöner wäre es zweifelsohne auf einem Klavier gewesen. Sie spielte es mit viel Grazie.

Ich wollte mich einen Moment hinsetzen, um diesen unerwarteten Auftritt in dieser kleinen Kirche mit den vollkommenen Proportionen genießen zu können. Ich hatte mich gegenüber einer Statue der Madonna mit dem Kind niedergelassen und war berührt von der Kraft ihres mütterlichen Blicks. Aurélien bewegte sich in Richtung des orgelspielenden Mädchens. Überrascht hat mich das nicht. Frauen wirken auf ihn wie ein Magnet, gegen dessen Anziehungskraft er wenig ausrichten kann. Er muss auf sie zugehen, muss sie aus der Nähe sehen, oder auf der Straße, sich umdrehen. Sobald der Abstand es erlaubt, lässt er sich etwas einfallen. Er weiß, wie er mit einer befremdlichen Sparsamkeit an Worten Gefallen findet.

Das Mädchen hat den Kopf zu ihm gedreht, ohne mit dem Spielen aufzuhören. Dann machte sie mit der *Kunst der Fuge* weiter, und es war die reine Glückseligkeit, sie zu hören. Nein, sie übte nicht auf der Orgel einer bescheidenen Dorfkirche, in die sie als Abstecher von einem Spaziergang eingetreten ist. Sie spielte für uns. Davon war ich überzeugt. Ich begann, an Louis zu denken, den so talentierten Organisten, der ein Leben lang in Kirchen spielte, oft in mehreren Gemeinden hintereinander, weil sich diese um ihn rissen. Louis war rationaler Geist und Künstler zugleich. Wie ich dem jungen Mädchen zuhörte, sah ich die großen virtuosen Hände von Louis auf den Tasten der Orgel, seine Hände … Seine Hände wie zwei große Vögel über den schwarzen und weißen Tasten … Seine Hände, übel zugerichtete Tierchen, deren sterbliche Reste im Grunde einer Kiste liegen. Aurélien war einen Moment neben der Orgel stehen geblieben, dann kam er und setzte sich neben mich.

Nach einer Weile, ich kann nicht sagen, ob es fünf Minuten oder eine Stunde gedauert hat, hörte die Organistin auf zu spielen und kam zu uns. Ohne ein Wort zu sagen, drückte sie mir die Hand und setzte sich dann neben Aurélien. Irgendwie schien es unpassend, wir drei nebeneinander auf den Strohstühlen, in der Stille einer Kirche, aber da war kein Gefühl der Verlegenheit. Die Musik, die wir gerade gehört hatten, ließ kein Unbehagen aufkommen. Endlich stand Aurélien auf, und wir folgten ihm. Auf dem Kirchvorplatz war die Luft abgekühlt, aber die goldene Klarheit des frühen Abends tauchte unsere Gesichter in warme Farben. Ich fand sie beide schön, Aurélien und das Mädchen, deren schwarz glänzende Haare meinen Blick fesselten, jetzt, da wir das Halbdunkel der Kirche verlassen hatten.

Er wählte diesen Moment, um uns einander vorzustellen und seine Trickserei aufzudecken. Émilie, so hieß sie, war nicht zufällig hier. Wir waren mit ihr verabredet. Sie ist die Tochter der Tochter der Tochter der Tochter der Tochter der Schwester von Louis.

Sie ist mit ihm über mehrere Frauengenerationen verbunden. Sie trägt nicht seinen Namen, aber seltsamerweise einen Abdruck seiner Züge auf ihrem Gesicht. Immerhin liegen fünf Generationen zwischen ihnen, genügend Zeit, damit Ähnlichkeiten sich langsam auflösen.

Sie lächelte mich an und sagte mir gleich zu Beginn, sie war längst nicht so scheu wie Louis, wie glücklich sie sei, dass man endlich über das Schicksal ihres entfernten Onkels spricht, dieses großen Mannes, dessen Namen zwar jeder kennt, aber niemand sein Leben. Sie versicherte mir, sie würde alles tun, um uns zu helfen. Sie hat das schon Aurélien gesagt. Er lächelte voller Genugtuung, mich mit einem Nachkommen der Brailles sprechen zu sehen. Er hatte mich überrascht. Ich weiß nicht, wie er sie ausfindig gemacht und dann überzeugt hat zu kommen. Er schien begeistert von seiner Nummer zu sein, entzückt, dass er mich genötigt hat, mein Schweigen zu brechen.

Er zeigte sich als Lausbub. Ich war in der Klemme. Ich schaffte es nicht, auf ihn wütend zu sein, weil er meinen Wunsch, im Taucheranzug zu leben, nicht respektierte. Die Freude über das Unerwartete überwog. Ich habe Überraschungen immer geliebt.

Wie waren also zu dritt im Wagen auf dem Rückweg nach Paris. Émilie auf der Rückfahrt zu begleiten, die sich auf dieses von Aurélien ausgedachte Spiel gerne eingelassen hatte, war das Mindeste, was wir tun konnten. Außerdem musste ich ihr tausend Fragen stellen. Das Haus, in dem Louis gewohnt hatte, machte ohne ihn einen traurigen Eindruck. Aber seine, ich weiß nicht mehr wie vielfache Ur-Großnichte dagegen war alles andere als trist. Ihre erstaunliche Freimütigkeit und ihre überraschende Art, sofort zum Kern der Sache zu kommen, verliehen ihr einen Ton und eine hübsch abgehackte Sprechweise, die sich völlig von den flinken Bewegungen ihres Orgelspiels abhoben ... Hätte man mir bei der Hinfahrt gesagt, so übel gelaunt wie ich war, dass ich bei der Rückfahrt hinten im Auto mit diesem Mädchen aus der Braille-Familie über alles Mögliche diskutieren würde, ich hätte es nicht für möglich gehalten.

Aurélien spielte vorne den Chauffeur und war bester Laune. Er bat uns, ihn mit Albert anzusprechen, »wie einen Chauffeur, der etwas auf sich hält«, fügte er hinzu. Das Autoradio war aus. Wir wären alle Frequenzen gleichzeitig, hat er uns gesagt. Er hörte zu, wie wir anfangs über Louis sprachen und dann über alles und nichts. Émilie und ich begegneten uns trotz unseres Altersunterschieds auf Augenhöhe. Über Braille wisse sie nicht mehr als wir, gab sie zu. Aber sie konnte uns trotzdem Sachen geben, an denen wir zu kauen hatten.

Aus ihrer Samttasche à la Mary Poppins zog sie ein loses Papierbündel und hielt es mir ohne weitere Erklärung hin. »Hier, wühlen sie darin rum. Meine Großmutter hat mir den Stammbaum der Familie überlassen, ich solle ihn fortführen. Ich habe also damit angefangen, mich aber dann verliebt, und deshalb die Wochenenden lieber mit meinem Geliebten verbracht, als mit der Nase in den alten Papieren.« Mir war das ein bisschen peinlich, weil ich befürchtete, sie würde noch weiter auf die Einzelheiten ihres Liebeslebens eingehen. »Und dann hatte ich den Verehrer über und keinen Mut mehr, weiterzumachen. Mit den alten Papieren, meine ich.« Ich nahm alles mit unverhohlener Freude an mich.

Ich versprach ihr, sehr sorgfältig mit ihnen umzugehen. Ich war etwas erstaunt über dieses Vertrauen, das man auch als Leichtfertigkeit verstehen konnte. Schließlich kannte sie uns nicht. Sicher hatte Aurélien seine Verführungskünste spielen lassen.

Meinerseits hatte ich den Eindruck, das Leben würde nach und nach in meinen Körper zurückkehren, so wie der Saft in einen alten Baumstamm, den man für abgestorben hielt. Die zurückgezogene Haltung, die ich mir auferlegt hatte, um fern von den anderen meine Energie wiederzufinden, war durch das unverhoffte Vergnügen dieser Begegnung schachmatt gesetzt.

Als der junge Aurélien mir vorschlug, mich zu begleiten, wusste er genau, wohin er mich bringen wollte. Zugegebenermaßen ging ich dieses Risiko ein, da ich seine Anwesenheit nicht ablehnte. Zu zweit kann man niemals allein sein. Sobald man den anderen akzeptiert, akzeptiert man auch, sich ablenken zu lassen. Aurélien hat das verstanden.

Als wir in Paris ankamen, hatten wir keine Lust, uns schon zu trennen und setzten unsere Diskussion in einem Café im Viertel *Montparnasse* fort. Aurélien und Émilie sprachen viel. Dennoch verhielten sie sich natürlich so, dass ich nicht den Eindruck hatte zu stören. Ihre Jugend, die sich in dieser heftigen Lust aufs Leben äußert, von dem man sich nur das Beste nimmt, verunsicherte mich. Ich konnte mir nicht erklären, woher mein Gefühl kam. Doch. Ich glaube, ich war wie sie in ihrem Alter. Bevor ich begann, das Leben als Ganzes zu verstehen, in dem es nichts auszusuchen gibt. Denn in Wahrheit lebt man, oder man lebt nicht.

Ich war der Versuchung unterlegen, als alles zu schmerzhaft wurde, die zweite Möglichkeit zu wählen. Und dann hatte mir der Mut gefehlt. Ich weiß nicht, ob es genau das ist. Ich hatte mir gesagt, es wäre besser, mit dem Unwiderruflichen noch etwas zu warten, bis es absolut unerträglich wäre. Zu warten und zu wissen, dass mir immer dieser Ausweg blieb. Ich hatte mich an die Erzählung eines Mannes erinnert, bei dem es schiefgegangen war, der erzählte, genau in der Sekunde, als er aus dem Fenster sprang, habe er es bereut. Wie durch ein Wunder war er auf die Plane eines LKWs aufgeschlagen und kam heil dabei heraus. Ich hatte mich gefragt, wie viele weniger Glückliche sich wohl in den letzten Sekunden ihres Lebens verfluchten, ihm ein Ende gesetzt zu haben.

Ich weiß nicht, was mich in derartige Betrachtungen hineingezogen hatte, hatten doch vor meinen Augen zwei reizende Vögelchen ihre Freude daran, sich zu berühren und sich gegenseitig zu versichern, dass sie sich nicht gleichgültig waren. Verführung ist so einfach, sagte ich mir, als hätte ich es gerade entdeckt. Die Vorstellung, dass ich damit hatte Schluss machen wollen, ließ mich augenblicklich fast lächeln. Liebte ich etwa das Leben von Neuem? Zumindest liebte ich das Theater darin. Macht das einen solchen Unterschied?

Drehbuch, Szene 24. Zehn Jahre. Institut

Louis wird von einem Geklapper von Schlüsseln geweckt, die, so scheint es, den Weg ins Schloss des Karzers suchen.

Ihm dämmert, dass er lange geschlafen hat. Warum kommt man ihn an diesem Ort besuchen, der als Isolationszelle dient? Er springt hoch, weil er nicht liegend angetroffen werden möchte. Er hat gelernt, seine Würde zu wahren, ganz gleich unter welchen Umständen. Endlich lässt sich die Tür öffnen. Louis zittert.

»Ich bin es, Monsieur Claude. Seien sie unbesorgt, Louis.«

Genau das beunruhigt ihn. Dieser mit einem Mal übertrieben wohlwollende Ton passt auf keinen Fall zu jenem, an den sich die Internatsschüler gewöhnt haben. Louis spürt, wie die Angst in ihm aufsteigt. Um sie niederzuhalten, beginnt er zu sprechen. Er fragt, worum es geht und wie spät es ist. Louis fragt nie nach der Uhrzeit.

»Neun Uhr abends, ich habe gewartet, bis es dunkel ist. Ich habe kein Recht, hier zu sein. Ich bringe Ihnen ein wenig warme Suppe und Esskastanien. Ich lege auch eine Decke auf Ihren Strohsack. Braille, können Sie ein Geheimnis für sich behalten?« Louis wagt nicht mehr zu sprechen.

Monsieur Claude weiß, was er für Gabriel getan hat und weiß deshalb auch, dass er Louis vertrauen kann. Das sagt er ihm. Aber Louis traut ihm nicht. Monsieur Claude dirigiert ihn jetzt an die Wand, ergreift seine Hand und führt sie. Louis zittert, trotzdem lässt er es geschehen, ist aber auf der Hut. Seine Hand ertastet ein Brett, Monsieur Claude zeigt ihm, wie er es wegnehmen kann. Dahinter befindet sich ein Versteck in der ausgehöhlten Wand. In einem feuchten Tuch entdeckt Louis ein ihm unbekanntes Material. Das ist Tonerde, erklärt ihm der Hausmeister. Sie ist für ihn, damit er modellieren kann, wenn er möchte.

»Wenn Sie fertig sind, legen Sie ihre Skulptur in das Versteck, ich komme sie dann später unauffällig holen. Ich gehe jetzt, Braille. Viel Glück.« Zuerst ist Louis sprachlos, dann, als Monsieur Claude weg ist, antwortet er wie zu sich selbst. »Ich weiß nicht, ob ich das kann.«

Als er wieder allein ist, denkt Louis noch einmal über das eben Geschehene nach. Er kann es kaum glauben. Der für gewöhnlich so unversöhnliche Concierge hat soeben gegen das Regelwerk verstoßen, um ihm den Aufenthalt im Verlies erträglich zu machen. Die Doppelzüngigkeit dieser Person macht ihn nachdenklich. Monsieur Claude ist also nicht so, wie er sich zeigt ... Louis fragt sich, wen er noch in seinem Leben so hat verkennen können. Diese Frage verwirrt ihn. Sind die Menschen so, wie wir sie sehen? Was diesen Irrtum überhaupt erst möglich gemacht hat, ist das entschlossene Auftreten des Hausmeisters, der es darauf anlegte. Er hat immer alles dafür getan, sein wahres Wesen zu verbergen, um ihm mehr Gewicht zu geben. Aber andere Interne müssten doch auch Bescheid wissen, denkt Louis. Warum hat man ihm nichts davon erzählt? Weiß es Gabriel?

In seinen Gedanken wälzt er diese Fragen hin und her, zur gleichen Zeit beschäftigen sich seine Hände mit dem Ton, den Monsieur Claude auf den Boden gelegt hat, bevor er sich wie ein Dieb davonstahl. Nach einer Weile wachsen seine Gedanken, zunächst nur abgelenkt vom Tun seiner Finger, mit der unter seinen Händen entstehenden Form zusammen.

Die Formbarkeit dieses Materials begeistert ihn. Er bekommt Herzklopfen. Er kann »sehen«, wie sich unter seinen Fingerkuppen eine Figur herausbildet. Es ist ein Gesicht, ein Gesicht, das er kennt. Es ist das Gesicht, das er am meisten abgetastet hatte, seitdem er nicht mehr sehen konnte. Plötzlich, stellt er verblüfft fest, ist seine Mutter da zwischen seinen Handflächen. Durch die Berührung mit der Erde, die jeden Fingerdruck wie ein Gedächtnis speichert, überkommt ihn eine solche Leidenschaft, dass er bis spät in die Nacht hinein modelliert. Suppe und Esskastanien sind kalt, als er langsam Hunger verspürt. Gierig verschlingt er alles, nur um seinen Magen zum Schweigen zu bringen. Als er fertig ist, wendet er sich erneut den Formen zu, denen er eine Gestalt gibt, wiedergefundene Gesichter. Seine Eltern und seine große Schwester, mit der er noch vor einigen Monaten täglich zusammen war, stehen da, wo er sie gelassen hat, direkt auf der gestampften Erde. Louis fragt sich, ob ein Sehender sie erkennen würde. Er »betrachtet« sie noch ein letztes Mal, mit zitternden Händen, ohne unterscheiden zu können, ob es wegen der Kälte oder der Aufregung ist. Er stellt sie in die Versenkung, die ihm Monsieur Claude gezeigt hat, so aufgeregt wie ein Mensch, der gerade etwas vollbracht hat und gar nicht wusste, dass er es kann.

Rotes Heft von Constance

Hier ein Beispiel für die Art von Diskussion, die uns, Thomas und mich, in Fahrt bringt. Die ist von heute Morgen. Ich kenne keinen besseren Weg, mich daran zu erinnern, als sie so schnell wie möglich in mein kleines rotes Heft zu übertragen, und zwar am Tresen des Cafés unter seinen Büros. Eine beiderseitige Unaufrichtigkeit kann man nicht besser erfinden. Das könnte was für die Figuren meines nächsten Stückes sein.

– Constance, Ihr Louis ist zu perfekt, das hinkt!

– Wie, das hinkt?

– Das ist nicht realistisch, die ganze Zeit diese Messdiener-Art.

– Ja, genau, er ist ein Kind.

– Ja, genau, Kinder sind keine Heiligen, und das wissen Sie.

– Louis war es fast.

– Genau, »fast«, das sagte ich ja eben. Sie müssen dieses fast bearbeiten. Zeigen Sie auf den Bruch, die Schattenseite, jeder hat eine. Rimbaud sagte: »Ich ist ein anderer«, wo ist Ihr anderer Louis Braille?

– Welcher andere? Er hatte weder Zeit noch Gelegenheit, das Böse zu entdecken, weder bei sich, noch bei den anderen. Er war so sehr damit beschäftigt, die Wirklichkeit einzufangen, die sich ihm jeden Augenblick entziehen konnte. Thomas, weißt du, was es bedeutet, blind zu sein?

– Und Sie, Constance?

– Fast.

– Schon wieder, das ist eine Macke bei Ihnen! Also sind alle Blinden hundertprozentig tolle Typen, wenn ich Sie recht verstehe. Und das Böse wäre dann eine Beschäftigung, der man sich hingibt, wenn man Muße hat, ach ließe uns doch das Leben und die Behinderung die Zeit dazu. Das Drehbuch tropft vor edlen Gefühlen!

– Hör auf, mich lächerlich zu machen. Sicher kann das Böse überall sein, auch bei uns, aber manchen bleibt es eher erspart. Und genau das interessiert mich bei Louis. Es ist dieses Übermaß an Gutem. Er hat ein überzogenes Wesen. Louis erträgt das Maßvolle nicht. Er ist ein Held, ein Anti-Held, wie du willst. Aber so ist er.

– Mit einem solchen Helden kann man sich nicht identifizieren, das sehen Sie selbst, Constance.

– Es ist nicht schwieriger, als sich mit Alexander dem Großen zu identifizieren, Thomas!

Damit hatte ich Thomas zutiefst getroffen, das wusste ich. Wenn er keine Argumente mehr auf Lager hatte, würde er mir ein beleidigendes Zitat an den Kopf werfen oder unehrlich werden. Ich irrte mich.

– Wissen Sie, Constance, ich pfeife darauf, wie er wirklich war. Wenn er zu gut ist, ist Ihr Louis ganz einfach nur nervig.

– Das hat den Vorteil, klar und ehrlich zu sein! Thomas, du verlangst von mir, ein Drehbuch über Louis Braille zu schreiben, und sagst mir dann, dass du darauf pfeifst, wie er ist. Du willst also nur seinen Namen? Besucherzahlen mit seinem Namen machen, so wie man eine Marke nutzt? Aber du pfeifst auf mich! Warum hast du dann nach mir gerufen? Was gefiel dir denn damals, als ich dir das erste Mal von ihm erzählt hatte, was war das?

– Dass er niemals aufgegeben hat, Constance! Das! Sein Kampf hat mir gefallen. Oder vielmehr seine Art zu kämpfen, ruhig und sicher, indem er seine Zweifel von sich wies!

– Du sprichst von dir, Thomas. Du hörst dich selbst. Wiederhole, was du mir gerade gesagt hast, und hör hin. Das ist nicht Louis, das bist du, du bewunderst dich selbst in Louis.

– Na und, ist das etwa schlecht? Eben das ist das Schauspiel, Constance. Jeder Zuschauer kann sich hier wiederfinden. Louis wird das sein, was jeder in ihm sieht. Und Sie, warum lieben Sie ihn, hm?

– Ich weiß nicht. Warum ich ihn liebe?

Ich war durcheinander. Thomas machte mich ratlos. Und ich wusste, er würde nicht lockerlassen.

– Bringen Sie ein bisschen von sich mit ein.

– Von mir ... Was ich sehe, ist nicht sein Kampf, es ist der Antrieb für seinen Kampf. Dass Louis ihn nur für die anderen geführt hat. Und deshalb hat er ihn so gut geführt. Er dachte, er ist in der Lage, etwas zu entdecken, also hatte er die Pflicht, es um jeden Preis zu erreichen. Aber Louis wusste, dass es ihm in seinem Leben nicht vergönnt sein würde, sich an der von ihm erfundenen Schrift zu erfreuen.

– Warum?

Thomas ging mir auf den Geist. Wie konnte er eine solche Frage stellen. Ich errötete.

– Was heißt das, warum? Stell dir vor, du bist der Erste, der schreiben kann, weil du die Schrift, die allererste Schrift erfindest, wo findest du da Bücher? Bevor du sie liest, Thomas, muss sie irgendjemand schreiben, diese verdammten Bücher. Weißt Du, wie viele Bücher es in Brailleschrift gab, als Louis starb? Na los, sag mir eine Zahl!

– Wow! Sie lässt sich gehen, meine Constance. Was gewinne ich, wenn ich richtig rate? Einen Rock-'n'-Roll-Tanz mit meiner *verdammten* Drehbuchautorin?

Thomas hatte sich gerade in einen Rock-'n'-Roll-Kurs eingeschrieben und träumte davon, mich dahin mitzunehmen, wie bei allem, was er macht und dessen neuer Anhänger er ist.

– Als Louis stirbt, gibt es gerade mal drei Bücher in Brailleschrift. Und diese wird erst zehn Jahre nach seinem Tod die offizielle Blindenschrift. Und selbst das war mehr, als er je zu hoffen gewagt hatte.

– Was Ihnen an Louis gefällt, Constance, ist der heilige Louis Braille. Übrigens, hatten Sie mir nicht erzählt, dass Sie als Kind eine Heilige werden wollten? Sie meinten das zwar ironisch, aber gesagt haben Sie es. Ich gebe Ihnen das Kompliment zurück, das, was Sie an ihm lieben, sind Sie selbst. Ihr besseres Ich, vielleicht, denn soviel ich weiß, sind Sie noch keine Heilige.

– Ich habe nie gesagt, dass ich eine Heilige sein wollte, ich habe gesagt, ich bin begeistert von der Heiligen Teresa.

– Mit der Heiligen Teresa als Drehbuchautorin und Alexander dem Großen als Produzenten kommen wir mit unserem Film auf keinen grünen Zweig!

Die Schlacht erreichte ihren Höhepunkt. Mein Hang, das Schlechte nicht zu beachten, um es besser zu verstoßen, treibt ihn zur Verzweiflung. Ich setze ihm regelmäßig und schonungslos meine Verachtung für seinen zur Schau getragenen Zynismus entgegen, den ich eher für eine Haltung als für eine Überzeugung halte. Unsere wechselseitigen Differenzen schlagen uns in Bann. Wir sind uns bewusst, dass wir beide die Tendenz haben, bei unseren aufregenden Streitgesprächen Zerrbilder zu zeichnen. Aber nicht jeder Schlag ist erlaubt, im Sinne einer stummen Absprache ohne falsche Zwischentöne.

Drehbuch, Szene 25. Zehn Jahre alt. Institut

Gabriel ermittelt. Er wundert sich, als er erfährt, dass Louis seit zwei Tagen krank ist und unter Quarantäne steht. Für ihn steht fest, er muss die ihm aufgetischte Erklärung auf seine Weise überprüfen. Nach der Abendmahlzeit im Speisesaal folgt er mit gespitzten Ohren den hinkenden Schritten von Piquette. Überraschenderweise geht er nach der Aufsicht beim Abendessen der Kinder nicht in die Küche. Wenn aber ein Schüler in der Krankenstube liegt, muss ihm der Aufseher die warme Mahlzeit gleich nach seinem Dienst im Speisesaal bringen. Das lässt Gabriel noch mehr aufhorchen, er folgt Piquette äußerst umsichtig. Er hört, wie dessen Schritt vor der Krankenstube abbiegt und sich entfernt. Mehr braucht Gabriel nicht, um misstrauisch zu werden. Er überprüft, was er schon ahnt und begibt sich mit großer Vorsicht zur Krankenstube, um nicht gesehen zu werden, was schwierig ist, wenn man selbst nicht sehen kann. Die Tür ist abgeschlossen. Wenn jedoch ein Kind hier übernachtet, besteht die Anweisung, die Tür, für den Fall eines Brandes, nicht abzuschließen. Gabriel hat jetzt Gewissheit, belogen worden zu sein. Sein Freund ist nicht in der Krankenstube und war nie dort.

Die Internen, die nicht einsehen, warum Strafen sein müssen, haben sich schließlich damit abgefunden, sie wie ein Übel zu ertragen, wenn sie gerechtfertigt sind. Als aber Gabriel und seine Freunde entdecken, dass der Kleinste von ihnen im Karzer dahinvegetiert, treffen sie sich im Schlafsaal und entscheiden, sich an einer zu solchen Ungerechtigkeit fähigen Institution zu rächen.

Mitten im Winter wird es schnell dunkel. Gabriel kann also seinen Plan sofort umsetzen. Mitten in der Nacht bauen sich die Trupps auf. Einige stehen Schmiere, die Jüngsten, um sicherzugehen, dass der Aufseher fest schläft. Die anderen sind in drei Gruppen aufgeteilt und dringen in alle Klassenzimmer und Abstellräume des Instituts ein, wofür sie eine Liste gemeinsam erstellt haben. In weniger als einer Stunde haben sie ihren Auftrag erfüllt. Es gibt jetzt nichts mehr, womit das Internat erleuchtet werden könnte. Am nächsten Tag stellt das für die Beleuchtung zuständige Personal am frühen Abend fest, dass kein Petroleum mehr in den Lampen ist, noch sonst irgendwo, und dass alle Kerzen verschwunden sind. Kurz vor sechs Uhr abends ist das gesamte Internat in Dunkelheit getaucht und unter den Aufsehern, Lehrern und dem übrigen Personal breitet sich Panik aus. Sie stolpern, gehen tastend erst in die eine, dann in die andere Richtung, stoßen überall an, stoßen jede Menge Flüche aus. Die Schüler dagegen weichen aus und lachen ungeniert. In den kalten Mauern des Internats herrscht ein fröhlicher Basar. Nur der blinde Lehrer ist ganz entspannt und lacht sich eins ins Fäustchen. Er kann nicht anders, als zu denken, dass endlich die Sehenden verstehen müssten, welchen Leidensweg er geht. Seine Nachsicht gegenüber den verantwortlichen Schülern im Disziplinarrat wird es in den folgenden Tagen bestätigen. Piquette aber kommt schwankend aus dem Schlafsaal, rutscht auf dem Hintern die Treppen zum Speisesaal hinunter und stößt dabei tierische Schreie aus. Alle kommen reflexartig in die Krankenstube, um sich behandeln zu lassen, aber dort sieht man genauso wenig wie woanders. Panik kommt auf. In den Küchen kommt man klar dank der noch glühenden Holzöfen. Der Direktor schimpft herum. Er weiß nicht mehr, wie er sein Internat aus dieser misslichen Lage heraus führen soll. Er wird, so befürchtet er, beim Lehrkörper an Autorität verlieren. Ohne Ahnung, wer ihn hört, flucht er laut in den Raum hinein, dass die Strafe gnadenlos sein wird. Louis in seinem Kellerverlies ahnt nichts von diesem Aufstand, der seinetwegen stattfindet. Durch das Kellerfenster dringt ein ungewöhnliches Stimmengewirr, das er sich nicht erklären kann. In seinem Zorn als Rächer beschließt Gabriel, den Direktor aufzusuchen, wobei er keine Mühe hat, ihn zu finden, der sich feige hinter seinem Ofen verschanzt, den er »blind« mit Papier befüllt und angezündet hat, dessen Flammen ihm jetzt Sicherheit geben. Trotzdem hat er seine Ruhe noch nicht gefunden. Gabriel denkt sich laut: »Aha, du hast also Angst vor der Dunkelheit?« Er stellt dem Direktor »im Namen aller Schüler« die Frage, die sie quält.

– Warum ist Louis im Verlies, Monsieur? Ich wüsste nicht, was er gemacht haben könnte, um das zu verdienen. Er ist hier der Jüngste und zudem ein vorbildlicher Schüler, oder etwa nicht? Mich hätten Sie bestrafen müssen, nicht ihn. Bestrafen Sie mich an seiner Stelle.

– Das ist ja eine regelrechte Manie bei Ihnen allen! Sie, Monsieur Gauthier, haben sich selbst die Antwort auf Ihre Frage gegeben. Sie hätten doch nach Ihrer letzten Wichtigtuerei eigentlich erstaunt sein müssen, dem Verlies entkommen zu sein, oder? Der »kleine Louis«, wie Sie sagen, ist für Sie gegangen.

Gabriel traut seinen Ohren nicht. Das ist es also.

– Dann ist es jetzt Schluss, sein Tag und seine Nacht im Verlies sind vorüber!

– Ihr Kamerad hat ein wenig Eifer an den Tag gelegt, um Sie zu vertreten, ist es das Doppelte. Wie schön Freundschaft doch sein kann, nicht wahr, junger Mann? Und kommen Sie nicht auf die Idee, den Ersatzmann ersetzen zu wollen. Ich sage Nein, schreit er auf das Äußerste gereizt. Jetzt reicht es mit Ihren Mätzchen.

– Nein, Herr Direktor, ich bitte Sie um nichts dergleichen, aber damit das Internat wieder Licht bekommt, wird Louis herauskommen müssen.

– Sie also sind der Anstifter für das hier, und Ihretwegen herrscht im Internat Dunkelheit, kleiner leichtfertiger Ganove! Ich glaube, armes Kind, Sie ermessen die Folgen Ihrer Handlung nicht.

Gabriel weiß nicht, dass Monsieur Claude bei dieser Kraftprobe zugegen ist. Die Szene ist umso schrecklicher, als der Direktor den Wortwechsel durch impulsive und kaum unterdrückte Gesten unterstreicht, die Gabriel glücklicherweise nicht sehen kann. Die Faust von Guillié stoppt wiederholt nur wenige Zentimeter vor dem Gesicht des Kindes. Der Hausmeister zittert, sagt aber kein Wort. Er steht in einer Ecke und macht sich unsichtbar. Er weiß genau, wie wichtig seine Anwesenheit hier ist, als Schutz gegen die Gewalt des Direktors, der sich nicht immer im Griff hat. Die Situation ist verzwickt. Wenn Guillié einwilligt, wird er es nicht ertragen, dass seine Zustimmung als Eingeständnis seiner Schwäche ausgelegt wird. Gabriel läuft Gefahr, nicht so billig davonzukommen.

Die Kapitulation des Direktors – er ist auf den Handel mit Gabriel eingegangen – bedeutet die vorzeitige Freilassung von Louis aus dem Verlies, lässt aber über dem Hitzkopf seines Freundes noch lange ein Damoklesschwert schweben. Er ist sehr überrascht, dass der Disziplinarrat ihn nicht entlassen hat. Aber der Direktor hat Schlimmeres vorgesehen. Er behält lieber einen Schüler, dessen Eltern das Internatsgeld zahlen, eine finanzielle Unterstützung für das Institut, und bringt den Aufsässigen auf seine Art zur Räson. Die Musik ist Gabriels ein und alles; er streicht sie vollständig aus seinem Leben. Kein Musikunterricht mehr, kein Klavier, kein Gesang und Ausschluss aus dem Chor sind seine angekündigten Maßnahmen.

Am selben Abend gibt Louis Gabriel die Mundharmonika seines Vaters.

Drehbuch, Szene 26. Zehn Jahre alt. Institut

Als Monsieur Claude in der Nacht in das Verlies kommt, ist Louis schon seit dem Nachmittag draußen. Dank der von Gabriel inszenierten Rebellion geschah dies vorzeitig. Der Hausmeister steuert hastig auf den geheimen Verschlag zu und entdeckt drei Gesichter, die ihn ansehen. Er ist von so viel Menschlichkeit fast verängstigt. Da stehen eine Frau, ein Mann und ein junges Mädchen. Als würde man in das Innenleben von Louis eintauchen. Das Kind hat es vermocht, Gesichtsausdrücke von fast verstörender Macht zu formen. Die eine oder andere Unbeholfenheit werden durch die Ausdruckskraft der Gruppe aufgewogen. Der Hausmeister beginnt daraufhin, sich das frühere Leben von Louis vorzustellen, ein Leben, von dem keiner hier etwas weiß. Was für eine Familie hatte dieses Kind, fragt er sich. Sicherlich anständige und empfindsame Leute, die Louis mit Erfolg diese Geradlinigkeit und Unbeugsamkeit mitgegeben haben, was für ein Kind seines Alters ungewöhnlich ist. Oder aber das genaue Gegenteil, wer weiß? Man kann entgegen dem elterlichen Vorbild aufwachsen. Das sind seine Gedanken, als er jeden einzelnen Kopf mit größter Vorsicht einwickelt und in seinen Korb legt. Er sammelt auch die Schüssel und den Teller ein, die Louis leer gegessen hat. In diesem Moment bemerkt er im Teller ein »DANKE«, das mit ungeschickter Handschrift in Großbuchstaben aus Ton geformt ist. Ein zahnloses Lächeln zerteilt sein ausgezehrtes Gesicht, das plötzlich von ungeahnter Zärtlichkeit erstrahlt. Niemand da, der es sieht. Der alte Hausmeister überlässt sich seinen Gefühlen. Diesen flüchtigen Glücksmoment auszukosten, macht den ganzen Rest wett. Als würde er eine lichterfüllte Pforte an der grauen Decke seines Alltags sehen.

Eiligst verschwindet er mit seiner Beute unter dem Arm. Der nächtliche Hof verschluckt ihn. Einige Minuten später ist die Hausmeisterei erleuchtet, das durch den knallroten Vorhang dringende Licht taucht den Fensterrahmen in Rot. Piquette geht im Flur auf und ab und ist ihm nicht auf die Schliche gekommen.

Der bescheidene Monsieur Claude war für das ihn verachtende Personal des Instituts wie für die ihn achtenden Kinder ein Rätsel. Keiner weiß etwas über seine Vergangenheit. Eines Tages kam er in einem eher schlechten

Zustand an und fragte nach Arbeit. Als er am Institut anfing, zunächst als Mann für alles, wusste er instinktiv, dass ihn das Schicksal dahin verschlagen hatte, um das Leben der Kinder zu erleichtern und um selbst neu anzufangen. Seit zehn Jahren lässt er nichts unversucht, um den kargen Alltag der Internen aufzuhübschen. Wenn er den Kindern Gutes tun wollte, das war ihm schnell klar, durfte es niemals danach aussehen. Ein Jean Valjean, der sich hinter Thénardier* verbirgt. Die Direktion hält ihn für ihren eifrigsten Vertreter. Er tut das Gute klammheimlich. Seine Großzügigkeit sehen nur jene, die sie erfahren. Die anderen versteht er, an der Nase herumzuführen. Er lebt mit der fixen Idee, sein doppeltes Spiel könnte auffliegen. Er macht sich eher rar, wacht mit harmloser Miene über alle Internen und setzt sich ein, ohne dass sie etwas wissen. Nur einige eingeweihte Kinder wissen, wie liebevoll das Herz dieses hageren Mannes ist, ihres Verbündeten gegen die Dummheit und Strenge der Obrigkeit, eines Mannes, der einem Kind das Abendessen im Speisesaal streichen kann, um es dann mit einem echten Geburtstagsmahl zu verwöhnen ...

*) Protagonisten aus Victor Hugos Roman *Die Elenden*.

Rotes Heft von Constance

Zwei Tage nach unserem Besuch in Coupvray klingelte Thomas an meiner Tür, weil ich schon einige Zeit nicht mehr in die Büros der Produktionsfirma zur Arbeit kam. Ich arbeitete an diesem Tag zu Hause. Ich wechsle. Ich liebe die stimulierende Unruhe in seinen Arbeitsräumen, dann kommt immer der Moment, in dem es mich stört. Dann gehe ich nach Hause und bleibe dort. Selbst in meinen Gewohnheiten bin ich zyklisch. Sind es noch Gewohnheiten? Gewohnheiten, die sich abwechseln. Ich hasse es, wenn ein Tag wie der andere ist. Das beunruhigt mich. Ich hatte den Telefonstecker gezogen. Ich saß an meinem Küchentisch, an dem ich am liebsten arbeite. Diese Macke stammt wohl aus meiner Kindheit, als ich meine Hausaufgaben in der lärmenden und ungeeigneten Umgebung der Küche machte. Ich kann mich dort besser konzentrieren. Ich fand Thomas seltsam. Er drehte sich im Kreise, sprach nicht mit mir. Er war ziemlich hektisch. Ich verstand nicht, warum er hergekommen war. Ich servierte ihm einen Tee, den er stehen ließ, dann einen Kaffee, den er in einem Zug hinunterstürzte. Er ist ein getriebener Mann. Er gehört zu denen, die schon sehr früh wissen, dass das Leben ein Geschenk ist, das man ohne zu zögern annehmen und das tun muss, wofür man da ist. Ich bin das Gegenteil. Ich habe immer geglaubt, viel Zeit zu haben, war mir sicher, hundert Jahre alt zu werden.

An diesem Morgen wusste er nicht, wohin es ihn drängte. Er war aber auch nicht in der Lage, seinen Takt zu verlangsamen. Ich spürte, er war verstimmt, missmutig. Vor meinen Regalen hielt er eine endlose Rede über meine Bücherwände, die wie ein Schutzschild meine Gefühle verhindern, wie eine Stellwand, die mir die Sicht nimmt und wie ein Trompe-l??il, das mir etwas vormacht … um seine Worte aufzugreifen, und ich habe viele vergessen. Das Ganze endete mit einem »das wahre Leben«, mehrfach wiederholt. Er sucht in mir eine andere. Ich gehe ihm wirklich auf den Geist. Ich verstehe. Ich nerve mich ja selbst. Er hat nicht Unrecht.

Ich hatte den Eindruck, dass er mir etwas anderes sagen wollte, es aber nicht schaffte. Er ging wieder, und ich erfuhr nichts. Als er die Tür hinter sich zugezogen hatte, sah ich, dass er auf ein Regal der linken Bücherwand ein Buch gestellt hatte, sodass der Rücken etwas nach vorne stand. Es war ein Buch in Brailleschrift. Ich schlug das Buch auf, schloss die Augen und berührte die erste Seite. Auf dem Papier tastend gab mir mein Finger den Eindruck, kleine Sandkörner zu streicheln, die dort noch festklebten. Ich hatte ja versucht, die Brailleschrift zu erlernen, ich konnte aber nur das Alphabet, ich war wirklich unfähig, sie zu lesen.

Ich hätte zu gern erfahren, was die Seiten erzählten und warum Thomas mir das Buch geschenkt hatte. Plötzlich konnte ich die äußerste Ungeduld von Louis angesichts der »schwarzen Bücher« viel besser begreifen, unserer Bücher, die Louis für immer verschlossen blieben. Vielleicht möchte Thomas, dass ich eine neue Ungeduld spüre, meine Ungeduld angesichts der Sprache, die Louis erfunden hat und die mir noch geheimnisvoll bleibt.

Ich werde die Brailleschrift wieder lernen, um Louis besser zu verstehen. Ich werde noch mehr auf ihn zugehen. Den Gang mit den Fingerspitzen fortführen, den ich mit meinem Liebsten begonnen habe und nun allein fortsetzen muss. Dieser Entschluss stimmt mich heiter! Ich fühle mich schon weniger einsam. Ich habe über Braille geschrieben, aber vergessen, mit ihm zu fühlen.

Rotes Heft von Constance

Wider Erwarten hatte mich Brigitte nicht ausgelacht, als ich sie bat, bei einer spiritistischen Sitzung mitzumachen, die ich mir ausgedacht hatte, um zu Louis in »Kontakt« zu treten. Würden meine Schwestern in Paris wohnen, wären auch sie sofort dabei gewesen. Sie sind aber Mädchen des Westens geblieben. Nur ich habe unser Zuhause verlassen, um »die Pariserin zu spielen, die ich niemals sein werde«, denken sie, ein sanfter Vorwurf. Ihre spontane Anwesenheit fehlt mir immer mehr.

Die Sitzung sollte bei mir stattfinden, zusammen mit Aurélien und Émilie, die er schließlich in sein Einmannbett bekommen hatte. (Aurélien pflegt eine sehr ausführliche Theorie über die Zweckmäßigkeit eines 90-Zentimeter-Bettes, sowohl für die Annäherungsphase als auch für die Fortsetzung.) Die junge Frau hatte viel länger als andere dem seltsamen Charme von Aurélien widerstanden, indem sie zuerst seine Eigenliebe anstachelte und ihm dann seine Achtung abnötigte. Die Idylle scheint auf bestem Wege zu sein. Er legt sich ins Zeug, um auf das Mädchen weiter Eindruck zu machen, natürlich auf seine Art.

Kurzum, wir mussten zu viert am runden Tisch sein. Auf dem Tisch ein umgedrehtes Glas und die Buchstaben aus meinem Scrabble-Spiel, genauso, wie Aurélien es mir erklärt hatte – ausprobiert hatte er es schon mit seinen Kommilitonen. Ich hatte dem esoterischen Ambiente den letzten Schliff gegeben, indem ich überall in der Wohnung Teelichter aufstellte. Bevor die anderen kamen, hatte ich noch ein kleines Glas Portwein getrunken, um locker zu sein. Aurélien klingelte an meiner Tür mit einem Turban à la Madame Irma auf dem Kopf und glühenden Weihrauchstäbchen in jeder Hand. Ich nehme diesen Abend sehr ernst, ein bisschen zu ernst, wollte er mir mit seiner Aufmachung sagen. Ich liebe diesen großen klugen Jungen. Ich musste herzhaft lachen, als ich beide hereinbat.

Nach der gegenseitigen Vorstellung begaben wir uns direkt an den Tisch, an dem bereits Brigitte saß. Wir sind hier nicht zum Vergnügen oder zum Oliven naschen, schien sie zu sagen. Ich war ein wenig hibbelig. Ich wusste nicht recht, welchen Ton ich anschlagen sollte. Ich wusste nur, ich wollte das und stand dazu, zumindest bis jetzt. Aurélien vereinfachte den Gang der Dinge. Nach einem Blick auf meinen Intarsientisch mit den sechsundzwanzig alphabetisch und kreisförmig angeordneten Plastikbuchstaben war ihm klar, dass wir knapp am Kasperletheater vorbeischrammten. Er sprang in die Bresche und stieß einen Schrei aus, der dem *Käfig voller Narren* zur Ehre gereicht hätte und uns aufschrecken ließ, und gab sich dann betroffen: Wir würden die Sitzung abbrechen müssen, denn Louis könne uns nicht antworten, weil die Buchstaben nicht in Brailleschrift waren!

Émilie kicherte. Schon voll unter seinem Charme. Meine Brigitte war nahe dran. Ich war nervös und lachte los. Ich hatte nicht einmal die Fragen vorbereitet, die ich Louis stellen wollte. Aus Aberglauben. Ich ging davon aus, dass er »da ist«. Konzentriert legten wir dann schließlich alle vier gleichzeitig unsere Zeigefinger auf das Glas und warteten. Aurélien hatte seine spöttische Art komplett abgelegt. Wieder überraschte er mich. Mit einer sehr natürlichen Stimme, bat er Louis, sich uns zu zeigen. War er da? Als ich unter meinem Finger das Glas von ganz allein davongleiten sah, um J-A zu buchstabieren, war ich zwar wie erstarrt, aber zu fasziniert, um abzubrechen. Die für gewöhnlich so vernünftige Brigitte sah mich an und war genauso verblüfft wie ich. Völlig überrumpelt wusste ich zuerst nicht, was ich Louis fragen sollte. Émilie stellte die erste Frage, eine Frage, die auch mir am wichtigsten war. War Louis einverstanden, dass wir einen Film drehten. Er war es. Jetzt konnte alles beginnen.

Drehbuch, Szene 27. Elf Jahre alt. Institut

Ein Podium ist mitten auf dem Hof aufgebaut worden. Den ganzen Vormittag über haben die kleinen Blinden den Lärm der Hämmer gehört, die rastlos zuschlugen, um die hölzernen Trägerbalken zu verkeilen und auszurichten. Die Trompete von Piquette übt unermüdlich ihren Gassenhauer, um auf den morgigen Tag vorbereitet zu sein, wodurch die Kinder vorübergehend von seiner disziplinarischen Wachsamkeit befreit sind. Die Öfen der Kantinenwirtin mit dem knallroten Gesicht sind niemals leer, in unschlagbarem Tempo folgt ein Blech mit Brioches auf das andere. Die Luft scheint von einer ganz besonderen Erregung zu zittern.

Morgen findet das große Schuljahresabschlussfest statt. Den Internen wurden Aufgaben zugewiesen, die ihnen selten zufallen. Man braucht Arbeitskräfte, da ist man nicht so genau ... Man schenkt Vertrauen, wo man zuvor zurückhaltend war. Den Erwachsenen fehlt es manchmal an Logik, sagt sich Louis. Er wird versuchen, das später besser zu verstehen. Die anderen Blinden kümmert das wenig, denn sie sind überglücklich, sich ihren neuen Verantwortlichkeiten gewachsen zu zeigen. Sie werden zum Kramladen des Viertels geschickt, um die letzten Einkäufe zu erledigen. Sie müssen in der Küche aushelfen, wo jede »kleine Hand« zum Ausfetten der Backformen dringend gebraucht wird. Eine Gruppe von fünfzehn Kindern auf allen Vieren wischt blind und singend den Fußboden der großen Halle, wobei jedes Kind für fünf Steinplatten verantwortlich ist, all das wird von ihnen selbst bestimmt, was eine äußerst erbauliche Choreografie ergibt.

Man kann aus dem Speisesaal das schallende Lachen von Louis und Gabriel hören. Sie sind für das Verpacken der Geschenke mit Angelutensilien eingeteilt und amüsieren sich wie die Kinder, die sie ja auch sind, beim Einpacken der kleinen Spielzeuge und verschiedensten Sachen, die sie, manchmal vergeblich, zu erraten versuchen. So wickeln sie das ewig geheimnisvolle »Ding« mit Bedauern in Geschenkpapier ein, das in ihrer Vorstellung mehrfarbig und kunterbunt ist, weil es an Kinder geht, die sehen. Selten dringt so viel Fantasie in ihren Alltag ein.

In der Werkstatt für Hausschuhe legen die Kinder einen Zahn zu, um die letzten Pantoffelpaare fertigzustellen, die beim großen Ausverkauf der

Renner sind. Es ist doch ein wenig ärgerlich, sagt sich Louis, dass unser »Erfolg« an der Herstellung von Hausschuhen bemessen wird.

Monsieur Claude läuft im Hof hin und her, seine Arme sind auf dem Hinweg genauso voller Sachen beladen wie auf dem Rückweg, als wären die Sachen nur untereinander ausgetauscht worden. Er kommt aus seinem Phlegma nicht heraus, aber eine kaum wahrnehmbare Zunahme an Vitalität bringt in seine Gesichtsbräune einen leichten Ton von Rosa. Er kreuzt Braille & Gauthier, wie man sie nennt, die aus dem Speisesaal kommen und, beide eine Hand am Henkel, den großen Korb tragen, der übervoll von in einfaches Zeitungspapier eingewickelten Angelpäckchen ist. Er nimmt den Korb im Vorbeigehen ab, um die beiden Kinder von diesem Gewicht zu befreien, die halten aber überrascht daran fest und wären beinahe mit ihm davongeflogen. Die Schlussprobe des Konzerts soll am Abend stattfinden.

Gabriel wird trotz seiner Bestrafung ein Solo singen. Für »die gute Sache« hat der Direktor diese Ausnahme zu der über Gabriel als Strafe verhängten totalen Musiksperre genehmigt. Der Gesangslehrer konnte schließlich den Direktor davon überzeugen, dass der Zuhörerschaft ohne seinen talentiertesten Schüler nur ein recht beliebiges Konzert geboten werden könne. Kein einziges Kind kann die wunderbare Altstimme von Gabriel ersetzen, auf die sich die Eltern jedes Jahr freuten. Wenn man ihn bestraft, wird das Institut darunter leiden, gab der Lehrer ihm zu verstehen. Die Geldgeber lieben ihr Konzert ... Er wusste, wie man mit dem Direktor sprach. Deshalb trat Gabriel am Vorabend aus dem Stegreif die Nachfolge des armen Felix an, der ihm lustlos seine Partitur überließ. Die Neuen bekommen nie ein Solo, ganz gleich, wie talentiert sie sind. Sie werden möglicherweise im Jahr nach ihrer Aufnahme ins Institut dazu ermuntert. Louis wird also nicht singen. Er hat aber Angst um seinen Freund, der sich ziemlich lässig gibt. »Hätten sie mich gebeten, mich ans Klavier zu setzen, bekäme ich wahnsinniges Lampenfieber, ich glaube, ich könnte nicht einmal mehr *Au clair de la lune* spielen, aber singen, ich habe nie damit aufgehört, Louis, keiner wird mich jemals daran hindern.« Und wirklich lässt Gabriel, seitdem er Musikverbot hat, keine Gelegenheit aus, seine Engelsstimme zu schulen. Die anderen Schüler haben sich sogar schon daran gewöhnt, ihren Klang im gesamten Gebäude, von den Fluren, vom Schlafsaal oder von den Werkstätten her zu hören. Dem Direktor war es nicht gelungen, die Stimme im Keim zu ersticken. Ein Glück, denn er wäre daran zerbrochen. Gabriel wäre zweifellos daran zugrunde gegangen, hatte sich Louis eines Abends gesagt, als die Schüler verstummt waren, um seinem Freund während seines monatlichen Bades beim Singen zuzuhören, als wäre er tief in seiner Badewanne allein auf der Welt.

Das Schuljahresabschlussfest ist für die Blinden die einzige Gelegenheit, bei der sie den Menschen im Viertel, den manchmal von weit her kommenden Geldgebern und den anderen Kindern, die das Glück haben zu sehen, zeigen können, dass sie nicht so schwachsinnig sind, wie man glaubt.

Es ist vor allem für die Leitung die Gelegenheit, die Kassen aufzufüllen, wobei aus diesem Grund auch nicht gezögert wird, die Dosis an Schwarzmalerei und Schauspielerei ein wenig zu erhöhen.

Auch Louis erwartet und fürchtet den morgigen Tag, den Tag der Preisübergabe, und viele Eltern werden da sein. Er hat keine Post bekommen, die ihn über eine Entscheidung seiner Eltern unterrichtet hätte. Diese Nachlässigkeit wundert ihn. Louis ist auch zu Ohren gekommen, man würde einen Schüler bestimmen, der vor der Versammlung der Honoratioren und Geldgeber aus einem Buch mit Reliefschrift vorlesen werde … Es wurde den Kindern nicht verraten, wer lesen soll.

Louis ist beunruhigt, weiß er doch, wie schwierig es für jeden Schüler ist, selbst wenn er brilliert, dabei eine gute Figur zu machen. Wie soll man würdevoll mit diesen dicken Prägebuchstaben klarkommen, wenn man anstatt zu lesen, erniedrigt wird zu stammeln, wie ein fünfjähriges Kind, das gerade das Alphabet entdeckt. Louis hat einen recht guten Rang in seiner Klasse, dank seiner unermüdlichen Arbeit seit der Ankunft, und befürchtet entsetzlich, dieser eine zu sein. Er würde nicht nur keinen Ruhm dafür ernten, sondern es auch als Erniedrigung empfinden.

Louis weigert sich, von den Sehenden als kluger Affe angesehen zu werden, den man beglückwünscht, »schon so weit zu sein«, weil er mühevoll einige armselige Zeilen von Wörtern entziffert, die praktisch so groß sind wie eine Hand.

Louis kann diese rechtschaffenen Leute schon hören, wie sie scheinheilig von angeblichen Fortschritten schwärmen, die ihnen in diesem guten Haus ermöglicht werden. Was ist auch anderes zu erwarten, wenn man aus gutem Hause, wohlsituiert und angepasst ist, und aufgefordert wird, zu den Armen-kleinen-Blinden-zu-kommen-die-letztendlich-gar-nicht-mal-so-schlecht-zurechtkommen?

Genau diese Zufriedenheit kann Louis nicht ertragen, das Akzeptieren des geringsten Übels. Er will das nicht, Louis will etwas Besseres, etwas viel Besseres und, unverhohlen gesagt, etwas Gleichwertiges ... Jawohl, etwas den Sehenden, den Lesenden Gleichwertiges. Alles soll gleich sein in ihrem blinden Kopf, voller Wörter, Wortbilder, Wortgedanken. Man kann nichts ohne Wörter. Man kann nichts, wenn man Wörter nicht lesen kann.

Um uns zu sprechen, hat Louis zu uns gesprochen. Ich vergaß dabei, dass es nur ein umgedrehtes Glas war, das über den Tisch rutschte. Ich hatte so viele Fragen an ihn! Am liebsten wäre ich mit Louis allein gewesen, damit keiner meine Fragen mitbekam. Unsere Fragen verraten eigentlich immer viel über uns. Ich habe das oft festgestellt, wenn ich sah, wie sehr sich Journalisten dabei offenbaren, mehr als die von ihnen Befragten.

»Nein, eine spirituelle Sitzung allein abzuhalten, geht nicht, versuche es gar nicht erst«, hatte mir Aurélien bescheinigt. »Je mehr Verrückte wir sind, desto besser läuft es«, hatte ich ihm beigepflichtet.

»Das ist wie bei den Sexpartys«, konnte er sich nicht verkneifen hinzuzufügen und sah mich mit einem verstohlenen Lächeln an. Er hatte Freude daran, mich zu schockieren und vor allem Louis gegenüber respektlos zu sein. Es stimmt schon, dass ich dazu neige, humorlos zu sein, wenn es um ihn geht. Wenn Aurélien sich so gebärdet, klopfe ich ihm auf die Schulter und tue so, als ob ich den Schlingel ausschimpfe. Und ungewollt lache ich. Meinen Kindern gegenüber hätte ich nie die nötige Autorität aufbringen können.

»Du hast vor nichts Respekt, Aurélien, halt den Mund und mach dich an deine Recherchen«, sagte ich im Tonfall einer Grundschullehrerin, so ähnlich wie »mach deine Hausaufgaben«.

Unsere Reibereien enden oft so. Außer an dem Tag, als er vollmundig lächelnd »ich mag Dich, alte Schabracke« hinzugefügt und mich auf die schon gerötete Wange geküsst hatte. Ich wusste nicht, was ich davon halten sollte.

Am Abend des runden Tisches ließ ich mich gehen. Ich war wie in Trance. Hemmungslos, die Vierzigjährige! Ein kleines Mädel, dem man eine sprechende Puppe geschenkt hatte … Ich hatte Brigitte als Sicherheitsmaßnahme dazugebeten. Aber sie hat nichts in dieser Hinsicht getan, war genauso gebannt wie ich, die Königin der Grammatik!

Ich fragte Louis, ob er einverstanden sei, wenn ich das Drehbuch schreiben würde. Noch einmal buchstabierte er ein klares J-A.

»Da hattest Du gerade nochmal Glück, murmelte Aurélien spöttisch. Von einem Gespenst entlassen zu werden, würde sich schwer aufs Gemüt legen.«

Natürlich landeten wir dann bei der Frage, die sowohl Aurélien als auch mich beschäftigte. Hat er eine Frau geliebt? Da kam wiederum ein J-A. »Er kann nur ja sagen!« scherzte Émilie. An dieser Stelle schrieb das Glas mit Höchstgeschwindigkeit ein N-E-I-N. Jetzt war mir das Lachen vergangen. Ich hatte Angst.

Unkontrollierbar zog es dann unsere Finger zu den Buchstaben und formten den Vornamen MARIE.

Aurélien frohlockte, er spürte von Anfang an, dass Louis nicht nur seine Schüler und den lieben Gott geliebt hatte. Er sah mich an, als wollte er sagen: »Na siehst du!« »Nein, er spricht von der Jungfrau, so fromm wie er war«, sagte ich, weil ich mir etwas anderes nicht vorstellen konnte.

N-E-I-N, buchstabierte Louis ungefragt weiter. »Hör auf, Constance, von ihm in der dritten Person zu sprechen, wenn er anwesend ist, das ist sehr unhöflich, du wirst ihn noch verärgern.« Ich schwitzte. Ich vergaß zu atmen, ich wollte alles wissen. Wer sie war, wie und wann sie sich begegnet sind, und wieso der Name Marie nirgends auftauchte.

Rotes Heft von Constance

Am nächsten Morgen gelang es mir nicht, meinen Rechner anzumachen. Er zeigte mir nur seinen schwarzen, unergründlichen Bildschirm, dessen starres Wesen mich im Sekundentakt immer weiter von meinem Drehbuch trennte. Der leere Bildschirm spiegelte das Schauspiel meines vor Panik verzerrten Gesichts. Ich habe seit sechs Tagen nicht mehr abgespeichert. Und ich habe viel geschrieben in sechs Tagen. Thomas erwartet mein fertiges Drehbuch in zwei Wochen. Wenn ich meinen Rechner nicht wieder zum Leben erwecke, bin ich erledigt.

In wilder Aufregung brachte ich meinen Bildschirm kurz wieder zum Leuchten, mit dem Ergebnis, dass er mir eine verschlüsselte, hermetische und stehende Seite zeigte, in der Art einer fernöstlichen Verzierungskunst, eine Herausforderung für jedes einigermaßen normal gestrickte Wesen. Mein Computer war voller Spott und Hohn, das war mir klar. Ich pflegte schon immer seltsame Beziehungen zu meinen Maschinen. Mir scheint, sie verfügen zuweilen über eine recht ärgerliche Autonomie. Handwerker aller Sparten, sei es der Informatik oder des Elektrohaushalts, beginnen mit dem immergleichen Satz: »Ich habe das noch nirgendwo gesehen.«

Ich nehme das nicht als Kompliment. Dazu muss man wissen, dass mir besagte Maschinen oft wie Offenbarungen meines eigenen Seelenzustands scheinen. Man könnte meinen, das Durcheinander meiner innersten Mechanik überlagere sich mit den anderen Mechaniken im Haus. Ich hüte mich, jemandem davon zu erzählen, aber ich beobachte das schon seit Langem. Wenn es bei mir nicht stimmt, hapert es im Allgemeinen und unverzüglich reihenweise bei den anderen Maschinen.

Der Fachmann, den ich anrief, gab mir eine Stunde lang Anweisungen am Telefon, um mir dann schonungslos, will sagen, mit einer Spur Sadismus, mitzuteilen, dass da nichts mehr zu machen sei. Ich hätte ihn umbringen können!

Ohne zu überlegen rief ich Aurélien an, der sich, nach meiner ganz persönlichen Logik aufgrund seines Wissens über Raketen, auch mit Computern auskennen musste. Es war ein Sonntagmorgen. Ich habe ihn geweckt. Er antwortete mir mit schwer zu entschlüsselnden Brummlauten und kam innerhalb der nächsten halben Stunde bei mir angerast, zweifelsohne von der Privatrakete Elon Musks abgesetzt, eine andere Erklärung konnte es für seine Geschwindigkeit nicht geben. Er spürte, dass mir gerade richtig unwohl wurde, und entpuppte sich als Notarzt.

Als ich ihm öffnete, stellte ich fest, dass ich dicke Korkenzieher-wollsocken und ein formloses, ausgeblichenes Sweatshirt trug, das ich über meinen alten Baumwollpyjama gezogen hatte. Wortlos griffAurélien die Tasse Kaffee, die ich ihm reichte, setzte sich an meinen Küchentisch, wo »das Viech«, wie er es nannte, lagerte, und begann vorsichtig mit dem Abhören, indem er auf der Tastatur spielte. Ich betrachtete ihn verstohlen und machte mich dabei an meiner Spüle zu schaffen. Wie er so saß, bot er mir »sein rechtes Profil dar, das Julius-Cäsar-Profil«, wie ich es getauft hatte. Das kam mir gerade recht, ein Kaiser, der mir zu Hilfe eilte.

Er musste, kostete es, was es wollte, diese Schlacht gegen meine Höllenmaschine gewinnen. Da sich ihm »das Viech« immer noch verweigerte, entnahm er aus einer eleganten Metallschachtel eine ganze Batterie an Präzisionswerkzeugen.

Nach einigen Minuten lag mein Rechner auf der Seite, wurde ein Bestandteil nach dem anderen los, ich konnte gar nicht glauben, wie viele es so davon gibt. Still und aufmerksam wohnte ich der akribischen Sezierung bei, auf der alle meine Hoffnungen ruhten. Die Geschicklichkeit und Schnelligkeit von Aurélien verblüfften und beruhigten mich. Er ist ein kaltblütiges Tier, dazu ein unübertrefflicher Mechaniker, was ich schon immer gewusst habe, und an diesem Morgen war es mir eine Freude.

Ich ging in ein anderes Zimmer, um den Chirurgen nicht zu stören. Ich wollte mit ihm kein Wort wechseln aus Angst, ihn abzulenken und die Chancen zu vernichten, eines Tages meinen Bildschirm wieder leuchten zu sehen.

Als ich im Schlafzimmer mein Spiegelbild sah, schämte ich mich. Beim Schminken wurde mir klar, dass ich niemals in der Lage sein würde, noch einmal die Dialoge zwischen Louis und seiner Mutter zu schreiben, die ich auf wundersame Weise zwei Tage zuvor hinbekommen hatte, so als hätten sie mir beide ins Ohr geflüstert.

Dass ich schreiben kann, weiß ich nur, wenn ich schreibe. Sobald ich damit aufhöre, höre ich auf zu wissen, dass ich es kann.

Das erschwert das Unterzeichnen von Verträgen (man muss ja auch leben), die mich zu etwas verpflichten, zu dem ich mich nicht in der Lage sehe. Ich wollte nie einen Literaturagenten haben, aus Angst, mich ihm gegenüber verpflichtet und beschämt zu fühlen, wenn ich ein zwar einträgliches, aber menschlich unbefriedigendes Angebot ablehne. Ich bin eine miserable Verhandlungspartnerin, aber ich lehne es ab, dass dies jemand an meiner Stelle tut. Manchmal denke ich fast, es ist zu viel, was mir gezahlt wird. Um seine Interessen zu vertreten, denke ich, wie man so schön sagt, gibt es nichts Besseres, als sie nicht zu vertreten. Und weil ich daran glaube, funktioniert das so am besten für mich. Nie hatte man mir ein Angebot gemacht, das nicht annehmbar gewesen wäre. Ich hätte einfach Nein gesagt und wäre gegangen, ohne nachzufragen.

Meine Einstellung treibt Thomas zur Verzweiflung, denn er hatte sich schon einige Male vergeblich angeboten, für mich zu verhandeln, damit »ich nicht reingelegt werde«. Das habe ich aber nie befürchtet.

Als ich mein Wohnzimmer wieder betrat, stand Aurélien da und wollte gehen, und neben ihm auf dem Tisch thronte mein auf wundersame Weise wieder zusammengebauter Rechner, wieder betriebsbereit, angeschaltet und hochgefahren auf meine vertraute und geliebte Seite, auf der sich alle meine kostbaren Dateien befinden.

Ich fiel Aurélien um den Hals, und drückte ihm, auf den Zehenspitzen stehend, zwei schmatzende Küsse auf die Wangen. Er sah mich aufmerksam an – wahrscheinlich wegen meiner Verwandlung – und sagte mir »weißt du, wie schön du bist, sogar, wenn du dich als Pennerin verkleidest«, dann knallte er die Tür hinter sich zu.

Ich nahm das Kompliment an. Aber von Auréliens Seite betrachtet war es eine Art Ablenkung, damit ich nicht weiter darüber nachdachte, was für eine unglaubliche Leistung er gerade vollbracht hatte. Ganz wie ein Zauberer, der die Aufmerksamkeit des Publikums so lenkt, dass niemand die strategische Geste seines Tricks bemerkt.

Als ich Aurélien kennenlernte, stellte ich mir ziemlich schnell ein paar Fragen zu seiner Person. Dieser Typ hat eine Art, ziemlich unkonventionelle Recherchen zu betreiben, schützt dabei immer das Geheimnis seiner Quellen, findet in atemberaubender Geschwindigkeit Antworten auf meine Fragen. Ich fragte mich sogar, ob er die Informationen, die er mir liefert, nicht selbst erfindet. Das Vertrauen, das Thomas ihm schenkt, ist aber ein Unterpfand für Auréliens Verlässlichkeit. Thomas ist selbst ein Verrückter, der eher zum Argwohn als zum Vertrauen neigt und sich nicht schämt, beim geringsten Zweifel, sogar ohne Anlass, über jeden Erkundigungen einzuziehen, der für ihn arbeitet.

Die Troubadoure* von Aurélien, die für ihn die Informationen finden, kommen mir vor wie ein Possenspiel, wie eine raffinierte und schicke Decke, die man über eine verborgene Aktivität legt, was mich neugierig macht.

Wenn Louis zu unserer Zeit gelebt hätte, wäre er ein Aurélien. Ich bin überzeugt, dass der kleine Erfinder eines Schriftcodes für Blinde von 1825 im Jahr 2018 ein genialer »Hacker« gewesen wäre. Als ich diese Überlegung Aurélien mitteilte, um ihm auf die Sprünge zu helfen, antwortete er mir verschmitzt faktisch und gab dabei den Oberschlauen: »Kein Zweifel, sage ich dir, sein Schreibverfahren ist nicht mehr und nicht weniger als das, was man heute ein Verschlüsselungssystem nennt. Und die Einfachheit der Sechspunktezelle ist ein wunderbares Beispiel für Komprimierung.« Ich hatte also richtig vermutet.

Ich sagte mir, das Leben ist gut eingerichtet, und zu jeder Zeit findet ein Genie die passende Form seiner Vollendung.

*) Troubadour von altprovenzalisch *trobador* von *trobar* = finden.

»Du hast die Nerven verloren, armes Mädchen«, schleuderte mir der vor Zorn aschfahle Thomas entgegen, als er seine Tür öffnete. Sein Duzen verhieß nichts Gutes. Ich würde was abkriegen. Wir standen beide vor seinem aus Ich-weiß-nicht-mehr-welchem-Holz-Schreibtisch. Er wartete nicht, ob ich mich setzen wollte.

– Ich lasse dich eine Woche mit meinen Anrufen in Ruhe und du redest kompletten Blödsinn wie *bist du hier, Geist?* und das ganze Trara! Wenn ich bedenke, dass ich diese andere Bohnenstange für einen solchen Quatsch bezahle! Aurélien soll ernsthafte Recherchen betreiben und dich nicht dazu bringen, mit Gespenstern zu reden. Scheiße! Er macht mit dir, was er will. Und du kapierst nichts. Bist du dämlich oder was? Verstehst du denn nicht, dass er dich an der Nase herumführt? Er ist das Glas, »das-sich-von-allein-bewegt«, wer sollte es denn sonst sein? Und wie durch Zufall, sagt »es«, was Monsieur gern hören möchte, und du hinterfragst nichts. Willst du ihn, deinen Louis, nicht fragen, uns den Vertrieb für den Film zu geben, wenn du schon dabei bist? Ich weiß noch nicht, wer seine Rolle spielen könnte. Da hat er am Ende ein Wörtchen mitzureden, oder? Und für die Interviews, holst du ihn dann dazu? Ich sehe das jetzt schon. Die Kamera auf die Scrabble-Buchstaben gerichtet. Da möchte ich dabei sein! »Monsieur Braille, was bedeutet es für Sie, auf der Kinoleinwand zu sein?«

Das wird den Journalisten gefallen, ein Gespenst zu interviewen. Eine großartige Premiere!

Sein Zorn war außer Kontrolle. Er ahmte sogar die Szene nach, tat so, als hielte er ein Mikro über seinen Schreibtisch einem Geist hin, der in seinem leeren Sessel saß.

Sie halten sich für Victor Hugo, Sie sind aber nicht Victor Hugo, Constance. Sie spielen, jawohl, Sie spielen. Hugo weinte um seine Tochter, Sie aber, Sie treiben kindische Spielchen. Sie spielen ein gefährliches Spiel. Der Beweis: Sie würden es am liebsten noch einmal machen. Zwei Mal ist schon zwei Mal zu viel. Aurélien hat Scheiße gebaut! Und Sie werden noch verrückt. Das hat er sich verdient. Ich werfe ihn raus, ja! Und mit

Ihnen, keine Ahnung, was ich mit Ihnen mache. Worauf wollen Sie eigentlich hinaus, Constance?

Außer Atem von seiner Wutrede machte er Schluss. Das neuerliche Siezen zeigte wohl das Ende meiner üblen Viertelstunde an.

Ich wiederholte seinen letzten Satz, damit er von selbst auf den Tenor und auf die Antwort käme. »Worauf wollen Sie eigentlich hinaus, Constance?« Dann war ich stumm. Wie Victor Hugo weinte ich um jemanden. Er wusste es.

Es hatte gar keinen Zweck, Thomas irgendetwas zu erklären. Wenn ich ihm gesagt hätte, dass dieser Abend mein Wunsch gewesen war, hätte er mir gesagt, Aurélien habe es so gedreht, dass ich es wollte. Wenn ich ihm gesagt hätte, ich habe all das gemacht, um alles zu *wissen* und nichts über Louis zu erfinden, hätte er mir gesagt, man pfeife auf die Wahrheit im Film und, vor allem, sie stecke nicht im Film. Hätte ich ihm gesagt, ich sei an diesem Abend berauscht gewesen und hätte alles vergessen, meine Traurigkeit und ihre Ursachen, hätte er mir gesagt, genau das beunruhige ihn. Hätte ich ihm gesagt, dass ich die gleichen Zweifel wie er hatte und Aurélien bat, die Hand vom Glas zu nehmen, hätte er mir gesagt, nicht richtig hingesehen zu haben. Hätte ich ihm gesagt, dass mich »dieser kleine Arsch von Aurélien« zum Lachen brachte, wäre er eifersüchtig geworden.

– Thomas, du bist süß, wenn du so wütend wirst. Als wärst du achtzehn, sagte ich ihm, bevor ich auf dem Absatz kehrt machte.

Thomas war schon immer cholerisch. Aber zum ersten Mal musste ich dafür herhalten. Recht hatte er insofern, als ich Lust hatte, neu anzufangen, und nicht mehr so recht verstand, zwischen richtig und falsch zu unterscheiden. Die »Stimme« von Louis fehlt mir.

Drehbuch, Szene 28. Elf Jahre alt. Kutsche zwischen Coupvray und Paris

Die Eltern sind an diesem Morgen sehr früh mit der Kutsche Meaux–Paris losgefahren, um pünktlich zum Schuljahresabschlussfest und zur Preisübergabe an ihren Sohn da zu sein. Sie haben beschlossen, Louis eine Überraschung zu bereiten, was dank des Grundschullehrers möglich war, der sich frei genommen hat, was ihnen erlaubte, den Hof für einige Tage zu verlassen.

Sie haben für diesen Anlass ihre Sonntagskleidung angelegt und fühlen sich ein wenig eingezwängt und fremd in dem dahinrumpelnden Gefährt. Mit jedem zurückgelegten Kilometer hat sie das Rütteln fester aneinandergerückt. Man konnte sie für die zwei Tauben von La Fontaine nach der Rückkehr der abenteuerlustigen halten, als beide entdeckten, dass sie nicht wussten, was sich zu lieben heißt, einfach da zu sein, einer bei dem anderen.

Der Ehemann und die Frau sind zusammen, noch mehr zusammen, als wenn sie alleine in ihrem von all ihren Kindern verlassenen Haus sind. Ihnen in der Kutsche gegenüber sitzen zwei Priesteranwärter im schwarzen Gewand und eine sehr junge unbedarfte Frau mit geröteten runden Wangen, als könne man sie essen. Sie reist zum ersten Mal nach Paris.

Die Eltern Braille sind ganz selten zu zweit verreist. Einer musste immer zu Hause bleiben, um sich um die Kinder zu kümmern und die Tiere zu füttern. Das noch nicht Dagewesene dieser Situation lässt sie fast schüchtern sein. Sie fahren zu ihrem Sprössling, fühlen sich aber wie zwei Jungvermählte.

Die Hitze des nahenden Sommers scheint sich in der Kutsche zusammengeballt zu haben. Die kleine Bäuerin fächelt sich so gut es geht mit dem Prospekt eines renommierten Restaurants der Hauptstadt Luft zu, wo man ihre Kraft bald ausbeuten wird. Die jungen Leute lockern den steifen Kragen ihres Gewandes. Madame Braille lehnt ihren Kopf an die Schulter ihres Mannes und beobachtet das Hin- und Herfliegen eines Marienkäfers, der unermüdlich von der Nase des einen Seminaristen zu der des anderen unterwegs ist, so als ob er die Vorzüge eines jeden Nasenloches vergleiche, bevor er sich in einem davon einrichten würde. Die jungen Leute bleiben ungerührt, ihre Hände wie von ihrem Rosenkranz gefesselt, zu sehr mit ihren geistigen Angelegenheiten beschäftigt, um auf die Idee zu kommen, die anwesende gepunktete Zudringlichkeit zu verjagen.

Monique braucht nicht hochzuschauen, um zu wissen, dass das Insektentreiben ihrem Mann ebenfalls nicht entgangen ist. Sie ist sehr gut gelaunt. Ihr wird schnell klar, dass sie sofort ihr Lachen unterdrücken muss, das ihr schon im Halse steckt. Sie versucht an etwas Trauriges zu denken, ruhig zu atmen und mit allen Mitteln die Erregung eines albernen Mädchens zu kontrollieren, das wegen nichts in ein Gelächter ausbricht. Sie geht hoch konzentriert vor, mit halb geschlossenen Lidern, um den Anblick dieser beiden Kirchendeppen loszuwerden, die dem Angriffeines Tieres vom lieben Gott ausgesetzt sind. Ihre Vermeidungsstrategie beginnt Wirkung zu zeigen, als sie unter ihrer Schläfe, die immer noch auf der Schulter ihres Mannes ruht, ein leichtes Zittern spürt, das immer stärker wird. Da beschließt sie, sich wieder aufzurichten, und sieht das Gesicht von Simon, der im Versuch, einen Lachanfall hinunterzuschlucken, den er nicht mehr lange zurückhalten kann, Grimassen schneidet. Sein Arm ist nunmehr vom Kopf seiner Frau befreit, er schlägt mit Gewalt seine beiden Hände auf sein verzerrtes Gesicht und lässt seine Hickser und geräuschvollen Schniefer aus sich herausbrechen.

Die mitfühlenden Blicke ihrer beider Gegenüber bestätigen Madame Braille den Irrtum der jungen Geistlichen. Sie steigert sich hinein. Scheinheilig tröstet und umschlingt sie ihren Mann, versteckt dabei ihr Gesicht hinter seinem Hals und bricht endlich in ein als Schluchzen getarntes Lachen aus.

»Möge Gott Ihnen helfen«, vernimmt sie aus dem Mund des einen Seminaristen.

Das Weinen wird heftiger ...

Im größten Lärm und unter größter Geheimhaltung lachen Mann und Frau Tränen, halten sich dabei glücklich in den Armen, werden zu zwei vergnügten Kindern auf der Rückbank einer Behelfskarosse, die sie zu ihrem Sohn fährt.

Als die Kutsche wegen Achsenbruchs mit einem unglaublichen Krach auf die Seite stürzt, klammern sich Monsieur und Madame Braille immer noch aneinander.

Rotes Heft von Constance

Bei Beerdigungen war ich immer durch die Beobachtung überrascht, wie sich jene, die ihn geliebt, sich an den Toten wenden, als ob er noch da wäre. Als hätte ihre Netzhaut das Bild des Verstorbenen fixiert und es zwischen sie und den ganzen Rest gestellt.

Im Zweifel und im Schrecken, in dem sie sich befinden, weil sie auf die einfache Frage »Wo bist du denn?« nicht mehr antworten können, wissen sie nicht, wohin sie ihren Blick wenden sollen. Überall hin, nur nicht auf den Sarg. »Der Tod ist nichts, ich bin nur in das Zimmer nebenan gegangen …«, antwortet manchmal der Tote durch die zwischengeschaltete Stimme eines Verwandten oder eines Freundes der Familie, eine vom vielen Tröstenwollen abgegriffene Prosa. Noch so ein Spruch und man würde sich abwenden. Im Zimmer nebenan? Ja, nur zu gern würde man daran glauben. Es gäbe demzufolge einen Ort, der ihnen vorbehalten wäre und an dem sich alle Durch-die-Wand-Gegangenen gemeinsam vergnügten, während man hinter der Wand weinte. So sagt *man* es uns – der Text wird in zweifelhafter Weise Charles Péguy* zugeschrieben –, man hat nicht einmal das Recht, traurig zu sein, weil sie hier sind, zwei Schritte von uns entfernt, nicht zu sehen und nicht zu hören. Und unser Kummer, wohin geht er? In welches Zimmer? In welchen Wartesaal?

Wenn man so von unseren Toten spricht, spricht man wie von unseren Kindern, man spürt das Lächerliche nicht mehr. Jeder weiß es und hat seine Erfahrungen damit gemacht. Das regt zur Nachsichtigkeit an, an Tagen der Beerdigung, oder wenn man Geburtsanzeigen bekommt.

Ich konnte mich dem nicht entziehen. In der Familie werde ich immer gebeten, die Reden zu schreiben, zweifellos das Vorrecht der Ältesten. Als braves Mädchen mache ich das. Zur Beerdigung meiner Großmutter vor zwei Jahren war mein Liebster noch an meiner Seite, direkt hinter mir,

*) Französischer Schriftsteller (1873–1914). Tatsächlich stammt der Satz von Henry Scott Holland (1847–1918), Domherr der St Paul's Cathedral, aus einer Predigt anlässlich des Todes von König Edward VIII.

für den Fall, dass ich versagen würde. Ich spürte seinen Atem in meinem Nacken, dieses Leben hinter meinem, ein wenig das meine. Er gab mir Halt. Er war bereit, an meiner Stelle weiterzulesen, meine Stimme zu sein. Er brauchte es nicht zu tun. Zu wissen, dass er da war, genügte, um nicht zu versagen. Der Anblick des Netzes erlaubt uns, von einem Trapez zum anderen zu springen.

Wie von einem Lebensinstinkt getrieben oder von einem Verleugnen des Todes, was nicht dasselbe ist, aber auf dasselbe hinausläuft, wandte ich mich an meine in ihrem Sarg liegende Großmutter, um zu ihr über sie zu sprechen. Als würde sie sich nicht kennen! Man wird recht geschickt als derjenige, der zurückbleibt, um in den Tagen und Monaten nach dem großen Abschied der Abwesenheit einen Sinn zu geben. Auf die Gefahr hin, pathetisch zu sein. Angenommen meine Großmutter hätte mich hören können, welch pikanter Bericht muss das sein, den ihre Enkelin rückschauend von ihrem Leben gibt. Ich kannte sie gut. Aber was wusste ich denn von ihr?

Als Toter ist man nur noch, was man für den anderen ist. Wer sie als Frau war, ging an mir vorbei. Ihrem Mann, ihren Kindern und ihren Freunden ebenso. Für jeden war sie eine andere. Und alle diese »anderen« nebeneinandergestellt, das war sie genauso wenig.

Das Innerste eines Lebens bleibt für immer versiegelt. Geistvolle Geschichtsschreiber können mit ihrer Feder längst vergangene Schicksale zum Leben erwecken, sicherlich, aber hat sich die wahre Marie-Antoinette für Stefan Zweig nicht zurechtgebogen, auch wenn er ein noch so wundervoller Biograf war? So wie er sie gesehen und über sie erzählt hat, war es die Seine.

Herrlich, die Seine zu sein.

Ich verstehe besser … Louis ist mein Louis. Haben mir das beim Aufwachen meine Großmutter, Charles Péguy, Marie-Antoinette und Stefan Zweig gesagt, die heute Morgen grundlos bei mir auftauchten? Louis liebe ich auch, weil ich ihn gemacht habe. Weil ich ihn mache. Jeden Tag kommt er etwas mehr aus mir heraus.

Das, Thomas, ist meine Antwort auf deine Vorwürfe, da taucht sie etwas verspätet auf, damit ich sie besser erklären kann: Das ist »mein Louis«, der an dem spiritistischen Abend mit mir gesprochen hat. Ich bin nicht verrückt. Ich höre nur dem zu, was ich alleine hören kann. Ich erfinde nichts. Ich erschaffe Leben neu.

Der 1852 Verstorbene soll vor den Augen der Zuschauer des 21. Jahrhunderts wieder leben. Und ich bediene mich meiner Person dafür. Wie eines Instruments. Eines Blasinstruments, das nach dem Atem von Louis sucht. Und das Instrument muss erzittern, wenn nicht, ist das Drehbuch eine leere Muschel ohne das in ihr versteckte Meeresrauschen. Ich werde bis ans Ende gehen, Thomas. Es ist mir egal, ob du mich für verrückt hältst.

Drehbuch, Szene 29. Elf Jahre alt. Institut

Der Direktor versammelt sie auf dem Hof, um ihnen mitzuteilen, dass jeden Moment Monsieur de Lamartine, der Schriftsteller, aber auch der Abgeordnete und einflussreiche Mann, eintreffen wird und »sehr viel für Sie, meine Kinder, bewirken kann«, will heißen, »der uns erhebliche Zuschüsse gewähren kann«. Louis ist beschämt wegen dieser billigen Anspielung auf den Autor von *An die Nachtigall,* einem Gedicht, dem er so gerne zuhörte, wenn der Abt Palluy es für ihn sprach. Er hat schon immer für Gedichte geschwärmt, weil sie für ihn die Stimme geliebter Menschen waren, Lamartine war das raue Timbre des Abtes, La Fontaine war der singende Zungenschlag seiner Mama, Du Bellay* die gedämpfte Sprachmelodie seines Lehrers. Der Dichter ist ihm vertraut. Die Vorstellung, ein Wesen zu treffen, das er eigentlich schon kennt, obwohl er ihm noch nie begegnet ist, versetzt ihn in einen Freudentaumel.

Die Feierstunde der Preisverleihung beginnt. Die Sonne steht bereits hoch am Himmel und die Kinder beginnen unter der Hitze zu leiden. Sie sind voller Ungeduld. Rund hundert Schüler sitzen in den für sie reservierten ersten zwei Reihen, damit sie beim Abholen ihrer Preise keinen zu langen Weg zurücklegen müssen. Die Eltern wurden hinter ihnen eingewiesen. Von den einen wie den anderen wird Geduld erwartet, und dass sie sich erst nach Beendigung der Feier treffen können. Jedes Mal, wenn ein Kind auf das Podium gerufen wird, stehen die dazugehörigen Eltern auf, um ihren Zögling abzuholen und zum Podium zu begleiten. So werden die mit Preisen bedachten Schüler noch zusätzlich mit der Freude belohnt, früher bei ihren Familien zu sein. Die anderen aber … Sie hätten nur besser arbeiten müssen.

Louis hatte von seinen Eltern überhaupt keine Post bekommen. Als Optimist schließt er daraus, dies sei eher ein gutes Zeichen, einer von ihnen würde es schaffen, da zu sein, dass sie erst in letzter Minute haben losfahren können … oder sie wollten ihm einfach eine Überraschung bereiten. Viel-

*) Joachim du Bellay: französischer Lyriker (1522–1560).

leicht sitzen sie schon einige Plätze hinter ihm, nur ein paar Meter von ihm entfernt. Wenn er sich umdrehen und sehen könnte! Gewisse Eltern zögern nicht, ihrem Kind etwas zuzurufen, um diese grausame Wartezeit zu verkürzen und ihm zu zeigen, dass sie da sind. Louis würde so gern seinen Vornamen mit der Stimme seiner Mutter rufen hören! Aber nichts.

Jetzt ist die Klasse von Louis an der Reihe. Er weiß, trotz seiner gerade jüngst erfolgten Aufnahme ins Institut braucht er niemandem nachzustehen. Er möchte, dass seine Eltern stolz auf ihn sind. Er ahnt, dass er auf das Podium gehen wird, nur nicht wann. Wird seine Mutter da sein? Sein Herz schlägt. Er hört es. Hört er, weil er blind ist, sein Herz deutlicher schlagen als andere, fragt er sich?

Die Preisverteilung für seine Klasse hat soeben begonnen. Gewöhnlich ist er geduldig, jetzt aber rutscht er aufgeregt auf seinem Stuhl herum. Als sein Name aufgerufen wird, erstickt sein Atem.

»Monsieur Louis Braille, erster Preis in Französisch, erster Preis in Geschichte, erster Preis in Mathematik.«

Louis wartet. Die folgenden Sekunden wollen nicht enden. Kein Stuhlgeräusch, weil man sich erhebt. Niemand scheint aufzustehen, um ihn zu holen. Er schafft es nicht einmal, sich in Bewegung zu setzen, verharrt unbeweglich in dieser kindlichen Erwartung.

»Sind die Eltern von Louis Braille hier?«

Die einsetzende Stille ist für Louis wie ein Fallbeil. Seine Eltern werden nicht miterleben, wohin ihn seine Bemühungen geführt haben. Warum hat man ihn hoffen lassen, warum hat man ihm nichts gesagt? Ihm ist, als könne er nie wieder aufstehen. Seine Enttäuschung überwältigt ihn so sehr, dass ihn sein Wille dieses Mal im Stich lässt. Gabriel wurde nicht neben ihn gesetzt. Obwohl Louis von allen Internen umgeben ist, ist er einsamer denn je. In diesem Moment verdrängt ein Murmeln aus den Reihen allmählich die Stille.

»Louis Braille, uns nach!«, ruft einer der Großen, der schon auf dem Podium steht.

Louis erkennt die Stimme von Arsène, auf die alsbald die Stimmen aller Kinder des Internats folgen.

Das Kind aus Coupvray, der kleine Neue, der jüngste Schüler des Instituts hört, wie sein Name von allen Schülern skandiert wird. Er schöpft daraus die Kraft aufzustehen und, als er Monsieur Claude, der zu ihm gekommen ist, an seiner Seite spürt, ergreift er dessen Arm.

»Was für ein Plebiszit, Louis!«, flüstert ihm dieser ins Ohr. »Ich habe die Ehre jener zu sein, der Sie begleitet«, wagt er in der verzweifelten Lage zu erklären, obwohl er nur zu gut weiß, dass er niemals ein Trost für die Abwesenden sein wird, die Louis so gern bei sich gehabt hätte.

Als Louis das Podium erreicht hat, tritt wieder Ruhe ein. Er steht Lamartine gegenüber. Der berühmte Mann überreicht ihm ein Wörterbuch und zwei Bücher mit goldenem Schnitt, aber mit für ihn für immer schwarz bleibenden Seiten. »Welche Ironie des Schicksals!«, denken das Kind und der Dichter im Einklang, den Blinden als Preis diesen für sie für immer unlesbaren Gegenstand der Begehrlichkeit zu überreichen.

»Glückwunsch, junger Mann, wo auch immer Ihre Eltern sein mögen, sie können stolz auf Sie sein.« Und dann, als er ihm die Bücher übergibt, ein wenig verschämt: »Jemand wird sie Ihnen vorlesen ...«

Rotes Heft von Constance

Auf dem kleinen Friedhof von Coupvray erwartet mich die Frau bereits. Sie trägt ein Kleid, ein dunkles, wie mir scheint. Ich erkenne ihren Umriss, kann aber trotz des Mondscheins ihr Gesicht nicht richtig sehen. Seit wann wartet sie auf mich? Das auf dem Grab stehende Reliquiar aus weißem Marmor ist offen und der Deckel liegt auf der Seite, auf dem weißen Kiesweg.

Die Frau spricht nicht mit mir. Schweigend ergreife ich den kleinen Koffer, den sie mir reicht, und gehe los, eher laufend als schreitend. Im Auto lege ich ihn auf den Sitz neben mir und denke, »auf den Platz des Toten«. Das ist absurd, sage ich mir beim Fahren. Meine Augen wenden sich immer wieder von der Straße ab, um mich zu versichern, dass alles gut ist, so wie man es mit seinem Baby in seinem kleinen Autokindersitz macht.

Der Mond gibt der Landschaft einen Eindruck von Momentaufnahmen in Schwarz-Weiß. Die Umrisse der Hecken, Bäume und Häuser sind präzise gezeichnet, wie nachgezogen mit einem weißen Stift.

Ich habe das Radio nicht angestellt. Ich brauche Ruhe, wenn ich nachts fahre. Ich konzentriere mich. Ich höre nur den Motor surren. Im Licht meiner Scheinwerfer ist die Straße ein graues Band, das sich abspult, unter meinem Auto hindurchgeht und dort verschwindet, wo ich herkomme.

Wir gehen nicht in die gleiche Richtung, die Straße und ich. Komische Überlegung. Ich bin nicht ganz bei mir.

Ich fahre schnell. Denke an nichts. In zehn Minuten werde ich in Paris sein. Der Straßenbelag wird glatter. Das Auto leiser. Ich komme an einen Kreisverkehr. Welche Straße sollte ich nehmen? Ich zögere.

Plötzlich nehme ich ein ungewöhnliches Geräusch wahr. Ein sehr leises, sich wiederholendes Geräusch. Ich höre genauer hin. Von rechts. Auf dem Beifahrersitz. Der Koffer … Ich rede irre. Die Nacht lässt uns manchmal jede Urteilsfähigkeit verlieren.

Trotzdem bin ich nicht verängstigt. Ich höre noch genauer hin, vielleicht habe ich geträumt. Ich müsste den Motor abstellen, um richtig zu hören. Vor allem aber darf ich nicht anhalten. Ich muss zügig fahren. Weitermachen. Bis zu Ende. Nur das zählt. Was heißt das, bis zu Ende? Ich weiß es, wenn ich da bin.

Paris. Die Lichter der Stadt. Meine vertraute Stadt. Ich erreiche die *Quais de Bercy*. Ich kenne kein Zögern. Ich fahre die Seine entlang. Sie leitet mich. Ich überquere sie. *Le Jardin des Plantes*. Dort, wohin Louis und seine Kameraden so oft gingen, um frische Luft zu schnappen und zu spielen außerhalb des Instituts. Der Koffer schweigt jetzt. Zufrieden. Ich ertappe mich bei diesem Gedanken. Ich bin von Louis weggefahren und komme bei Louis an. In seinem Viertel. Die Straßen sind menschenleer. Es ist vier Uhr morgens. *Rue des Fossés Saint-Bernard*. Dann *Rue du Cardinal-Lemoine*. Ich bin jetzt genau dort, wo sich sein Internat befand. Ich fahre langsamer. Mir kommt es vor, als sei Louis neben mir, und ich würde ihn an die Stätten seines Lebens führen. Ich kenne das Viertel auswendig. Es ist seins, es ist meins. Wir sind in seinem Heimatdorf aufgebrochen, haben seine erste Reise nach Paris wiederholt und sind am Königlichen Institut für junge Blinde vorbeigefahren.

Ohne zu zögern fahre ich auf das *Panthéon* zu. Ich umfahre es, um mich ihm über die *Rue Soufflot* zu nähern, dem königlichen, großzügigen Weg, den der Körper von Louis genommen hat, eingerahmt von einem beeindruckenden Zug dicht gedrängter Menschen, von Offiziellen und Namenlosen, anlässlich der Feierlichkeiten zu seinen Ehren, die ihn 1952 hierhergeführt haben.

Auf der Straße beleuchten die Laternen nur mich. Kein einziger Fußgänger. Kein einziges Auto. Ich beabsichtige, zum Denkmal der großen Persönlichkeiten hochzufahren. Da sehe ich, dass die Straße gesperrt ist. Absperrpfosten verhindern die Durchfahrt.

Ich steige aus, um sie herauszuziehen. Sie sind alle verriegelt. Ich rüttle daran. Ich kann sie keinen Millimeter wegbewegen. Sie sind wie einzementiert, aber sie sind es nicht. Ich gerate in Panik. Ich eile zurück zu meinem Auto. Der kleine Koffer ist noch da. Die Reibegeräusche sind wieder da. Ich hatte nicht geträumt. Ich habe Angst. Ich starte den Motor und umfahre die Straße. Die nächste ist genauso blockiert wie alle anderen, die zum *Panthéon* führen. Ich steige aus, schnappe den Koffer und gehe zu Fuß weiter. Nach einigen Metern spüre ich, wie sich meine

Hand, die den Ledergriff umfasst, gegen meinen Willen bewegt. Ich greife fester zu.

Nicht loslassen. Bis zum Ende gehen. Ich bin schweißgebadet. Ich renne jetzt, habe den Koffer an die Brust gepresst und halte ihn mit meinen verkrampften Armen fest umklammert. Ich spüre am Oberkörper, dass sich im Koffer etwas bewegt. Ich bin entsetzt. Ich darf nicht stehen bleiben. Auf keinen Fall. Seit ich losgefahren bin, habe ich es vermieden, an die Hände von Louis zu denken, sie mir vorzustellen, mich zu fragen, wie sie wohl heute aussehen würden. Diese verdrängten Schreckensbilder fallen über mich her. Ich sehe Gebeine, Lumpen, mumifizierte Hände, leere, schreckliche Stofffetzen.

Ich renne. Ich muss ankommen, bevor der Koffer aufgeht. Er ist leicht, aber auch fest. Werde ich es auch sein? Wird es reichen? Ich halte ihn fest. Es bewegt sich noch. Was ist da drin, Leben? Tod? Welches von beiden macht mir mehr Angst? Meine Füße tragen mich kaum noch. Ich darf nicht versagen. Ich schreie. Ich rufe. Ich wünschte, dieser Koffer wäre ein Staffelstab, den ich weitergeben kann, um mit vollem Recht zusammenzubrechen. Niemand ist da. »Helft mir!« Ich bin allein.

Auf allen Vieren krieche ich die Stufen zum *Panthéon* hoch. Die Tür öffnet sich von alleine, als ich ankomme, die Kuppel ist erleuchtet, als sei draußen Tag. Mich wundert nichts mehr. Ich stürze die Treppe hinunter, um zur Krypta zu kommen. Die weißen Steine der Jochbögen sind plötzlich phosphoreszierend und erleuchten die Treppe. Ich biege in den erstbesten Gang ein.

Und da steht er vor mir, bewegungslos, die Arme auf dem Rücken, mit offenen Augen betrachtet er mich, sieht mich: Louis im Alter seines Todes, ein wunderbarer Mann von dreiundvierzig Jahren. Ich betrachte ihn jetzt auch, sehe ihm direkt in die Augen. Er zieht mich in seinen Bann. Ich lasse den Koffer los, er fällt und öffnet sich. Zwei große herrliche Hände fliegen wie zwei Vögel auf, um sich wieder den Armen von Louis anzufügen. Nun lächelt er, schließt die Augen und verschwindet. Ich renne. Ich will ihn einholen. Ich werde von der Frau vom Friedhof angehalten, die in einem Gang auftaucht. Als sie mir unendlich liebevoll sagt, »Danke Constance«, erkenne ich ihre Stimme.

Es ist die Stimme von Louis' Mutter. Diese Stimme weckt mich. Es ist sechs Uhr in der Früh. Es ist der 27. Juli. Vor sechsundsechzig Jahren, auf den Tag genau, wurde Louis in das *Panthéon* überführt.

Und mir bleiben nur noch zwei Wochen, bis zur Abgabe meines Drehbuchs.

– Constance, sagen Sie mir bloß nicht, dass man tatsächlich den Blinden Bücher schenkte, das ist zu abgefahren, um wahr zu sein! Für unseren Film kommt das wie gerufen.

– Thomas, ich habe dir doch gesagt, ich erfinde nichts. Das Wirkliche übersteigt die Fiktion. Weißt du, als ich klein war, las mir meine Großmutter Lamartine vor. Ich wollte immer das gleiche Gedicht hören, »Der See«. Nicht von ungefähr wurde der Bach, der unterhalb ihres Hauses vorbeifloss, zum See. Wirklich. Ich schwöre. Lange Zeit glaubte ich, das Wasser würde, um unseren Wunsch zu erfüllen, spontan ansteigen und das Bachbett zum Überlaufen bringen. Später, nachdem ich das Haus geerbt hatte, entdeckte ich einen Staudamm, der weiter oben zur Wasserreserve gebaut wurde. Für mich als Kind war die Macht der Zauberei im Spiel und vor allem die meiner Großmutter. Sie hatte mir immer versichert, Gedichte hätten eine Wirkung.

So war sie. Sie verstand es, mit den Leuten zu reden. Nur wenige Dinge widersetzten sich ihr. Sie verstand es, mit mir zu reden. Und mir zuzuhören. Sogar, als ich aufgehört hatte zu sprechen.

Etwa einen solchen Gedankenaustausch hätten wir, Thomas und ich, haben können, wenn ich am Tag unseres Riesenkrachs nicht Paris, Thomas und seine Clique verlassen hätte, um hier weiter zu schreiben. Als ich aus dem Büro meines verehrten Produzenten kam, saß Aurélien im Wartezimmer. Er wartete offensichtlich darauf, an der »Reihe« zu sein. Keineswegs ängstlich. Er stand auf, um mich zu umarmen. Er zeigte mir eine Biografie von Magellan, die ich ihm empfohlen hatte und die er nun las. Er reckte seinen Daumen nach oben, so in der Art »gefällt mir«.

Ich sagte mir, alter Kumpel, was jetzt kommt, wird dir weniger gefallen. Ich hoffte, Thomas würde seine Absicht nicht wahr machen, ihn zu entlassen. Ich hatte zwar kein einziges Wort davon geglaubt – Thomas brauchte Aurélien, der in seinen Recherchen bereits ungeheuer weit gekommen war –, aber ich traute Aurélien zu, Thomas so weit zu provozieren, es zu tun, da er ihn in die Schranken weisen würde, um ihm die Absurdität seiner Drohung vor Augen zu führen. Aurélien brauchte die Arbeit, um das Monatsende zu erreichen, aber für diesen charakterstarken Menschen hatte Freiheit keinen Preis. Und der Beweis seiner Freiheit auch nicht. Das konnte in einem Hahnenkampf enden.

Ich hätte alles dafür gegeben, mich ganz klein zu machen, um in der Tasche von Aurélien Mäuschen zu sein, mit ihm ins Büro zu gehen und die bevorstehende Auseinandersetzung zu erleben. Wenn er Aurélien anschaute, glaubte Thomas sich selbst im gleichen Alter zu sehen. Das war von Vorteil für Aurélien, aber auch nicht. Er wusste das.

Ich verließ das Wartezimmer, kam aber noch mal kurz zurück, um ihm mit einer kleinen albernen Geste zu bedeuten, »nur Mut, mein Alter«, und ging dann. Auf der Straße überlegte ich es mir wieder anders und machte kehrt, fest entschlossen, Thomas zur Vernunft zu bringen und Aurélien nicht zu entlassen.

Als ich mich dann aber der Bürotür näherte, habe ich sie nicht geöffnet. Denn was ich hörte, ließ mich sofort innehalten. »Ich habe dich gebeten, ihr zu folgen und sie im Auge zu behalten, nicht aber sie in deinen bescheuerten Wahnsinn reinzuziehen. Sie ist dabei, verrückt zu werden. Dass ich dich geholt habe, hat seinen Grund. Deine verborgenen Talente begründeten doch umfassend deine Kompetenzen für den Auftrag. Und du baust Mist.«

Worauf der andere seelenruhig Thomas antwortete: »Du selbst hattest gesagt, ich solle mir etwas einfallen lassen, damit sie locker wird und wieder zu schreiben beginnt.« Er führte aus, dass er keineswegs versagt und alles »unter Kontrolle« hatte. Er fügte hinzu und gab dabei den Spieler wie nie zuvor: »Durch mich hat sie beim Drehbuch keine Blockade mehr, weil sich nichts besser als ein kleines Gespenst eignet, um die Inspiration zu befördern, oder etwa nicht? Und dann plötzlich sehr ernst, er habe wirklich nichts mit dem »Erscheinen« des Geistes von Louis am Tisch zu tun. Das kannst du weder verstehen, noch nachempfinden, du warst ja nicht dabei«, sagte er, wohl wissend, dass Thomas nichts mehr aufregt, weil er überall dabei sein will.

Ich war also für Aurélien und Thomas »ein Auftrag«! Ich verstand nicht, wer hier jetzt wen manipulierte, aber ich wusste, mich würden sie nicht mehr kriegen. Ich fuhr also auf der Stelle in mein Haus am See, mein Drehbuch im Gepäck. Die Bevormundung von Thomas verwirrte mich. Ich brauchte Zeit und Abstand, um zu sehen, was das mit mir machte. Im Augenblick vertage ich das.

In dieses Haus bin ich gern zu zweit gekommen. Ich gewöhne mich langsam daran, meine Momente des Entzückens, wenn es »zu schön« ist, mit niemandem mehr zu teilen. Das Schwierigste zu Beginn war, meinen alten Reflex abzulegen, der mich antrieb, nichts für mich behalten zu wollen. Das, was ich Gutes und Schönes erlebte, teilte ich ihm mit. Jetzt widme ich es ihm. Wie sollte ich es anstellen? »Wenn die Schönheit zu groß ist, bleibt einem keine Wahl, man muss sie teilen«, sagte meine Mutter und holte uns aus dem Bett, in dem wir schon seit vielen Stunden schliefen, um uns einen Sonnenuntergang zu zeigen. Was man allein sieht, gibt es das wirklich?

Bevor er verschied, las ich ihm laut die Passagen der Bücher vor, die ich leise für mich las und die mich begeisterten, nie verließ ich ein Museum, ohne in die Buchhandlung zu gehen und ihm Reproduktionen der Bilder zu kaufen, die mir gefallen hatten, ich rief ihn, damit er sich ein Ding ansah, das mich in Erstaunen versetzte, eine große Spinnwebe etwa oder ein gebogenes Stück Holz, das dem nicht gerade lieblichen Profil der Petze im dritten Arrondissement zum Verwechseln ähnlich sah. Wir konnten uns auch gegenseitig zum Lachen bringen. Schwerer ist es, allein zu lachen.

Drehbuch, Szene 30. Elf Jahre alt. Institut

»Lamartine hat mit mir gesprochen, und mir gelingt es nicht einmal, mich darüber zu freuen«, sagt sich Louis. Er reiht sich in die anderen Ausgezeichneten ein, ein Unglücklicher unter Glücklichen.

Louis ärgert sich, dass er nicht in der Lage ist, diesen Moment zu genießen, von dem er so oft geträumt hat, von der Belohnung für seine Arbeit und all seine Entbehrungen, vor allem die Trennung von seiner Familie. Jetzt quält ihn die Abwesenheit seiner Eltern weit mehr, als er vermuten konnte. Er wollte sich nicht darauf versteifen, dass sie da sein würden, konnte aber nicht anders, als es zu hoffen. Hoffnung hilft zu leben, kann aber auch leidvoll sein.

Nichts kann ihn trösten, nicht einmal der Preis für den Klassenbesten, für den er erneut nach vorn gebeten wird, um die Auszeichnung der Auszeichnungen entgegenzunehmen. Es steigert seinen Kummer sogar noch um eine Stufe, das alleine zu erleben, was eine Freude sein sollte. Warum hat man das Verlangen, die wichtigen Ereignisse des Lebens mit jemandem zu teilen? Als bräuchte man die Menschen, die man liebt, als Zeugen für unser Recht auf diese Ereignisse, denkt Louis.

Zum Ende der Feierlichkeiten wurde den Zuschauern eine Lesung durch einen Schüler angekündigt.

Erstaunlicherweise wurde dafür aber keiner der beiden wichtigsten Preisträger benannt, sondern Eugène, der zwar in der Klasse der Großen ist, aber nicht zu den Besten zählt und nur einen Preis erhalten hat. Das große Geografiebuch, das zuletzt in ihrer Bibliothek entstandene Werk, wird feierlich vor dem leicht zitternden Kind hingelegt. Nichts schüchtert mehr ein, als sich dem Schauspiel von Blicken auszuliefern, die man nicht sehen kann, begreift Louis. Er weiß, dass Eugène nicht besonders fließend liest, und macht sich größte Sorgen um seinen Kameraden. Die Schüler sind eher verblüfft. Die Stille ist unangenehm.

Die Verwunderung ist auf ihren Gesichtern ablesbar, als Eugène beginnt, den Text mit Leichtigkeit zu überfliegen.

Sie brauchen nicht lange, um hinter den Betrug zu kommen. Es gibt keinen Zweifel, Eugène hat die Seite auswendig gelernt, die er vorgeblich entzifferte. Wie ist er nur auf diese verquere Idee gekommen? Wer konnte ihn dazu anstiften?

Louis wird angesichts der zufriedenen Rede des Direktors klar, die wohl ausschließlich an Monsieur de Lamartine gerichtet war, dass diese ganze Inszenierung nur dazu diente, den Literaten über die erreichten Ziele des Instituts zu täuschen, wobei er sich ausgerechnet den Schüler mit den schwächsten Eigenschaften für die Aufführung des Betrugs ausgesucht hat. Ein schwindelerregender Zorn ergreift Louis, dessen Niedergeschlagenheit sich innerhalb einer Sekunde in Wut verwandelt. Er möchte es herausschreien, diese für sie würdelose Maskerade anprangern, bei der die anderen blinden Kinder ungewollt zu Mittätern wurden.

Plötzlich erscheint ihm die Welt hässlich und das Leben ungerecht. Er möchte nicht mehr da sein, verschwinden. Nicht sterben, aber nie geboren sein. Sie sind nichts, keinen Pfifferling wert, diese Belohnungen, wenn die, welche sie verleihen, zu so etwas fähig sind!

Er schämt sich, hier zu sein. Jetzt versteht er, das Schicksal hat dafür gesorgt, dass seine Eltern nicht da sind. Dieser Ort hätte ihnen nicht gefallen. Er ist ihrer Würde nicht wert. Wie hätte er ihnen erklären können, was sich vor seinen Augen abspielte?

Noch vor wenigen Minuten hätte er alles dafür gegeben, sie bei sich zu haben, doch nun ist er froh über ihr Fehlen. Wo immer sie sind, sind sie besser aufgehoben als hier, sagt er sich. »Wie gern wäre ich woanders, anderswo und ihnen nah.« Er nutzt das Durcheinander beim Aufbau des Orchesters auf dem Podium, um heimlich die Menge hinter sich zu lassen, die hemmungslos klatscht, betrogen und zufrieden.

Er läuft so schnell es geht an den Wänden entlang, um zur Vorhalle zu kommen. Darüber vergisst er, dass er den auf ihn wartenden Gabriel im Stich lässt und ihn nicht singen hören wird. Aber seine Verzweiflung ist zu stark. Der Schmerz lässt sein Herz stocken. Er weiß nicht, ob man ihn sieht, aber das ist ihm gleich, niemand wird ihn daran hindern, diesem Ort zu entfliehen, den er genauso heftig ablehnt, wie er ihn am Tag seiner Ankunft herbeigesehnt hat. Der schwarze Umriss des Kindes mit den vorgestreckten Armen legt einen Schatten auf den sonnenüberfluteten Stein, überschreitet die Schwelle des Internats und verliert sich in den Gassen der unter der Sommerhitze erdrückten Stadt.

Zum Abendessen kommen Monsieur und Madame Braille erschöpft von der Reise und dem Kutschunfall endlich im Internat an, sind zutiefst betrübt, die Verleihung der Preise an ihren Sohn verpasst zu haben, zerknautscht und zerkratzt, aber freuen sich, gesund und munter zu sein. Da erfahren sie, dass Louis fast alle Preise seiner Klasse eingeheimst hat und seit zwei Stunden gesucht wird. Der Direktor setzt eine zerknirschte Miene auf und reicht ihnen alle Bücher, die ihr Sohn bekommen hat und die unter dem Eingangsportal gefunden wurden.

Drehbuch, Szene 31. Elf Jahre alt. Jardin des Plantes

Die Straßen des Quartier Latin gehören an diesem Sonntag den Spaziergängern. Elegante Frauen mit geschmückten Hüten, die wohl junge Männer aufmerksam machen sollen, stolzieren am Arm ihrer Männer umher. Unter den seidenpapierleichten Sonnenschirmen nötigen sie diese, langsamer zu gehen. Die Kinder laufen vor ihren Eltern hinter großen Reifen her und steuern auf den *Jardin des Plantes* zu. Die Kindermädchen schwatzen miteinander und beobachten aus den Augenwinkeln die Rasselbande bei ihren Luftsprüngen. Die fliegenden Händler ziehen mit ihren verführerischen Ständen voller Leckereien im Rhythmus der herdenmäßigen Bewegungen der Menge um.

Diese sonntägliche Unbekümmertheit finden Monsieur und Madame Braille anstößig. Sie können all diese Leute nicht verstehen, die herumschlendern, statt ihr Kind zu suchen, das sich irgendwo verirrt hat in diesem herumtrödelnden Paris.

Für sie heißt es, keine Minute zu verlieren. Je weiter die Zeiger vorrücken, umso mehr läuft Louis Gefahr, in der Stadt zu versinken, die ihn bei hereinbrechender Nacht zu verschlucken droht.

Sie fragen die Fußgänger, aber keiner hat den kleinen blinden Jungen gesehen, nein, er wäre ihnen aufgefallen, fügen sie auf selbstverständliche, nicht gerade feinfühlige Weise hinzu. Nun bleibt ihnen nur noch die Hoffnung, ihn in der sommerlichen Pracht des *Jardin des Plantes* zu finden.

Madame Braille dachte nicht, Paris unter solchen Umständen zu entdecken. Sie sieht übrigens nichts, außer dem Fehlen ihres Sohnes, was den ganzen Raum einnimmt. Ihr Mann geht auf die Tierkäfige zu, sie in Richtung Labyrinth. Sie wollten sich nicht trennen, aber sie nehmen es hin, um alle sich bietenden Möglichkeiten wahrzunehmen, Louis wiederzufinden.

Im Internat sind selbst die Kinder in Bewegung gesetzt worden. Dem Direktor war klar, dass sie anders und an anderen Orten suchen, als er es könnte. Piquette hingegen mit seiner umgehängten Trompete freut sich, bei dieser Gelegenheit die Verstecke der jungen Schüler zu entdecken. Die Lehrer sind schon alle Klassenzimmer und Werkstätten des Jungen- und des Mädchengebäudes abgelaufen, die Küche, die Vorratskammer und die

Abstellräume. Da diese allgemeine Suchaktion von Groß und Klein, bei Mädchen und Jungen ergebnislos blieb, hat man die Erwachsenen in die benachbarten Straßen geschickt.

Gabriel ist verängstigt, traurig und zornig. Er weiß nicht, welches dieser Gefühle vorherrscht. Diese Geistesverwirrung steigert seine Aufregung.

Monsieur Claude findet keine Worte, die ihn aufmuntern könnten. Das Kind versteht nicht, warum sein Freund am Festtag ausgerissen ist, ausgerechnet vor seinem Lied, und ohne ihn ins Vertrauen zu ziehen. Er ahnt wohl, was Braille verspürt hat bei der getürkten Lesung, er kennt seine Geradlinigkeit. Er stellt sich auch die schreckliche Enttäuschung vor, die Eltern nicht gesehen zu haben. Aber er, sein Freund, war doch da. Er wartete auf den Moment, wenn sie wieder zusammen sein würden, um sich über die Dinge des Lebens auszutauschen, die nicht immer so verlaufen, wie man es sich wünscht. Am Ende hätten sie sogar über Eugène in seiner großen Lachnummer gelacht. Aber Louis ließ ihm weder die Gelegenheit noch die Zeit dazu. Und wo ist er jetzt, sein Freund? Und wenn man ihn niemals wiederfinden würde?

Die Kinder sind in außergewöhnlichen Lagen oft aufgeregt, ob sie nun gut oder schlecht sind, sie kleben aneinander und tauschen sich flüsternd über Katastrophenszenarien aus. Gabriel hält sich abseits. Er will sie nicht hören.

Im Park hat sich Monique niedergekniet, um auf gleicher Höhe wie die Traube von Kindern zu sein, die aufgehört haben zu spielen und sie jetzt umringen. Sie beschreibt ihren Sohn und fleht sie an, durch alle Wege zu laufen und laut seinen Vornamen zu rufen. Sie verspricht ihnen Hände voller Bonbons. Der Name von Louis wird nie so oft gerufen worden sein wie an diesem Tag. Es tönt durch den ganzen Park. Das Licht nimmt sanft und schräg ab. Im Gegenlicht lässt es die tadellosen Umrisse der Pflanzen hervortreten, als wäre es die Freihandzeichnung eines gewissenhaften Botanikers. Die Mama von Louis sieht nichts von dieser Schönheit. In dem Moment kann sie nichts anderes mehr sehen, als das, was sie erhofft. Die Sonne geht unter und mit ihr die Hoffnung, Louis wiederzufinden.

Verschwinden … Wenn man keinen Ausweg mehr sieht, kann Verschwinden einer sein. Glaubt man zumindest. Auch Louis hat das in seiner Hilflosigkeit gedacht, als er aus dem Institut flüchtete. Es war zu schlimm. Was war sicherer, um nicht mehr zu existieren, als in den Blicken der anderen nicht mehr zu existieren? Wie bei ganz kleinen Kindern, die mit beiden Händen ihr Gesicht verbergen und glauben, dass man sie nicht sieht, weil sie nichts mehr sehen. Was aber passiert, wenn es die hässliche schwarze Hand des Schicksals ist, welches die Kinderaugen für immer zubindet?

Hat Louis beim Erblinden geglaubt, er würde vor den anderen verschwinden? Eine Angst kauert tief in allen Kinderherzen: nicht mehr gesehen zu werden von denen, die man liebt, nicht mehr für sie da zu sein. Wie werden der Klang der Stimmen und die Sanftheit der Hände Schritt um Schritt zum Vermittler? Wie stellte es seine Mutter an, Louis auf andere Art Sicherheit zu geben, als ihn mit Blicken zu umhüllen?

Alles wird in alle Ewigkeit in die Tiefe des Nichts gerissen. Wenn man den Gesichtssinn verliert, wird alles für immer gelöscht. Das kleine Kind kennt die Beständigkeit der Dinge nicht.

Es hat Angst vor der Dunkelheit, weil es bei der Vorstellung erschrickt, es werde nie mehr auftauchen, was es nicht mehr sieht. Es lebt allein im Augenblick. Es weiß nicht, dass das Verschwundene wiederkommen kann. Es glaubt, das verlöschende Licht nähme alles mit sich fort. Aber wenn das stimmt, und zwar für immer, wie sollte man nicht von einem unaussprechlichen Schrecken ergriffen werden? Und mit wem sollte es diese Panik teilen? »Meine Eltern haben vielleicht noch mehr Angst als ich«, hat Louis gedacht. Also sagte er nichts. Er wartete. So wie das hungrige Baby auf die Muttermilch wartet. Louis war hungrig auf alles, aber voller Vertrauen.

Nach und nach zeigten sich ihm wieder die Gesichter, der Himmel, die Wiesen, die Bäume und die Häuser, nur anders, als Projektion. Ihm gegenüber und zugleich in seinem Inneren. Das Fremde war ihm bald wieder vertraut. Die Zeit schuf den Weg. Louis lernte, ihn zu gehen.

Vor dem Unfall spielte Louis gern Verstecken. Mit den anderen Kindern aus dem Dorf und unter Aufsicht seiner großen Schwester. Er hat die Erinnerung daran bewahrt, eine Erinnerung aus sehr genauen Empfindungen. Er denkt daran, wie man ihn rief und sein Name zwischen den heißen Mauern der Häuser des Dorfes widerhallte, und dass er das liebte. Wie alle anderen Kinder liebte er es, gesucht zu werden. Es gab ihn, einzig, den man brauchte, und all die anderen, alle anderen damit befasst, ihn zu suchen. Manchmal blieb er ein wenig zu lange in seinem Versteck, nur wegen des Vergnügens, aus dem Munde seiner Freunde seinen Namen rufen zu hören und aus ihren Stimmen eine kleine Ängstlichkeit herauszuhören. Und da fühlte er sich wertvoll. Wer noch nie seine Abwesenheit verlängert hat, regungslos zusammengekauert, mit angehaltenem Atem, kennt das Vergnügen nicht, so ein bisschen verschwunden zu sein und, nicht ohne Schuld, die Not der anderen vorauszuahnen, wenn man es für immer bliebe. Und diese pure Freude, schlagartig wieder aufzutauchen, strahlend, mit lautem Lachen, selbst darüber verängstigt, anderen Angst einzujagen!

Der Jüngste der Braille hörte schnell auf, Verstecken zu spielen, als die Dunkelheit nach seinem Unfall alles um ihn herum an sich raffte. Schluss mit Kegeln, Ballspielen, Wurfscheiben, Sackhüpfen. Louis wurde zwangsläufig mit einem Schlag ruhiger, durch die Ansteckung mit der Nacht. Man kann aber brav sein und Spieler. Ich weiß, dass Louis nie vergessen hat, worauf es beim Spiel ankommt: das Ziel. Die Brailleschrift war sein großes Gesellschaftsspiel. Das Spiel seines Lebens. Er gewann. Aber nicht er strich für sich den Gewinn ein. Es waren Millionen Kinder und Erwachsene aller Sprachen, deren Gewinn die Worte an ihren Fingerspitzen war.

Drehbuch, Szene 32. Institut

Als Monsieur Claude bemerkt, dass die Tür des Karzers einen Spalt breit offensteht, weiß er schon, dass er Louis gefunden hat. Er kommt auf dem gestampften Boden näher, nimmt sich Zeit. Er sucht nach den richtigen Worten. Er beobachtet Louis, ohne dass jener es merkt, und weiß, er sollte es nicht ... Louis sitzt mit gebeugtem Rücken auf dem Boden. Monsieur Claude kann nicht verstehen, warum seine Hände ein frisch vom Baum abgerissenes Blatt umklammern ...

Als Louis die Türangeln knarren hört, springt er auf und drückt sich in einem Verteidigungsreflex mit seinem ganzen Körper an die gegenüberliegende Wand.

– Nicht näherkommen. Wer ist da?

– Keine Angst, es ist Monsieur Claude. Sind Sie schon lange hier?

Louis antwortet, er wisse es nicht, er wollte fort von hier, weit weg und allein sein. Dann hatte er sich in Paris verlaufen. Er hat Angst bekommen.

– Ich wollte nach Hause, meine Eltern wiedersehen.

Monsieur Claude bringt ihm bei, dass sie hier sind und alle ihn suchen. Das Gesicht von Louis erhellt sich, und wortlos richtet er sich wieder auf.

– Nicht so schnell, lassen Sie mich überlegen, Louis, wenn Sie nicht entlassen werden wollen ... Hören Sie mir gut zu: Sie haben das Internat nicht verlassen, Sie sind nach unten gegangen, weil Sie den Ball holen wollten, der durch das Fenstergitter gefallen war. Als sie hier unten waren, wurde Ihnen schlecht, und ich habe Sie hier halb ohnmächtig vorgefunden. Deshalb trage ich Sie jetzt in meinen Armen zurück.

– Das geht nicht, meine Eltern würden sich ängstigen, wenn sie mich so in Ihren Armen liegen sehen. Ich kann nicht so tun, als ob.

Und Louis geht Richtung Tür. Monsieur Claude hält ihn zurück und versucht, ihn zur Vernunft zu bringen.

– Louis, Sie haben keine Wahl. Sie müssen lügen. Der Direktor wird nicht zögern, Sie zu entlassen. Er wird damit ein Exempel statuieren und Sie gleichzeitig bestrafen.

– Ich will nicht. Wenn hier schon alle betrügen, müssen wir es noch lange nicht: nicht wir, nicht Sie!

– Es hat Sie empört, was sich auf dem Podium abgespielt hat, ich weiß, gibt sich Monsieur Claude etwas weniger fordernd.

– Wir werden dem Direktor die Wahrheit sagen, dass ich abhauen, aber auch zurückkommen wollte. Beides ist wahr. Und, dass ich allein sein musste, ganz allein.

Louis beginnt zu weinen.

– Ich werde nicht lügen. Soll er mich doch entlassen!

Das Gesicht von Louis hatte sich gerötet, er gestikuliert aufgeregt mit seinen Armen.

Da versteht Monsieur Claude, er würde es nicht schaffen, Louis zu beruhigen, er greift nach dem Brett der Wandverkleidung, das gewöhnlich sein Skulpturenversteck verbirgt, und schlägt das Kind nieder.

– Tut mir leid, mein Kleiner, jetzt hatte ich keine Wahl mehr.

Als Louis langsam wieder zu sich kommt, erkennt er die Stimmen seiner Eltern, kann aber noch nicht verstehen, was sie sagen. Die kleinen neugierigen Internen haben sich genähert, um zu verstehen, was passiert.

– Geht zurück, Kinder, bitte, geht zurück. Lasst ihn atmen, sagt sein Vater mit gewollt herrischer, aber schwacher Stimme, die die übergroße Aufregung der letzten Stunden verrät.

– Mein Louis, wir sind es, Mama und Papa. Wir sind da. Wir sind deinetwegen gekommen, flüstert ihm Madame Braille zu.

Louis streckt seine Hände zum Gesicht seiner Mutter, er nimmt sich Zeit zum Erkennen, so wie er es früher jeden Abend tat. Dann wirft er sich in ihre Arme.

– Nehmt mich mit.

Drehbuch, Szene 33. Zwölf Jahre alt. Institut

In der allergrößten Verzweiflung – glaubt man zumindest, man weiß nicht, ob einem die Zukunft nicht noch Schlimmeres beschert – tritt manchmal ein Ereignis oder eine Person ins Leben, die uns wieder aufrichtet. Allerdings muss man auf der Sprosse der *Schmerzensleiter* bis zu diesem Moment *aushalten*. Louis hielt aus.

Im Laufe des Jahres 1821 durchdringt ein eisiger Wind Tag für Tag das gesamte Institut. Für Louis gab es nichts mehr zu lernen, er sitzt in seinem kargen Internat auf dem Trockenen. Die Verzweiflung rückt täglich näher. Louis fällt es immer schwerer, sie von sich zu weisen. Das Gebäude, das seit seiner frühen Kindheit Tag für Tag erbaut wurde, beginnt Risse zu zeigen. Die Nähe von Gabriel, die Gewissheit der Liebe seiner Eltern, sein natürlicher Optimismus und seine Gebete sind für ihn kein Gegengewicht mehr. Louis erlischt auf kleiner Flamme.

Da wird im Institut ein neuer Direktor ernannt. Doktor Pignier ist das Gegenteil seines Vorgängers. Humanist, gebildet, wohlwollend und vor allem, man glaubt es nicht, hat er hochgesteckte Ziele für seine Schüler. Kaum angekommen und betroffen von den Lebensbedingungen der Schüler, erhöht er den monatlichen Badetag auf zwei, lässt den Karzer schließen, in dem nur noch Äpfel gelagert werden, und bringt mehrere geprägte Bücher in Druck. Er beauftragt Monsieur Claude, den noch geltenden Demütigungen und Bestrafungen nachzugehen. Ohne es zu wissen, hat er sich an die richtige Person gewandt.

Louis ist jetzt zwölf Jahre alt und wurde zum besten Schüler aller Klassen, Schulbester. Die Verbreitungsgeschwindigkeit seiner Kenntnisse macht seine Lehrer ratlos, hilflos, und ihn hungriger auf mehr. Pignier ist von Anfang an verblüfft über die Fähigkeiten des Schülers und neugierig auf das Wesen des Jungen. Der Mann möchte alle seine Schüler kennenlernen. Er ist auch Lehrer für Geschichte, was ihm die Aufgabe erleichtert. Seine Ankunft markiert einen glatten Bruch mit allem, was die Kinder erfahren haben, die sich über Jahre an Härte und Ungerechtigkeit gewöhnten und jetzt Zeit brauchen, um zu begreifen, dass die Dinge sich wirklich geändert haben, dass der neue Direktor nichts mit dem früheren zu tun hat. Eine Zeit lang glauben sie, das offensichtliche Wohlwollen von Pignier sei eine Finte, um sie später besser misshandeln zu können. Sie finden es verdächtig, dass die Stockhiebe ausbleiben. Als aber die Ruhepause andauert, müssen sie sich eingestehen, dass es keine körperlichen Züchtigungen mehr geben wird. Ihre Vorsicht lässt nach. Das Lernen wird fortan behutsamer und pädagogischer gestaltet. Aber sie sind immer noch genauso unangemessen für junge Schüler, die nicht lesen können. Louis vergeht vor Ungeduld.

Alles, was er gerne wissen möchte, bleibt für ihn in den »schwarzen Büchern« fest verschlossen. Er gäbe alles dafür, dass sich ihm Romane, Enzyklopädien und Gedichtbände öffneten. Dass sie seinen Geist weiteten. Er würde gern ... Immer alles im Konditional zu konjugieren, das erträgt er nicht mehr. Ich würde lesen, ich würde schreiben, ich würde komponieren ... Wenn ...

Die Jahre vergehen. Doktor Pignier versteht, dass Louis verkümmert, weil er nicht lernen kann. Er ist betrübt, ihn so zu sehen. Hilflos bittet er schließlich seinen Schüler um Rat: Was benötigen er und seine Kameraden, damit es ihnen besser geht? Nach einigen Tagen besucht ihn Louis erneut. Er erinnerte sich an seine Mutter, von Kindern umgeben, mit einem geöffneten Buch auf den Knien. Was er vorschlägt, ist so einfach! Warum hat er nicht früher schon daran gedacht, sagt sich Pignier.

Weil die Schüler keinen Zugang zu Büchern haben, muss man ihnen daraus vorlesen, zu jeder Zeit, an jedem Ort, außerhalb des Unterrichts, und zwar andere als die trockenen Lehrbücher, nämlich Abenteuerbücher, die Kinder träumen lassen. Der Direktor führt im Internat zu den Mahlzeiten Lesungen ein – er selbst übernimmt dies –, dann Leseabende im Schlafsaal. In diesen langen Stunden zwischen dem Zubettgehen und dem Einschlafen, die bis dahin immer ohne Leben waren, liest nun Monsieur Claude den Schülern Romane vor. Das Leben der anderen tritt in ihr Leben ein. Nie werden sie unerschrockene Forscher sein, aber für die Zeit eines Buches sind sie es.

Die Dinge verbessern sich. Aber Louis' Unruhe bleibt. Er öffnet sich in dieser Hinsicht selten gegenüber den anderen Schülern, fragt sich aber oft, was sie wohl später machen werden, sie alle. Gabriel, der von nun an wieder musizieren darf, weiß, dass er sein Leben der Musik widmen wird. Aber die anderen? Stellen sie sich diese Frage? Können sie sich überhaupt ein Bild davon machen? Stuhlflechter, Klavierstimmer, Sockenstricker? Das ist ihr Schicksal. Und sie sollen sich dessen glücklich schätzen, gibt man ihnen zu verstehen. Ja, wozu nach Besserem streben? Um sich weh zu tun? Wie kann man Komponist sein, ohne seine Musik übertragen zu können, Schriftsteller, ohne seine Prosa zu schreiben, Wissenschaftler ohne eine Gleichung aufzustellen? Das Schreiben bringt den Gedanken hervor, indem es ihn fixiert.

Es ist keine Hoffnung mehr erlaubt. Und dennoch gilt es zu hoffen, sich zu bemühen, der menschlichen Natur zu vertrauen, die von Anbeginn der Zeiten das erfindet, was ihr fehlt. Man weiß nicht, was man noch nicht weiß. Genau das sagt sich Louis.

Aber es gibt Tage, an denen man trotz aller Mühe an das Loblied auf die Zukunft, komme, was da wolle, nicht mehr glaubt. Man braucht ein Stück greifbarer, handfester Hoffnung, etwas zum Anfassen, zum Knabbern, damit sich die Zähne nicht zu sehr abnutzen, wenn sich die Kiefer zu fest aufs Leere pressen. Louis und Gabriel sind an diesem Punkt angelangt. Sie vergehen, weil sie nichts zu beißen haben. Sie verzehren sich, weil sie nichts mehr zu erwarten haben. Aufbrechen und anderswo suchen? Wie könnten sie das tun? Anderswo existiert für sie nicht.

Drehbuch, Szene 34. Zwölf Jahre alt, Institut

Das Anderswo ist zu ihnen gekommen. Als hätte es Kenntnis von ihrer Schwierigkeit bekommen, sich in einer so gar nicht für sie gemachten Welt zu bewegen, hat das Unerwartete an ihre Tür geklopft. Und in das Bild ohne Tiefenwirkung, in dem sie gefangen waren, schlich sich hinter den Dingen wieder eine Perspektive ein. Pignier war nicht unbeteiligt daran. So gut er konnte, hatte er das Schicksal herausgefordert.

An einem Novembertag lässt er den Besuch eines gewissen Barbier, eines Hauptmann Barbier, ankündigen. Louis wird sich noch lange an diesen sonnigen Wintertag erinnern.

Als die Blinden mit klammen Fingern und geröteten Gesichtern von ihrem Spaziergang aus dem Park zurückkommen, erwartet sie ein unverhoffter Besucher. Wie gewöhnlich stehen die Kinder in Zweierreihen, aber die Umstände sind außergewöhnlich: Sie sollen sich im Speisesaal versammeln. Sie stellen sich Fragen. Ein Raunen geht durch die Reihen. Als Ruhe eingetreten ist und alle Kinder sitzen, vernehmen sie die vertraute und warme Stimme von Doktor Pignier. Er erklärt ihnen, an seiner Seite stehe ein Soldat, gelegentlich auch Forscher, Hauptmann Barbier de la Serre, der gekommen sei, um ihnen eine Erfindung vorzustellen, die sie ganz besonders betrifft, »eine Maschine, die graviert, ohne dass man etwas sieht«.

Als die unbekannte Stimme zu sprechen beginnt, schweigen alle. In gespannter Erwartung. Da beginnt der Soldat mit seiner Erklärung. Es handelt sich um eine für die Nacht bestimmte Schreib- und Lesemethode, die in der Armee zur Übertragung von Nachrichten bei völliger Dunkelheit angewendet wird, Nachrichten, die vom Feind, falls sie abgefangen werden sollten, nicht zu entschlüsseln sind.

Die »Kinder der Nacht« begreifen sofort, welchen Wert ein solches Verfahren für sie haben kann.

Ein Stichel, der ein dickes Papier durchstößt, erzeugt, wenn man das Papier umdreht, erhabene Punkte. Durch Zählen der Punkte verweisen uns zwei Ziffern auf eines der sechsunddreißig Fächer einer Lauttafel, die man auswendig kennen muss.

»Diese Spielart von Schiffchen-Versenken ermöglicht eine sehr einfache Verständigung, erklärt der Hauptmann, und sechsunddreißig Punkte reichen völlig aus, um Nachrichten auszutauschen«, versichert er.

Louis beginnt augenblicklich zu überlegen und fängt Feuer. Der Finger liest keine Buchstaben, sondern ertastet Punkte. Er versteht, dass es noch keine Schrift ist, aber es fehlt nicht viel. Sein Herz klopft zum Zerspringen. Um »die völlig einfache und praktische Nutzung« seiner Methode zu rühmen, fehlt es dem Hauptmann nicht an auf seine junge blinde Zuhörerschaft abzielenden Argumenten. Er ist wie Bazar Choisnet, der seinen Ramsch verkauft, lächelt Louis in sich hinein, in Erinnerung an den guten Kerl aus seiner Kindheit.

»Wenn es für uns Militärs einfach ist, mit den Fingern die Laute zu entziffern, mit deren Hilfe wir schreiben können, muss es das auch für euch sein, liebe Kinder, die ihr mehr Erfahrung mit dem Tastsinn habt. Natürlich sollte man es dabei, wenn ich das sagen darf, nicht so genau mit der Rechtschreibung nehmen, denn es gibt gar keine. Ihr seid also nunmehr davon befreit! Schluss mit den Diktaten, ihr kleinen Glückspilze!«, sagt er, und hat nicht begriffen, dass sie noch nie das Vergnügen hatten, ein Diktat kennenzulernen.

Von der Technik Barbiers beeindruckt, schwanken die Schüler wegen des gönnerhaften und selbstgefälligen Tons des gelehrten Offiziers zwischen größtem Ernst und Lachlust. Gabriel fragt sich, wie sich ein Mensch, dem es deutlich an Feinheit fehlt, eine so gewitzte Methode ausdenken konnte.

Alle warten jetzt nur noch darauf, sich in der »Sonografie« (Lautschrift) des Hauptmanns Barbier üben zu können. Man hat ihnen eine Schablone und eine Spitze zum Lochen versprochen, allerdings reicht es nicht für alle. Jeder kommt mal dran. Alle an den Tischen im Speisesaal fangen an zu raunen, noch bevor der Offizier seine endlosen Erläuterungen beendet hat, ganz zufrieden mit sich, hier das Wort »Erfindung« in den Mund genommen zu haben. Louis sagt kein Wort. Er wirkt erstarrt. Trotz seiner scheinbaren Starre ist in ihm nichts als Bewegung. Aufs Äußerste konzentriert, verarbeitet er. Er freut sich unbändig.

Und schon zeichnet sich in der Stille seines in Bewegung geratenen Geistes das Muster dieser unbekannten Schrift ab. Er hat es im Kopf und macht einen ruhigeren Eindruck als die anderen, die es in der Hand haben.

Sein Vorsprung auf die anderen erklärt seine Gelassenheit. Rechts von ihm zeigt Gabriel etwas geräuschvoller seine Erregung und spricht Louis ständig an und unterstreicht dabei die Worte des Hauptmanns mit bizarren Geräuschen, ahmt gekonnt Tierrufe nach, auf die ihn Barbier bringt. Louis hat nicht den geringsten Zweifel, noch heute wird Gabriel ihnen den urkomischen Hauptmann vorspielen.

Rotes Heft von Constance

Auf dem Land, wohin ich mich seit zwei Wochen zurückgezogen habe, lebe ich auf. Ich sehe wieder. Die Dürre von Paris ist augenfällig. Da, überall, wohin mein Blick fällt, ist alles grün, gelb, blau, rosa. Ich habe den Eindruck, einen Ascheschleier durchquert zu haben, der zwischen der Welt und mir hing. Die Dinge ringsum bezaubern mich. Ich denke an Louis, dem das verrückte Glück zu sehen zu früh genommen wurde. Jedes Ding, das ich betrachte, betrachte ich und denke an ihn. Es ist seltsam, aber ich kann sagen, ich betrachte es für ihn. Und es ist, als habe er meine Augenlider hochgezogen, die ich eigentlich für geöffnet hielt.

Schließlich schrieb ich Thomas einen Brief. Ich kann besser mit ihm sprechen, wenn er entfernt ist. Mit der Hand geschrieben, in den Umschlag und ab in die Post mit dem Brief. Ich wollte keine Mail schreiben. Er hätte sofort darauf geantwortet, zu impulsiv. Ich wollte, dass er seine Reaktion hinausschiebt, wie ich die meine so gut es ging aufgeschoben habe, indem ich wegfuhr. Er hält mich für eine Einsiedlerin. Umso besser. So wird er mich in Ruhe lassen. Kein Druck mehr. Ich kann in aller Ruhe mein Drehbuch schreiben. Ich schicke ihm nur Arbeitsmails mit den Filmszenen im Anhang.

Bin ich verärgert? Als ich ihm schrieb, wurde mir einiges klar. Aneinandergereihte Worte helfen uns beim Nachdenken. Sie sind der Gedanke. Louis, ich verstehe jeden Tag mehr über deine stechende Enttäuschung, nicht schreiben zu können.

Mein lieber Thomas,
ich weiß nicht, was ich empfinde. Noch nicht. Vielleicht weiß ich es am Ende meines Briefes.
Kürzlich habe ich deine Büroräume nicht sofort verlassen. Ich habe auf dem Absatz kehrtgemacht. Ich habe an deiner Tür gelauscht. Ich bedaure es nicht. Ich habe euch gehört. Aurélien und dich, wie ihr über mich wie über ein Kind gesprochen habt. Deswegen also »der Student der Geschichte, ein Dickkopf, weder bebrillt noch pickelig, auch nicht nervig, der dir bei deinen Recherchen hilft, ohne dir auf den Geist zu gehen«!

Eine Beschattung bei Tageslicht, das also hast du mir mit so viel Eifer verkauft.
Ich bestätige, er ist weder pickelig noch nervig, und er ist ein Dickkopf, wie du sagst. Hingegen trägt er Brille, wenn er zu sehr gefeiert hat und seine Linsen nicht einsetzen kann, und er ist eine Nervensäge. (Was bedeutet, dass er sich ein boshaftes Vergnügen draus macht, einen – mit Feingefühl oder auch nicht – dorthin zu bringen, wohin man keine Lust hat zu gehen.)
Ansonsten wäre zu sagen, dass er seine Rolle sehr gut gespielt hat, dass er als Leibwächter diskret und effizient war. Er hat außerdem eine ordentliche Dosis Humor dazugepackt, was nicht im Vertrag stand, mir aber nicht missfiel.
Du kannst also seinem »Einsatz« ein Ende setzen und ihn dazu beglückwünschen. Er kann wieder zu seinen Geheimaktivitäten zurückkehren. Ist er eigentlich Detektiv? Geheimagent? Ausgekochter Hacker? Es ist mir eigentlich egal! Ich weiß jetzt, dass du keineswegs die Absicht hattest, ihn zu feuern. Aber da ich jetzt Paris verlassen habe, ist er arbeitslos.
Es sei denn, er hat sich in den Rhododendren versteckt, die ich vom Fenster meines Schlafzimmers aus sehe. Das traue ich ihm zu und dir auch, dass du ihn dazu abkommandierst. Du hast ihn sicherlich gebeten, die Brücken zu mir abzubrechen, ich bekomme keine verrückten SMS mehr, die täglich bei mir eintrafen und immer mit MAAS begannen. Aurélien pflegt die Manie der Anfangsbuchstaben, was du sicher weißt. Meine alte angebetete Schabracke, lautet mein hübscher kleiner Name. Man muss sagen, dass ich Aurélien immer wieder an mein Alter erinnert habe und dass mir mein Spitzname das Maul gestopft hat.
Was ist mit dir passiert, Thomas? Was hast du dir dabei gedacht, jemanden anzuheuern, um mich zu überwachen?
Erstens war dein Anschiss grotesk und unbegründet, das weißt du. Ich bin kein Kind mehr und kann sprechen, mit wem ich will, selbst mit einem Gespenst. Du hast mich nicht gekauft, als du mich den Vertrag unterschreiben ließest, du hast Schreibstunden gekauft! Nicht alles ist käuflich, Thomas!
Zweitens brauche ich keinen Leibwächter.

Thomas, ich bin stärker als du denkst … Um ehrlich zu sein, wenn ich das schreibe, stelle ich fest, dass dies auch dank Louis Braille so ist, also … ich möchte sagen dank des Drehbuchs »Louis Braille«, also durch dich. Ich bin nur zur Hälfte darauf reingefallen, als du mich darum gebeten hast, quasi als Hilfe. Da ich dich kenne, ahne ich, du steckst nicht so sehr »in der Scheiße«, wie du das behauptest, ausgerechnet du, der auf dem Schachbrett immer einen Zug voraus ist. Ich gebe zu, du bist einer wundervollen Eingebung gefolgt, als du mich auf ein anderes Leben als das meine losgelassen hast, zweihundert Jahre vor mir und tausend Meilen von meiner Welt entfernt. Das war genau das, was ich brauchte. Ich könnte dir nicht sagen, warum, aber es war perfekt.
Thomas, ich kann dir also nicht genug danken.
Aber jetzt weiß ich ja, dass du für mich den »großen Bruder« gespielt hast in Mitwisserschaft des kleinen Bruders Aurélien, und da kommt mir ein schrecklicher Zweifel. Hattest du Mitleid mit mir? Wolltest Du aus Barmherzigkeit oder aus sonst irgendeiner guten Absicht, dass ich das Drehbuch schreibe? Denkst du wirklich, ich sei am besten dafür geeignet – ich habe doch noch nie an einem historischen Film gearbeitet –, oder war das nur eine Masche, um »meinen Dickschädel zu beschäftigen«, laut deiner Aussage, mich weniger allein zu fühlen?

Ich umarme dich
Constance

Rotes Heft von Constance

Er hat sich mit der Antwort Zeit gelassen, aber immerhin nicht zu viel. Thomas bleibt Thomas. Ich fand heute Morgen, also fünf Tage nachdem ich meinen Brief abgeschickt hatte, seinen im Briefkasten.

Liebe Constance,
ich hatte nichts am Hut mit Ihrem Louis Braille, das stimmt. Wenn ich Sie in seine Arme getrieben habe, dann nicht aus Mitleid oder Barmherzigkeit, noch aus sonstigen Gutmensch-Gründen, wie Sie es sich einbilden. Sie gehen mir auf die Nerven, wenn Sie so reden. Ich habe das reflexartig gemacht, Constance. Ohne zu überlegen. Ich weiß nicht, warum. Reiner Instinkt.
Und jetzt, seit ich begonnen habe, Ihre Texte zu lesen und Ihnen zuzuhören, wie Sie darüber sprechen, verstehe ich, wer dieser Braille war, und bin überzeugt, mehr als überzeugt davon, dass die Geschichte dieses Jungen geschrieben werden muss, unbedingt, und dass Sie das machen müssen. Kein anderer. Die Leute müssen Louis Braille mit Ihren Augen entdecken. Nicht anders. Im Übrigen wird der Film ein Hit.
Und dann, am Ende, ja, ich wollte Sie schützen, ich hatte mir Sorgen um Sie gemacht. Das ist irrational. Ich bin nicht unbedingt stolz darauf, was ich gemacht habe. Aber es geschah nicht aus böser Absicht. Ich gehöre nicht zu jenen, die Sie »widerliche Kerle« nennen … wie kann ich es Ihnen beweisen?
Das war's, ich umarme Sie
Thomas

P. S. 1: Ich muss Ihnen ein Buch zurückgeben, das Sie mir geliehen haben. Es ist Rachel und andere Grazien. Wir lieben sie alle, diese Grazien! Es war eine Notiz von Ihnen drin … Schade, dass sie nicht an mich gerichtet war …

P. S. 2: Aurélien arbeitet weiter an Braille. Dieser Verrückte ist unkündbar! Und Sie wissen das. Rufen Sie ihn an, wenn Sie möchten oder Lust haben zu lachen. Er steht Ihnen zu Diensten. Und, na klar, ich kenne den Kerl, er würde Sie anbaggern nach dem Motto »nicht anfassen«, und ich weiß, dass Sie das nicht gleichgültig lassen würde. Sehr geschickt, sein MAAS! Weiterhin schön aufpassen. Und ich bin nicht eifersüchtig, wenn Sie mir das unterstellen.

P. S. 3: Ich habe seit einer Ewigkeit nicht mehr auf Briefpapier geschrieben. Muss wiederholt werden …

Drehbuch, Szene 35. Dreizehn Jahre alt, Institut

Eine Kombination von Punkten! Die Idee war einfach, man musste nur daraufkommen und es unterlassen, dass Nichtsehende um jeden Preis dem Wunsch nachkommen, die Umrisse der Buchstaben für Sehende zu »lesen«. Man musste eine andere Schrift erfinden! Das aufgeben, woran man sich seit Jahrzehnten klammerte.

Schon bei den ersten Worten des Soldaten hat Louis diese Erleuchtung. Er stürzt sich ohne Rückhalt in diese Bresche, fest entschlossen, nur auf der anderen Seite herauszukommen, am Ende des Tunnels, im Licht.

Der junge Louis weiß von nun an, dass das der Grund für sein Kommen vor vier Jahren ist: einem Menschen über den Weg zu laufen, der ihm den Schlüssel für eine Tür reicht, die es noch nicht gibt. Louis weiß aber, dass er dafür sorgen wird, dass es sie eines Tages gibt, und wenn er den Rest seines Lebens dafür braucht. Zumindest bekommt so sein Leben einen Sinn.

An manchen Tagen stampft er mit den Füßen auf. Die anderen Kinder dagegen haben Spaß. Sie schreiben sich einander kleine kurze und phonetische Wörter. Das ist schon riesig, finden sie, diese Freiheit des Schreibens. Das bringt ihnen viel Abwechslung. Einer von ihnen schlägt täglich das Menü für den nächsten Tag an einer eigens dafür errichteten Tafel im Speisesaal an.

Louis gibt sich damit nicht zufrieden. Er hat bereits die guten und schlechten Seiten an dieser ihnen vorgeschlagenen Schrift ausgemacht. Der Finger muss die herausstehenden Punkte zählen, um auf die Töne zu kommen. Man müsste einen Weg finden, um sich diesen Schritt zu ersparen. Und dann schließt diese Sprache die Literatur aus. Die rohen Töne ohne Rechtschreibung, ohne Zeichensetzung, ohne Rhythmus sind schwer verdaulich. Eine Feinheit der Sprache ist damit nicht denkbar. Wenn erst Silbe für Silbe, Sekunde für Sekunde *»o ze it un ter bre che dei nen fl ug«*, entziffert werden müssen. Ohne das entsprechende Tempo würde sich die Poesie in Nichts auflösen: »O Zeit, unterbreche deinen Flug« lebt nur durch das Wachrufen dessen, was die Form eines jeden Wortes nahelegt.

Für dieses neue Lesen muss man ein Mittel finden, das Prinzip zu bewahren, obwohl die Art und Weise verwandelt ist. Nicht alles wegwerfen.

Auf nichts verzichten. Lesen war nicht mehr unmöglich, es ist fast möglich geworden.

Louis nutzt die Nacht, um zu forschen. Tagsüber kann er schon einige Momente seines Zeitplans als Institutsschüler stibitzen, was er auch tut, aber es sind immer zu wenige. Ihre Tage sind alle auf den Millimeter genau eingeteilt. Ein typischer Tag dauert fünfzehn Stunden. Unterricht, handwerkliche Arbeit, Musik, religiöse Übungen, Mahlzeiten und einige Pausen sind Bestandteil dieses organisierten und beaufsichtigten Zeitplans. Bewegungen innerhalb des Internats sind beschränkt. Louis schafft es trotzdem, überall Zeit für seine Forschungen abzuzweigen. Er erledigt alles schneller als die anderen und schlängelt sich durch jeden Zwischenraum in ihrem Stundenplan. Louis begreift, dass er nur durch die Nutzung aller Forschungswege, selbst der unmöglichsten, sich die Möglichkeit offen hält, den richtigen herauszufinden.

»Wenn man weiß, wohin man geht, kommt man nicht sehr weit.« Louis erinnert sich an die Worte seines Abbé Palluy, für den das Sich-Verlaufen immer eine Chance ist. Er braucht die Erinnerung an diese gesegnete Stimme seiner Kindheit, um sich in seiner riesigen Unternehmung zu stärken. Er weiß nicht, was er sucht. Aber er weiß, was er will. Er spürt, dass es etwas zu finden gibt, es ist da, in diesen Stichelschlägen, die er unaufhörlich auf die leere, auf einer hölzernen Schablone liegende Papieroberfläche setzt. Die Schablone, eine »Maßarbeit«, zugeschnitten von Monsieur Claude. Diese Schablone, auf die der Hausmeister »LB« graviert hat (und nicht die 70, seine Matrikelnummer, die er noch um den Hals trägt), eignet sich bestens für seine Experimente. Neue Kombinationen mit Punkten versucht Louis jeden Tag darauf zu finden. Louis würfelt und würfelt. Die Zukunft öffnet sich.

Seit Jahren allein auf seiner verlassenen Insel, nimmt er gerade in der Ferne ein Schiff wahr.

Rotes Heft von Constance

Lieber Thomas,
ich weiß sehr wohl, dass in meinem Buch kein Liebesbrief steckte, ich hatte mich vergewissert, bevor ich es dir anvertraute. Ein guter Versuch, immerhin. Und wirklich, ich hatte einige Sekunden lang meine Zweifel. Du hast mich schon immer gern destabilisiert.
Ich komme hier am Ufer des Sees mit dem Filmeschreiben voran. Ich entdecke, dass Louis in der Person von Direktor Pignier, einem großartigen, einfühlsamen Typ, eine Art Schutzengel hatte (ja, er auch, wie du für mich, wenn ich deine Absicht richtig deute). Ich schicke dir die Szenen morgen per Mail. Mir geht gerade durch den Kopf, dass man keine großen Dinge zustande bringen kann, wenn man wirklich allein ist. Man sagt, es brauche ein Zusammentreffen von Umständen, damit etwas Großes gelingt. Zweifellos. Aber vor allem braucht es ein Zusammenspiel edler Seelen an der Seite des Erfinders (da haben wir wieder die »Gutmenschen«, wirst du sagen). Schau hin, damit Louis es erreicht … Die geniale Mutter findet den Pfarrer, sie ist sich sicher, dass er »sieht«, wer ihr Sohn ist. Der Pfarrer verliert sein Herz (an den Sohn, nicht an die Mutter, obwohl, man weiß es nicht) und findet den Grundschullehrer. Danach besuchen der Lehrer und der Pfarrer den Marquis von Dingenskirchen, dank seiner kommt Louis ans Institut. Das Institut stellt zwei Jahre später Pignier an. Der wunderbare Pignier lässt Barbier kommen. Barbier stellt seine »kleinen Punkte« vor. Und Louis macht sich diese zunutze und erfindet die Brailleschrift!
Du liebst doch wirkungsvolle Pitche, da hast du einen. Ich frage mich, ob ich das Gleiche über mein Leben machen könnte. Nein, das ist idiotisch. Man muss vom Ergebnis ausgehen, vom krönenden Abschluss, um so etwas machen zu können. Und danach wieder zum Ausgangspunkt zurück. Was wird mein krönender Abschluss sein?
Was ich dir erzähle, erinnert mich an ein Kinderlied, das ich ein wenig vergessen hatte, die Geschichte einer Schäferin, nicht einer Bäuerin. Und eines Bauern. Falls ich mich recht erinnere. Es begann mit »der Bauer nimmt seine Frau«, dann »die Frau nimmt ihr Kind, das Kind nimmt

seine Amme« … Es endete, glaube ich, mit einem Käse, den man schlug.

Das war idiotisch. Aber fesselnd.

Es tut mir leid, es ist nichts Hochgeistiges heute Abend. Ich habe zugegeben, nicht Victor Hugo zu sein, und das ist befreiend. Danke!

Ich schreibe dir so, wie ich spreche. Nein, das ist falsch. So würde ich nicht mit dir sprechen, wenn du hier wärst. Ein Schutzengel schüchtert ein.

Ich umarme dich, mein lieber Thomas.

Vor allem, bleibe so und da, wo du bist,
Constance

P. S.: Du weißt, wie wichtig mir meine Träume in meinem Leben sind. Es ist lustig, heute Nacht träumte ich, ich döse vor mich hin und neben mir sitzt wachend und schweigend Madame Braille. Dann beugte sie sich über mich, ergriff meine Hand und sang mir ihr Wiegenlied, also das, welches sie für Louis sang. So erzählt, klingt das nach nichts. Ich glaube, ich muss aufhören, meine Träume zu erzählen. Der Bericht eines Traumes ist wie ein Küchenrezept, es gibt einem nicht den Geschmack des Gerichts. Aber es war ein wunderbarer Traum, glaub mir aufs Wort. Was für eine Frau, diese Frau! Du siehst, nicht nur du, auch die Toten beschützen mich …

Rotes Heft von Constance

Liebe Constance,
falls Sie vorhaben, mir mit Ihren Geschichten von Bäuerinnen, Quark, Verzeihung, von geschlagenem Frischkäse, auf den Geist zu gehen, so ist Ihnen das noch nicht gelungen. Ich weiß schon, Sie halten sich gerade für die »Schöne vom Lande«, bei Ihnen da draußen, aber verschonen Sie mich mit Schriften wie Die kleine Fadette. Davon würde George Sand heutzutage nicht mehr als drei Exemplare verkaufen, und davon eins an Sie.
Fast hätten Sie mich in Ihr Haus reinstolpern sehen.
Den ganzen Tag habe ich mich gefragt, wie »Vor allem bleibe so und dort, wo du bist« zu verstehen ist. Denn bei Ihnen muss man alles entschlüsseln. Eine Sache meint manches Mal ihr Gegenteil.

Ich umarme Sie, kleine Bäuerin.
Thomas

P. S. 1: Vergessen Sie Ihren Vergleich mit Pignier. Ich habe leider eine »weniger reine Seele« als dieser Typ.

P. S. 2: Ihre Szenen sind perfekt. Und Sie haben recht, alles kommt von irgendwo oder irgendjemandem, nicht von einem selbst. Aber man muss dennoch »das Schicksal erzwingen«. Um auf das Beispiel Ihres idiotischen Liedes zurückzukommen, wenn der Bauer die Bäuerin nicht hätte nehmen wollen, wäre alles nicht in Gang gekommen, denn dort geht es los, man müsste sie vielleicht ein bisschen mehr sexy machen, Ihre Bäuerin.

P. S. 3: Erzählen Sie mir auch weiter Ihre Träume. Ich liebe das.

Drehbuch, Szene 36. Dreizehn Jahre alt. Institut

Louis und Gabriel sind fast die Einzigen, die sich weiter in die »Sonografie« des Hauptmanns vertiefen, um sie zu verbessern.

Die anderen Internen haben ihnen den Spitznamen Picoti & Picoti gegeben. Sie verbringen viel Zeit miteinander, um mithilfe der Holzschablone Punkte auf dicke Papierstücke zu setzen, die Pignier für sie in der Druckerei der Reliefbücher zuschneiden ließ. Diese Bücher scheinen jetzt veraltet zu sein.

Der Hauptmann ist nach seiner Vorstellung mit der Absicht gegangen, bei den Blinden mit seiner Methode einen Riesenerfolg zu landen: »Der Krieg ist vorbei, jetzt soll das Ganze zumindest zu etwas gut sein, mein lieber Doktor Pignier! Möge das Verfahren Barbier in der Nacht dieser Glücklosen leuchten. Es war also abgemacht, dass Barbier wieder ins Institut kommen würde, um zu erfahren, wie *die Glücklosen* mit seinem Einfall zurechtkämen.«

Die Freundschaft zwischen dem Direktor und dem Schüler Braille ärgert viele im Internat. Allen voran die sehenden Lehrer. Die Schüler hingegen freuen sich, dass ein Direktor sich auf ihre Seite stellt. Das Verhältnis zwischen Louis und Pignier hat trotz ihres Altersunterschieds nichts Patriarchalisches an sich. Eine gegenseitige Wertschätzung festigt ihre Beziehung. Seit der Ankunft des Direktors spürte Louis, dass er einen Verbündeten hat, dass ihr Blindenschicksal endlich auch einen anderen als sie betrifft. Diese Gegenwart hat ihn vor der Verzweiflung bewahrt. Louis fasste wieder Mut.

Wenn es das Werk eines Einzelnen in Wirklichkeit nicht gibt, dann vor allem deshalb, weil die anderen uns Lust aufs Forschen machen, genauer gesagt ist es die Erwartung, die man ihnen zuschreibt. Des Forschers Auge ist ans Mikroskop geheftet, er forscht unter den Deckgläsern für das Leben anderer, nicht für seines. Louis möchte, dass die Blinden freie Wesen werden, und ist überzeugt, dass man zu dieser Freiheit durchs Lesen gelangt. Noch jemand anderes wird daran glauben. Pignier tritt ins Leben von Louis, um diese Rolle zu spielen. Louis hat das nicht erwartet. Genauer gesagt, wusste er nicht, dass er es erwartete. Wie kann man auf den Blick eines anderen verzichten, der mich voller Vertrauen dort erwartet, wo ich noch nicht bin, wird Louis sich später sagen.

Nach einigen Monaten »Übung« bittet Louis Pignier darum, Barbier zu treffen, um ihm die Bedeutung, aber auch die Grenzen seines Verfahrens aufzuzeigen, wenn es von Blinden angewandt wird. Er legt Wert darauf, seine Überlegungen mit diesem Initiator zu teilen, damit sie gemeinsam herausfinden, wie man es weiterentwickeln kann. Des Hauptmanns Vorteil sind viel Zeit und seine Erfahrungen vom Herumprobieren, wie er sein System ausbauen kann. Der Vorteil von Louis ist, wenn man das so sagen kann, blind zu sein und alle Möglichkeiten, die Barniers Punkte bieten, durchgespielt zu haben.

Als Louis das Büro betritt, in dem ihn der Hauptmann erwartet, hält er die kleinen Papiere mit Proben der »Punkte« in der Hand. Er ist glücklich und stolz hier zu sein. Zu Recht. Er ist behindert, er ist noch nicht erwachsen, er wird vielleicht dank seiner Beobachtungen endlich jemandem etwas geben können.

Louis klopft an und tritt würdevoll ins Büro ein. Der Soldat ist sehr überrascht. Hätte man ihm vor dem Treffen nicht gesagt, es handle sich um den brillantesten Schüler, den das Institut je hatte, hätte er den jungen Schnösel, der mit seinen gefalteten Blättern vor ihm steht, zu seinen Spielen zurückgeschickt. Braille nimmt eine Unentschlossenheit, ein Unbehagen war. Doktor Pignier war mit Barbier im Gespräch, er unterbricht es, geht ihm entgegen und stellt beide gegenseitig vor. Dann führt er, völlig unerwartet, Louis zu seinem Sessel, lässt ihn darin Platz nehmen und geht.

Louis begreift sofort, warum Pignier das macht. Er weiß es, denn seine Mutter taucht wieder auf, die ihn die Eier in den Korb einsortieren ließ, als er schon einige Monate nichts mehr sehen konnte. Der Direktor kann ihm keinen größeren Vertrauensbeweis erweisen. Und dann und vor allem ist es eine klare Botschaft an den aristokratischen Soldaten, die ihm sagt, dass Louis trotz seiner Jugend und bescheidenen Herkunft ein vollwertiger Gesprächspartner ist. Barbier ist ein wenig außer Fassung, er fängt sich wieder.

»Also, mein Junge ...«, beginnt er in einem patriarchalischen Ton, »meine kleinen Punkte haben Ihnen, wie es scheint, gefallen.« Er spricht wie zu einem kleinen Kind oder einem Behinderten.

Louis ist eingeschüchtert. Er kann nicht mehr zurück. Er will es übrigens auch nicht. Dieser Moment ist zu wichtig. Er hat so viel zu sagen und zu fragen. Er macht es in einem Zuge. Er spricht mit einer ungezügelten Begeisterung über all das, was die Methode an Neuem und Wesentlichem für die Blinden bringt. »Nicht mehr die schön geschriebenen Buchstaben ertasten zu lassen, das ist die Idee«, erklärt Louis. Bei unserer alten Reliefschrift blieb uns nicht die Zeit, ein Wort nachzubilden, wenn unser Finger einen Buchstaben las, dann den nächsten und noch einen. Aber mit Punktekombinationen schon! Der Finger kann das lesen. Und zwar schnell. Das ist die großartige Erneuerung Ihrer Methode! Und die Schablone zum Perforieren des Papiers und »zum Schreiben«, bevor man das Blatt »zum Lesen« umdreht. Das ist wie für uns gemacht.« Und mit gleichem Schwung und ohne Boshaftigkeit kommt er auf die zwei problematischen Seiten von Barniers Schrift. So ist sie phonetisch und hat keine Zeichensetzung. Sie erlaubt den Blinden niemals einen Zugang zum Denken und zur Literatur.

Barbier schweigt. Ein schreckliches Schweigen! Der Blick ist eine Sonde, er ermöglicht es, unsere Haltung an die des anderen anzupassen. Louis vermisst ihn genau in diesem Augenblick so sehr. Nun, unwissend wie er ist, macht er weiter. Mutig. Er erklärt dann, dass das Lesen von zwölf Punkten mit dem Finger ein geistiges Zählen verlangt. Dann hält er Barbier die Versuchsmodelle hin, die er auf dem dicken Papier gestochen hatte. Sein Arm bleibt einen Moment lang in der Luft hängen mit den Blättern an den Fingerspitzen. Immer noch Schweigen. Louis steht vor der Frage, ob der andere gegangen ist. Barbier greift schließlich nach den »Schreiben« von Louis.

Endlich vernimmt man Barbiers Stimme. »Mein Kleiner, warum quälen Sie so Ihren Geist? Ich bringe Ihnen eine Möglichkeit des einfachen Austauschs mit ihren Kameraden und des Mitschreibens, und Sie sprechen von Literatur.«

Dieses Mal bleibt Louis stumm. Die Verbesserungen, die er vorschlägt, sind also null und nichtig. Der Hauptmann fährt fort. »Ich denke, Sie haben das nicht richtig verstanden, denn auch ich habe gut überlegt und, das sollten Sie wissen, mein Kind, ich habe jahrelange Arbeit hineingesteckt, bevor ich Ihnen meine Methode angeboten habe. Sie sprechen von Zusammenarbeit, wenn ich recht verstehe. Das ist lieb von Ihnen, junger Mann, aber zu welchem Zweck?«

Damit ist alles gesagt. Barbier hat nichts, aber auch gar nichts verstanden. Wie könnte es auch anders sein? Wie sollte sich dieser Mann vorstellen, dass Louis hofft, eines Tages Gedichte zu lesen?

»Ich bin dreizehn Jahre alt, er fünfzig. Ich bin blind, er nicht. Ich bin arm, er ist reich. Ich bin Braille, er ist Barbier de la Serre. Ich bin allein«, sagt sich das Kind und steht vom großen Sessel des Direktors auf, tief verletzt und beschämt, an so etwas geglaubt zu haben.

Rotes Heft von Constance

Welches seltsame Paradox, diese Scham! Muss sich Louis denn schämen? Sollte dies nicht eher Barbier? Der Hauptmann war nicht sensibel genug, das zu empfinden; hätte er sich aber geschämt, täte es Louis nicht. Mit diesen Dingen habe ich meine schmerzlichen Erfahrungen gemacht, es ist so, als ob jemand die Scham auf sich nehmen müsste, und derjenige, der es macht, ist nicht der, welcher es tun müsste.

»Verfluchter Esel!« Louis kennt die Fabel von La Fontaine sehr gut, sie ist seine Lieblingsfabel, in der *Die pestkranken Tiere* den unschuldigen Esel zwingen, sich selbst anzuklagen, die Schande auf sich zu nehmen, um sie von allen anderen abzuwenden.

Louis schämt sich, weil er an etwas geglaubt hat, das ihm sein Rang nicht zu hoffen erlaubte. Er war anmaßend. Er hat sich zu früh gefreut. Louis leidet darunter, eine »falsche Freude« empfunden zu haben, diese Wortzusammensetzung hat mich immer verlegen gemacht. Was ist eine »falsche Freude«? Eine rundum genossene Freude, aber erst später entdeckt man, sie war ohne Grund. Aber wenn man sie als »falsch« entdeckt, ist es zu spät. Man hat sie schon genossen. Man kann sie nicht mehr »zurückgeben«. Also muss man das Zuviel an wahrgenommener Freude ertragen.

Ein unberechtigtes Vergnügen empfunden zu haben, das ist die Schande. Darunter leidet Louis.

Seine empfundene Demütigung entspricht der von jemandem, der ein fantastisches Geschenk geöffnet hat, das nicht für ihn bestimmt war, ein »für ihn zu gutes« Geschenk, ein Geschenk, das er gewagt hat, sich anzueignen, bevor man ihm ins Gesicht lacht.

Drehbuch, Szene 37. Dreizehn Jahre alt. Institut

Louis traute sich nicht, Pignier vom Gespräch mit dem Hauptmann zu erzählen. Er fühlt sich erniedrigt durch die Szene, die er erlebt hat. Der Direktor hat es von alleine verstanden. Da beide zurückhaltend sind, sprechen sie das Thema nicht mehr an. Louis fragt sich, ob Barbier mit Pignier darüber gesprochen hat und mit welchen Worten. Zweifellos hat er den jungen Braille arrogant gefunden und hat sich keinen Zwang angetan, es anzusprechen. Was wird nun Pignier von ihm denken, der ihm das Wort erteilt und, mehr noch, seinen Sessel überlassen hat? Das fragt sich Braille, dem es nicht gelungen ist, Barbier zu überzeugen und das als Niederlage empfindet.

Er weiß nicht, dass Pignier nichts und niemand dazu bringen kann, an seinem Schüler zu zweifeln, noch an seiner Fähigkeit, das Punktesystem zu verbessern. Das hätte Louis gereicht, sein Vertrauen zu bewahren, dieser unerschütterliche auf ihn gerichtete Blick. Aber er kann ihn weder erwarten noch sehen.

Er hätte sich so gern mit Barbier ausgetauscht, ihm die Fragen gestellt, die ihn quälen, und von denen die Fortsetzung seiner Forschungen abhängt.

An diesem Abend sind Gabriel und Louis allein im Klavierzimmer. Gabriel spürt die Niedergeschlagenheit seines Freundes und bittet ihn, die Fragen aufzuzählen, die er gern mit dem Hauptmann besprochen hätte, eine geschickte Art, um ihn zu bitten, die ungelösten Probleme aufzuzählen.

– Es ist schwer, die Lösung für ein Problem zu finden, wenn man nicht die dafür notwendigen Etappen beschreiben kann, so wie man keine Gleichung lösen kann, ohne sie aufzustellen.

Um ihren Schreibkode zu erfinden, fehlt ihnen die Schrift. Darin liegt das Paradox. Sie benötigen etwas, um ihren Gedanken festzuhalten, damit sie ihn entwickeln können. Die Schlange beißt sich in den Schwanz.

Gabriel braucht nichts weniger als das, um die einzige Antwort zu finden, die Louis aus der Sackgasse herausholt. Gabriel hatte schon immer eine schnelle Auffassungsgabe.

– Louis, du weißt besser als jeder andere, was du erreichen willst. Du »spürst« voll und ganz das Schreibverfahren, das wir alle erwarten. Das ist unser Zielpunkt, sagt er und schlägt die höchste Taste des Klaviers an. – Unser Ausgangspunkt ist das System Barbier, fügt er hinzu und schlägt die tiefste Taste des Klaviers an. Es sind nur Lautklänge, die uns der selbstzufriedene Hauptmann anbietet, aber zumindest erlaubt uns das aufzuschreiben, was wir nicht vergessen wollen. Sein System dient uns als Notizblock, als »Gedächtnisstütze«. Die Intelligenzstütze wirst du finden, Louis! Alles klar, mein Junge? Um damit anzufangen, diktierst du mir alles, was du noch herausbekommen musst, um von hier (ganz links auf dem Klavier) bis dorthin (ganz rechts auf dem Klavier) zu kommen, und ich notiere es in Barbierschrift. Du weißt, ich bin schnell. Auf geht's, Louis, bist du bereit?

Mit diesen Worten geht Gabriel die ganze Tastatur hoch, von den tiefen bis zu den hohen Tönen. Louis ist von Gabriels Begeisterung und Idee angesteckt, setzt sich lachend zu ihm ans Klavier, bevor er ihm seine Schritte diktiert. Vierhändig spielen die beiden Freunde Beethoven. Wissen sie nicht, dass der Komponist mit siebenundzwanzig Jahren taub geworden ist und von diesem Tag an Musik komponierte, die er nie hören konnte? Was ist der Unterschied zum Erfinden einer Schrift, wenn man nicht sehen kann? Mit ihrem Klavierspiel rufen die beiden Freunde einen der ihren zu sich.

Drehbuch, Szene 38. Vierzehn Jahre alt. Coupvray

Die folgenden zwei Jahre widmet Louis nur seinem Lernen und seiner Recherche. Diese belegt seine wenigen Freiräume. Selbst bei den Besuchen in seinem Heimatdorf ist er fleißig.

Die Mutter von Louis beobachtet ihn von Weitem, wie er im Hof ihres Hauses sitzt und stundenlang seine »Stiche« fabriziert. Sie hält sich zurück und unterbricht ihn nicht, um ihn zu einem kleinen Spaziergang mitzunehmen. Normalerweise hält er es keinen Tag aus, ohne zu laufen, von nun an verzichtet er darauf. Als Madame Braille das sieht, bittet sie ihren Mann, für Louis eine »Maschine-zum-Bewegen-der-Beine-an Ort-und-Stelle« zu bauen, damit ihr Sohn diese bewegen kann und zugleich seine Punkte auf der Schablone erarbeitet.

Am übernächsten Tag stellt der erfinderische Simon eine Da-Vinci-Maschine auf den Hof, die in Anwesenheit der Brüder und Schwestern von Louis eingeweiht wird. Es ist eine Art Vorläufer des Fahrrades, das aber im Leerlauf funktioniert.

Monique lässt keine Möglichkeit aus, ihre Familie zu unterhalten und sich Treffen auszudenken. Jeder Vorwand ist ihr recht. Der Besuch von Louis aber ist ihr der liebste, sie hat »die Großen« kommen lassen.

Eines Morgens in aller Frühe sieht sie, wie Louis auf den Stufen der Außentreppe sitzt und seine Finger über ein leeres Blatt Papier gleiten lässt, als läse er engelsgleich das Unsichtbare. Sie nähert sich ihm vorsichtig. Sie schaut ihrem Sohn bei der Arbeit zu, sein ganzer Körper ist auf seinen Zeigefinger ausgerichtet. Sie kündigt sich an, um ihn nicht zu erschrecken. Doch Louis hat die Gabe, Menschen kommen zu hören, so wie man auf ein Tier instinktiv auf dem Ansitz hört. So sagte auch der kleine Braille seiner Familie, bevor noch jemand an ihrer Haustür klopfte, dass sie Besuch bekommen. Das war verblüffend und erstaunt seine Mutter immer noch. In diesem Augenblick jedoch fesselt ihn seine unheimliche Lektüre dermaßen, dass er nicht so aufmerksam ist wie sonst.

Sie setzt sich neben ihn auf die Stufe, nachdem sie ihn mit ihrer sogenannten *neugierigen* Stimme gefragt hat, »darf ich Louis?« Louis hat seit Langem alle Register der Stimme seiner Mutter eingeordnet und registriert.

Diese gehört zu seinen Lieblingsstimmen, genauso wie die *tröstende*.

Im Körper von Louis stecken nunmehr gleichzeitig ein Kind und ein Mann. Madame Braille betrachtet ihren Sohn. Es ist verwirrend für sie. Auf dem Gesicht von Louis hat sich das schüchterne Kind zurückgezogen, sanft vertrieben von einem entschlossenen Mann. Sie aber sieht, ob sie will oder nicht, noch immer das Kind und weiß, es wird immer so bleiben. Ist es das, eine Mutter zu sein?

Der Zeigefinger von Louis gleitet auf dem dicken Papier von links nach rechts. Der Finger scheint etwas zu sehen, was Monique nicht sehen kann. »Dieses Mal bin ich mit Blindheit geschlagen!«, sagt sie sich. Louis richtet sein Gesicht zum Himmel; man könnte denken, er betet einen Rosenkranz. »Was geht nur im Kopf meines Kindes vor? Wie bildet er sich ein, so eine Art zu schreiben und zu lesen finden zu können?« Sie hat Lust, ihn zu befragen, zu erfahren, was er genau sucht. Sie hat Angst, ihn bei seiner Suche zu stören, bei der wohl jede Minute zählt. Zugleich juckt es sie in den Fingern, mehr zu erfahren. Als sie es schließlich nicht mehr aushält, fragt sie mit ihrer *schüchternen* Stimme: »Kannst du mir das ein wenig erklären, mein Louis?«

Das Blatt vor Louis auf dem Holzbrett ist nur von Weitem unbeschrieben; von Nahem sieht man eine Reihe kleiner hervortretender Punkte. Louis erklärt Monique, was seiner Überlegung zugrunde liegt. Er zeigt ihr, dass die Punkte von Barbier einem Kode entsprechen, der auswendig gelernt werden muss. Der Finger berührt eine Zusammensetzung von zwölf virtuellen Punkten, aufgeteilt in zwei Reihen zu jeweils sechs, und der Finger »zählt«. Wenn beispielsweise die beiden ersten Punkte in der ersten Spalte und die drei ersten Punkte in Spalte zwei perforiert sind, lautet der Kode 2-3; denn 2 waagerecht und 3 senkrecht entspricht dem Laut »oder« in der Tabelle.

– Wo ist sie, diese Tabelle?

– In meinem Kopf, Mama.

– Du kannst sie auswendig? (*bewundernde* Stimme)

– Ja, aber das ist nicht das Problem. Das Problem sind die zwölf Punkte. Das ist viel zu viel, Mama, weil mein Finger das nicht sofort lesen kann, er erkennt nicht, wie man ein Bild oder einen Buchstaben erkennt, er zählt. Das muss ich vereinfachen. Mein Finger soll nicht zählen, sondern *sehen*.

Daraufhin steht Louis' Mutter auf und bittet ihn zu warten. Sie kommt aus dem Haus mit einem Tablett und einer Schachtel Dominosteine zurück.

– Damit verstehe ich es besser, Louis.

Sie leert die Schachtel auf das Tablett.

– Tut mir leid, mein Liebling, aber ich muss es sehen. Die kleinen Löcher auf deinem leeren Blatt kann ich nicht sehen, nicht mal mit meiner Brille.

Sie holt die Doppelsechs aus dem Spiel.

– So Louis, nehmen wir einmal an, in der Mitte des Dominosteines gäbe es keinen Strich, deine Sache mit Barbier, ist es das, die zwei Sechserreihen?

Louis ist begeistert, es erklären zu können.

– Ja, genau, Mama.

Er bewundert den gesunden Menschenverstand seiner Mutter. Louis legt den Zeigefinger seiner Mutter auf den Dominostein, um ihr die verschiedenen Töne zu »zeigen«.

– Du sagst mir, es ist nicht möglich, dass dein Finger ohne zu zählen, nur durch Abtasten »sehen« kann, fragt sie ihn.

– Nein. Dafür müsste beim Auflegen der ungefähr ein Quadratzentimeter großen Kuppe meines Zeigefingers alles auf ein Mal darunter sein.

Louis nimmt den Dominostein aus der Hand seiner Mutter. Er berührt ihn und sein Gesicht hellt sich auf.

– Der Strich auf dem Dominostein! Die Hälfte von deinem Domino! Das brauche ich. Ich muss alles in sechs Punkten unterbringen und nicht in zwölf.

Fieberhaft stanzt er innerhalb des Rahmens seiner Holzschablone sechs kleine Punkte, dreht dann das Blatt Papier um und liest im Relief auf der Rückseite die hervorgehobenen Punkte.

– Das kann klappen, Mama, ich kann dieses Zeichen hier mit einem Mal lesen!

Das ist der Ausgangspunkt für Louis' Entwicklung der »Sechs-Punkte-Zelle«, die Grundlage der Brailleschrift. Nun musste er nur noch die gesamte Sprache darin unterbringen.

Drehbuch, Szene 39. Vierzehn Jahre alt. Institut

Gabriel macht seinerseits ebenfalls weiter. Die Ferien fühlen sich nicht wie Ferien an. Die beiden voneinander getrennten Freunde wünschen sich ihr Ende herbei, um ihre Lösungsstrategien austauschen zu können.

Auch das Schuljahresabschlussfest glich nicht den vorhergegangenen. Doktor Pignier hätte sich niemals zur Maskerade der vergangenen Jahre hinreißen lassen. Es war heiterer, aber weniger spektakulär für die Geldgeber, die glauben mussten, das Niveau der Schüler sei gesunken. Vergeblich wurde die Methode Barbier vorgeführt und erklärt, sie sei auf dem Wege der Vervollkommnung, da man aber in den Jahren zuvor so übel gemogelt hatte, erschien selbst dies als Rückschritt. Der Ehrlichkeit blieb nichts anderes übrig, als die Suppe für die Falschspielerei der vergangenen Jahre auszulöffeln. Das ist der Gipfel, dachte Louis. Die Spenden hatten darunter gelitten. Die Unnachgiebigkeit der neuen Politik hatte ihren Preis. Den Teufelskreis in einen Tugendkreis umzuwandeln, bringt es mit sich, die kleinen Blinden im Moment als unfähig dastehen zu lassen. Pignier, der auch eigene Mittel in das Institut gesteckt hat, muss nun öffentlichen Subventionen hinterherlaufen und seinen ungerührten Gesprächspartnern »für sehr bald« eine einschneidende Veränderung versprechen. Er blufft ein wenig. Dass es Louis gelingen wird, steht für ihn fest, aber er ist sich nicht so sicher, dass es bald ist. Die Aufgabe ist gewaltig.

Aber Louis ist dem gewachsen. Der kleine Mann strampelt wirkungsvoll und nicht im Leerlauf, wie auf der Maschine, die ihm sein Vater gebaut hat. Er kommt mit hohem Tempo voran, aber man sieht es noch nicht. Die Hartnäckigkeit ist sein Trumpf. Gabriel forscht ebenfalls, aber sprunghaft. Seine Gedankenblitze sind nicht immer von Dauer. Er würde aber ebenfalls um nichts in der Welt aufgeben. Manchmal gibt er den Assistenten von Louis und erprobt für seinen Freund unterschiedliche Wege, um ihm Zeit zu verschaffen.

Seit den Ferien hört man im Schlafsaal der Großen jede Nacht kleine regelmäßige Geräusche von Louis' Stichel auf dem Holzbrett. Und es ist für die Kinder ein vertrautes und fröhliches Geräusch, das sie in den Schlaf wiegt. Wie das Tick-Tack einer Pendeluhr aus den Häusern ihrer Kindheit.

Und jeder kleine Klick des Metalls, welches das kartonierte Papier durchsticht, ist ein Schritt nach vorn. Tausende, ja, Zehntausende kleiner Klicks unterstreichen Zeit und Raum des Schlafsaals. Je mehr Puzzleteile ihren Platz finden, desto weniger Versuche sind nötig, und obwohl ihre Anzahl riesig ist, bleibt sie begrenzt. Louis »notiert« jede einzelne bereits erprobte Kombination. Es ist nur noch eine Frage der Zeit, also der Geduld und der Ausdauer.

Manchmal flüstert Louis mit Gabriel, der im Nachbarbett schläft. Er ist nie mehr so allein in diesem Schlafsaal, wo er am Tag seiner Ankunft im Internat seinen schlimmsten Kummer erlebte. Lächelnd erinnert er sich. Wenn wir um die Zukunft wüssten ... Wenn er an dem Abend, als er niedergeschlagen und mit dem Kopf im Reisesack auf diesem Eisenbett liegend gewusst hätte, dass dieses gleiche Bett die Zentrale seiner leidenschaftlichen Forschungen, der Schmelztiegel seiner Erfindung sein würde!

Louis weiß genau, was er sucht. Er will mit den hervorstehenden Punkten von Barbier arbeiten, um den Zeigefinger »lesen« zu lassen, als wäre er ein Auge. Kein sehender Mensch, ausgenommen das Kind, das Lesen lernt, zerlegt das zu lesende Wort in einzelne Buchstaben. Er »erkennt« das Wort auf einen Blick, auf synthetische Weise. Genau das will Louis für die Blinden. Seine Erfindung soll den Finger die Buchstaben so schnell »erfassen« lassen, dass er das Wort auf einmal liest.

Thomas wartet ungeduldig darauf, dass ich ihm die Szene schicke, in der Louis es »findet«. Wie aber soll ich ihm sagen, dass Louis sich nicht eines schönen Morgens aus den Kissen aufrichtet, um »Heureka« zu rufen? Das kleine Kind ist allmählich erblindet, als wäre es jeden Tag mehr von einem dichten Nebel verschlungen worden. Genauso allmählich hat Louis seine Lesemaschine entwickelt. Immer feinere Hypothesen und Abstimmungen führten zu einem formvollendeten Verfahren, das ganz und gar an den Finger und das Gehirn von Blinden angepasst ist. Aber bevor Louis so weit war, nahm er alle notwendigen Etappen und durchlitt jeden Sinneswandel. Jedes Herantasten war von Nutzen. Man musste Wege einschlagen, damit man verstand, dass man sie verlassen muss.

Louis hat stets auf Vereinfachung gesetzt. War das Lesen einer Punktekombination unter dem Finger »doppelsinnig«, hat er sie gestrichen. Vor allem dank der Beteiligung aller Kinder des Internats konnte Louis sein System verbessern.

Sein Verfahren wurde immer wieder erprobt. Jeder Buchstabe war erst dann lebensfähig, wenn er klar vom Finger und von allen Schülern gelesen werden konnte, anderenfalls wurde er beseitigt. Eines Tages konnte er dann sagen: »Besser geht es nicht!« Er hatte das Braille-Verfahren erfunden. Genial einfach und schlüssig. Er war sechzehn Jahre alt.

Rotes Heft von Constance

Ich kam nach Paris zurück, um meinen Braille-Unterricht zu beginnen, was ich wegen meiner Fahrt aufs Land schon so lange aufgeschoben hatte.

Und dann bin ich zurückgekommen, weil Aurélien für mich »den Stammbaum von Émilie zusammenfassen« will, also den von Louis, habe ich ihn korrigiert.

Im Zug fragte ich mich, als ich die Landschaft vorbeiziehen sah, wie man einen Stammbaum »zusammenfassen« kann. So als wollte man einen Bruegel zusammenfassen, dachte ich. Ich wusste, wovon ich sprach, denn mit dreizehn habe ich ein Puzzle mit fünftausend Teilen vollendet, welches das Gemälde *Die Kinderspiele* des flämischen Malers darstellte.

Thomas nicht mehr zu sehen, sondern mit ihm einen Briefwechsel zu führen, hat mir gut getan. Meine Briefe waren lang und zerfahren, seine lakonisch und freimütig. Ich gab mich darin leicht und ungezwungen und entdeckte einen Thomas, der ernster und vielschichtiger war, als ich dachte. Von Angesicht zu Angesicht neigt er dazu, die Merkmale seiner Persönlichkeit zu übertreiben. Er scheint zu den Wesen zu gehören, die sich dem anpassen, was man von ihnen erwartet, »damit man sich das Leben nicht versaut«, sagt er, aber ihm geht es dabei vor allem ums Vergnügen und ums Interesse, »sein Spiel zu verbergen«. Seine Feinsinnigkeit ist ihm vor allem deshalb eigen, weil sie sich nicht zeigt. Den Schlaumeier zu geben, interessiert ihn nicht. Und wenn man ihn für einen Holzkopf hält, der er nicht ist, ist es ihm völlig egal, kommt ihm sogar zupass. Durch unser Briefspiel haben wir uns unversehens offenbart, ich weniger ernst und er ehrlicher, als wir gedacht hätten.

In seinen Briefen strapaziert er das Postskriptum, wie ein Junge, der gerade ein neues Spielzeug entdeckt hat. Offensichtlich bringt er darin das unter, was er im mageren Korpus des Briefes nicht unterzubringen wagt, was er »in die Luft werfen« kann, um zu sehen, ob ich es auffange. Ich sollte das aufmerksam verfolgen.

Thomas hatte mich gewarnt, dass mich Aurélien am *Gare Montparnasse* abholen würde. Ich habe ihn am Ende des Bahnsteigs nicht sofort erkannt. Ich näherte mich ihm. Er hielt eine Schiefertafel hoch, auf die er mit Kreide »Wankelmut Vonweich« geschrieben hatte. Ich brauchte einen Moment, bis ich Beständige Vonfels, meinen gewissermaßen durchgesehenen und verbesserten Namen, Constance Duroc, zu lesen verstand; er verfolgt dabei die Theorie des »Gegenteils, das dem Original den Vortritt lässt«. Er trug einen langen, leicht fallenden und weichen Mantel mit einem lose über den Schultern liegenden Cape. Die Weichheit dieses Umhangs kontrastierte mit seinem strengen und fast kantigen englischen Anzug aus Tweed, der bei jedem Schlenker von Aurélien zum Vorschein kam, der eher tänzelnd als gehend auf mich zuging. Seine lange Erscheinung endete mit einer Ballonmütze, aus der sein wilder, brauner Haarschopf hervorquoll. Die Lässigkeit seines Auftritts nahm seiner Aufmachung alles Lächerliche. Er verkleidete sich als Typ, der sich als Sherlock Holmes verkleidete. Aurélien war so intelligent, nicht zu tun, als ob, sondern zu spielen, als ob. Das war sogar ein Charakterzug von ihm. So zu tun, als würde er so tun, um letztendlich genau das sagen zu können, was er wollte, und unterdessen hat er scheinheilig alle Spuren verwischt.

Ich habe also verstanden, sogar bevor er auf mich zuging, dass ihm Thomas von unserer Aussprache erzählt hatte, und dass Aurélien alles auf eine Karte gesetzt und entschieden hatte, wirklich der Detektiv zu sein, als den ich ihn sah. Er verbeugte sich vor mir mit »Madame, Ihnen zu folgen und zu dienen«. Ich war beruhigt, sein Humor war der Beweis, dass er seine Haltung mir gegenüber nicht geändert hatte. Aurélien bringt mich immer auf andere Gedanken, ich wollte ihn nie weise erleben. Ich habe mich gefragt, wann er die Zeit finden würde, um seine Doktorarbeit zu schreiben. Außer unter den Fenstern der Damen den Troubadour zu geben, scheint er nicht viel Zeit darauf zu verwenden.

Er trug über seinen Rücken ein Plastikrohr, das sich mit seinem Tweedanzug nicht vertrug. Kaum war er in den Produktionsbüros, zog er daraus einen großen Bogen Papier hervor, den er auf dem Besprechungstisch ausrollte. Ich war verblüfft von dem, was er zum Vorschein brachte. Aurélien hatte mir einen Stammbaum gezeichnet! Aber es war kein Baum mehr, es war eine Blume. Eine Blume, in deren Mitte Louis stand, von dem alles ausging. Er hatte neben den üblichen

Nachfahren und Nachkommen (darunter Émilie) alle die eingefügt, die für Louis wichtig waren und dazu beigetragen hatten, dass er zu dem wurde, der er war. Seine sehr fantasievolle Auslegung des Familienbegriffes bezauberte mich. Um sich zurechtzufinden, unterschied ein Farbkode zwischen denen, die blutsverwandt waren, und den anderen. Man sah darauf im ersten Kreis um ihn Monique Baron und Simon-René Braille (Simon genannt), seine Eltern, beide in Coupvray geboren, dann im nächsten Kreis seine Brüder und Schwestern Catherine-Joséphine, Louis-Simon, Marie-Céline, jeweils sechzehn, vierzehn und zwölf Jahre älter als er. Mir wird klar, dass Louis und seine Mutter die Einzigen in der Familie sind, die keinen Doppelnamen tragen; auch damit sind sie eine Ausnahme. Ihrer Art des Seins. Sie scheinen nicht zu der Epoche zu gehören, in die sie hineingeboren wurden. Die beiden haben ihr Verhalten nie nach dem Raster ausgerichtet, das für ihre Zeit gültig war. Dann folgten die Neffen und Nichten von Louis, denen er sehr nahestand. In der Reihenfolge des Alters – seine Nichte Joséphine-Céline Carron, nur einige Jahre älter als er, sie war sogar in der Klasse ihres jungen Onkels –, aber auch weil Louis als Junggeselle die jüngsten seiner Neffen als seine Kinder betrachtete.

Auf der Zeichnung fanden sich im Umkreis von Louis der Pfarrer, der Lehrer, Gabriel, Monsieur Claude und Pignier, was zu erwarten war. Aber, schon überraschender, auch Loupiotte, die Hündin vom kleinen Louis (von der ich keine Ahnung hatte), alle Freunde des Internats, deren Spuren Aurélien ausfindig machen konnte, und seine »Geliebte, die wir Marie nennen« – Aurélien hat in der Sache nicht nachgegeben.

Er hat auch die »Architekten seiner Persönlichkeit« dargestellt, die ich üblicherweise als »dreckige Typen« bezeichne (das Wort Typ habe ich immer geliebt und habe lange geübt, um es wie Romy Schneider auszusprechen, als sie Yves Montand sagte, »töte nicht zu viele Typen für mich«). Die dreckigen Typen waren mit DT abgekürzt und im Schema violett gefärbt. Die von Louis in seinen dreiundvierzig Lebensjahren erlebten Widrigkeiten dürfen für seine Entwicklung nicht unterschätzt werden, unterstrich Aurélien. Barbier de la Serre (Barbier vom Gewächshaus) wurde von ihm hier in *Bourbier de la Sape* oder Pfuhl vom Laufgraben umbenannt. Und schließlich stand das Ulkigste am Rand seines Blumenplans: »Constance Duroc, Privatbiografin«. Sprachlos sah ich ihn an. Was machte ich im Stammbaum von Louis? Aurélien erklärte mir ohne mit der Wimper zu zucken, dass ich es sei, die Louis weiterleben ließ. Mit meiner Hilfe würde ihm tatsächlich ein zweites Leben geschenkt, indem er in das Leben der Zuschauer eintrete.

– Braille wird in den Köpfen der Leute nicht mehr ein einfacher alltäglicher Name sein, sondern der geniale Junge, den du siehst.

Das war an den Haaren herbeigezogen, aber Aurélien hatte Lust gehabt, mir eine Freude zu machen. Und es hatte geklappt. Ich fühlte mich seltsam glücklich, in der Stammblume von Louis Braille zu stehen.

Zweifelsohne hatte er auch Lust gehabt, Abbitte zu leisten.

Aurélien weiß, dass er Gefahr läuft, zu viel zu machen. Zum Teufel mit der Lächerlichkeit! Die ihm wichtig sind, werden die Absicht erkennen. Aurélien vereinfacht. Ich mache das Gegenteil.

Thomas stürmte in den Versammlungsraum und stieß vor Bewunderung einen Pfiffaus, als er das ausgebreitete mehrfarbige Werk von Aurélien sah, als wäre es eine Seekarte vor dem Auslaufen des Schiffes.

Drehbuch, Szene 40. Sechzehn Jahre alt. Hausmeisterwohnung von Monsieur Claude

Braille und Gauthier waren noch nie in dem kleinen Anbau, der Monsieur Claude als Hausmeisterwohnung dient, noch niemand hat sie jemals betreten. Aber Pignier selbst bat die beiden eines Tages im März, bei dem alten kranken Hausmeister anzuklopfen, um ihm eine Mahlzeit zu bringen. Monsieur Claude möchte nur sie sehen. Die Jungen tragen mit der bei Blinden üblichen Vorsicht, einer links, der andere rechts, den Korb, der ihnen übergeben wurde.

Nun sind sie da, geschmeichelt und aufgeregt bei dem Gedanken, jetzt gleich durch diese verbotene Tür zu gehen. Als sie die Schwelle des Refugiums dieses Mannes übertreten, müssen sie zuerst den Korb abstellen, dann mit ausgestrecktem Arm und mit vorsichtigen Schritten in den für sie unbekannten Raum weitergehen. Es ist ihnen klar, dass Monsieur Claude das Bett hütet. Vom Bett aus dirigiert er sie, bis sie bei ihm sind. Könnten die beiden Freunde sehen, würden sie einen märchenhaften Ort entdecken, der in leuchtend rotes Licht getaucht ist, die Wände voller Skulpturen, die eng nebeneinander auf Eichenholzregalen stehen und den ganzen Raum schmücken.

Die ganze Beute von Monsieur Claude steht da. Alles zusammen vermittelt den Eindruck einer bewohnten Grotte. An der Seite ein kleines, durch einen schweren Vorhang eingerahmtes Bett, das zu schwimmen scheint. Auf dem Tisch bedeckt ein feuchtes Tuch eine in Arbeit befindliche Form. Der Hausmeister wollte Pignier nicht zu sich lassen, der ihn wegen seiner Schwäche untersuchen wollte. »Was soll das, sagt er sich, ich weiß genau, was mir fehlt.«

Monsieur Claude ist tuberkulös, das bewegt nicht nur die Kinder des Internats. Er bittet Louis und Gabriel, sich zu setzen, den einen auf das Betpult, den anderen auf seinen einzigen Stuhl. Sie können die wächserne Gesichtsfarbe des Kranken nicht sehen, aber der Klang seiner Stimme erreicht sie kaum, es ist nicht mehr die gewohnte Stimme. Warum hat Monsieur Claude sie kommen lassen? Wenn Louis und Gabriel könnten, würden sie sich einen verständnisvollen Blick zuwerfen, um sich Mut zu machen.

Sie können es nicht, aber der eine wie der andere spürt die gleiche Beklommenheit. Ihr alter Freund erklärt ihnen, was sie nicht sehen können: Alle hier versammelten Skulpturen gehören ihnen, ihnen allen, den zu Unrecht im nun geschlossenen Karzer bestraften Kindern. Und seine ebenfalls.

Monsieur Claude hatte das Modellieren im Gefängnis gelernt. Bei einer Prügelei tötete er versehentlich einen Mann, der seine Verlobte provoziert hatte, und dem er nur eine Lektion erteilen wollte. »Man darf keine Lektionen erteilen wollen, Jungs, das Leben tut es für uns. Man kann es nicht wissen. Man glaubt, es richtig zu machen, aber man weiß nicht immer, wie das geht. Das war ich, der die Lektion bekam. Ich habe mit dem Gefängnis bezahlt. Dennoch kann man es nie wiedergutmachen. Als ich rauskam, wurde ich hier aufgenommen, ohne Nachfragen, dank der Kantinenwirtin, sie ist inzwischen verstorben. Sie brauchten dringend einen Mann fürs Grobe, dann einen unerbittlichen Hausmeister, einen Sträflingsaufseher. Ich verstand ziemlich schnell, was sie von mir erwarteten. Dann tat ich das Gegenteil. Im Verborgenen. Ein Rächer darf nichts herumposaunen. Ich hatte vorher nichts begriffen. Es ist unwichtig, was man über euch denkt. Erregt keine Aufmerksamkeit, wenn ihr was macht. Ihr macht es dann umso besser. Man wird euch in Ruhe lassen. Ich sage euch das, aber ich schaue euch beide an, mit euren Schablonen und Punkten. Ihr wisst schon alles. Das Leben hat euch Geduld gelehrt. Sehr früh. Das wird wohl noch ein langer Weg für euch. Aber ihr werdet es schaffen. Meine Jungs, nehmt eure Skulpturen, sie stehen da. Braille links vom mittleren Regal an der rechten Wand, Gauthier auf dem Regal genau darunter. Und dann verteilt die restlichen an die Kinder, die noch im Internat sind. Das hier ist das Beste, was ich gemacht habe.« Dann schweigt er erschöpft.

»Wir sind fast so weit mit unseren Punkten, Monsieur Claude«, sagt Braille. Mit kaum vernehmbarer Stimme fügt er hinzu: »Warten Sie auf uns.«

Er hat mir keine einzige Frage über den Grund meiner Bitte gestellt, als ich ihm am Telefon genauer darlegte, ich sei sehend, aber wolle die Brailleschrift erlernen. Monsieur Dante ist mir von niemandem empfohlen worden, ich habe einen »Lehrer für Braille« gesucht und habe es beim Anblick der Namensliste, wie so oft, dem Zufall überlassen. Als ich sah, dass dieser Dante in der *Rue de l'Ancienne Comédie* wohnte, lächelte ich. Mehr brauchte ich nicht.

Kaum hatte ich den Unterrichtsraum betreten, in dem er schon war, stand der betagte Lehrer auf und streckte mir seine Hand ins Leere entgegen, meiner Hand ausgeliefert. Schnell ergriffich sie und stellte mich zugleich vor. Sein Händedruck war kraftvoll. Ohne mich setzen zu lassen, drückte er mir eine dichte Maske in die Hand, ähnlich der im Flugzeug, damit ich mir die Augen abdeckte und sie so fest zuband, dass alles abgedunkelt war, dann bat er mich, es mir auf dem Stuhl gegenüber seinem Schreibtisch so bequem wie möglich zu machen und meine Arme herunterfallen zu lassen ... Einen Moment lang dachte ich, er würde mir sagen, ich solle mich anschnallen. Ich hatte den Eindruck zu starten.

Nachdem er überprüft hat, dass ich wirklich blind geworden war, sollte ich mir eine Küche vorstellen (»hinter meinen geschlossenen Augenlidern sehen«, laut seinen Worten), in der ich mich gern aufgehalten hatte, dann sollte ich ihm alles, was ich sah, beschreiben, die Wandfarbe, die Form des Tisches, die Sitzfläche der Stühle ... Angeleitet durch seine Stimme »sah« ich alles an diesem Ort, der ihre Kindheit begleitet hat. Er sagte mir dann, auf dem Tisch, an dem ich so oft gesessen hatte, wartete ein gekochtes Ei auf mich. Das Ei »erschien« mir in dem roten Plastikeierbecher, der meiner war, als kleines Kind. Monsieur Dante bat mich anschließend, das Ei zu köpfen und das herunterlaufende Eigelb zu betrachten. Später fragte er mich, auf welcher Seite es heruntergelaufen war. »Rechts«, antwortete ich ihm ohne Zögern. Ich hatte es also richtig gesehen, wie ich seit Beginn dieses Besuches in der Küche meiner Großmutter alles gesehen hatte. »Selbst ohne Ihre Augen sehen Sie, Constance.« Dann schlug er mir ganz behutsam vor, »hier und jetzt« in sein Büro zu kommen, das ich mit den immer noch verbundenen Augen »betrachten« sollte. Ich verstand langsam, dass die Bilder in mir waren und nicht auf meiner behinderten Netzhaut.

Wie ich vom Stuhl aufstand, um das Zimmer zu erkunden, spürte ich, dass mein Körper im Raum nicht derselbe war, wenn er ohne Augen war. Mein erster Reflex war, die Arme auszustrecken und mich im Kreis zu drehen, so als wären meine Füße die Spitze einer Kompassnadel, die einen magischen und beruhigenden Kreis schlägt. Im Umkreis meiner Armlänge kein Hindernis, keine Gefahr, musste ich mir instinktgeleitet versichern. Ich war überrascht, ein leises Schnarchen zu hören. Dante beruhigte mich augenblicklich, indem er seinen Hund durch ein klangvolles »Divine, aus!« weckte. Und dann ging ich mit kleinen vorsichtigen Schritten vorwärts, ermutigt durch die Stimme des Lehrers, am Schreibtisch vorbei, um den Stuhl herum, an den Wänden entlang und habe ihre Unebenheiten entdeckt, alles tastenderweise. Ich beendete meinen Rundgang, indem ich mich an einer Kommode stieß, die ich beim Eintreten gar nicht bemerkt hatte. Die Stimme bat mich, ihr die Kommode beim Entdecken Zug um Zug zu beschreiben. Sie war aus frisch gewachstem Holz, mit Intarsien versehen, und hatte eine Marmorplatte. So *erschien* sie mir.

Mein Lehrer sagte mir, ich solle aus der zweiten Schublade ein Buch nehmen. Auf den Knien gelang es mir, den Bronzegriffzu fassen und die Schublade zu öffnen. Darin fanden sich drei Bücher und auf jedem stand der Titel in Braille geschrieben. Die Stimme führte näher aus, wir benötigen das größte davon. Nach einigem Herumtasten, um die drei Exemplare aufs Beste zu bewerten, war mir schnell klar, dass es am leichtesten ist, sie übereinanderzulegen, um zu spüren, welches die anderen überragt. Dann stand ich wieder auf mit dem, wie es mir schien, richtigen Buch. »Gut«, sagte mir Monsieur Dante, ohne mit seinen Händen nachzuprüfen, ob es das richtige war, ich nahm es als Vertrauensbeweis, was mich beruhigte.

»Jetzt setzen Sie sich an den Schreibtisch.« Da bemerkte ich, dass es für mich viel schwieriger war, mit einem Gegenstand in der Hand herumzugehen, als ob allein sein Vorhandensein am Ende des Arms mich aus dem Gleichgewicht brachte. Es kam mir vor, als sei die Mittelachse meines Körpers die einer Waage, und meine Arme wären die Schalen, die auf das kleinste Reiskorn reagieren. Ich brauchte meine Arme, um sicher vorwärts zu gehen. Das Buch drückte auf die rechte Waagschale. Ich ließ mich vom Gehör leiten und folgte, als wär's ein Geländer, der Stimme, die nicht aufhörte zu sprechen und mir zu »sehen« ermöglichte. Als ich neben dem Lehrer stand, war mir nicht klar, ob ich auf der richtigen Seite war. Ich wollte meine freie Hand auf den Schreibtisch legen, aber sie fiel ins Leere. Er war nicht so nah, wie ich dachte. Endlich spürte ich die Lehne meines Stuhls, ich zog ihn heran und ließ mich darauf nieder. Ich öffnete das Buch auf Seite fünf, wie man mich bat. Ich musste zählen. Meine Hände legten sich auf die hervorstehenden Punkte des vor mir geöffneten Buches. Endlich fühlte ich Braille unter meinen Fingern. In diesem Moment sagte Monsieur Dante, meine heutige »Braille-Stunde« sei beendet. Alle meine Sinne waren geweckt.

Ich war soeben in eine andere Welt eingetaucht, habe gerade verstanden, was mir seit zwei Jahren fehlte: Ich war nicht blind. Um einen Zugang zur Brailleschrift zu finden, darf man nicht sehen.

Sehen verhindert das Lesen mit den Fingerspitzen. Der von Louis erfundene Kode ist genial, denn er macht aus der Fingerkuppe ein Leseorgan. Zuerst langsam, dann legt sie nach Monaten der Übung an Geschwindigkeit zu, um schließlich die Geschwindigkeit eines Auges zu haben, das eine Zeile überfliegt.

Der blinde Lehrer hatte mir für diesen Einblick die Augen geöffnet. Es gelang ihm, indem er sie mir schloss.

Ich lief in meinem Salon auf und ab, als ich Thomas, der rittlings auf meiner Chaiselongue saß, von der eben erlebten Sitzung berichtete. Dieses eine Mal wenigstens funkte er nicht dazwischen. Er sah mich plötzlich an. Ich erklärte ihm voller Erregung, dass in der Brailleschrift jeder Buchstabe des Alphabets einer spezifischen Kombination von sechs Punkten entspricht, aufgeteilt in zwei Reihen zu jeweils drei, wie ein kleines virtuelles Domino, das mit der Fingerkuppe gelesen wird. »Sechs Punkte bedeutet dreiundsechzig mögliche Kombinationen, was wirklich ausreicht für alle sechsundzwanzig Buchstaben des Alphabets und die Zeichensetzung.« Thomas wies mich darauf hin, auch um zu zeigen, dass er mir gefolgt war, dass Spiele für mich eine wahre Inspirationsquelle seien: Die Methode Barbier sei wie Schiffe versenken, hätte ich ihm gesagt, und jetzt das Domino-Braille. Er erwarte jetzt noch das Gesellschaftsspiel *Mille bornes* (Tausend Meilen). »Thomas, das passt jetzt überhaupt nicht!«

Ich fuhr fort, genervt, weil er mich unterbrochen hat. Ich hielt ihm das Blatt hin, auf dem das Braille-Alphabet stand. »Hier siehst du, wenn zum Beispiel von den sechs Punkten der Punkt links oben durchstochen ist, ergibt das ein A. Wenn es zwei sind, einer über dem anderen, ist es ein B, und so weiter. Danach musst du nur noch jeden einzelnen Buchstaben erlernen. Da nicht alle sechs Punkte der Zelle perforiert sind, besteht die einzige Schwierigkeit darin, dir die fehlenden Punkte vorzustellen, um deine komplette Zelle zu visualisieren. Es ist ein binäres System. Der perforierte Punkt ist ein Ja, der nichtperforierte ein Nein. Es ist viel einfacher, wenn ich es dir zeige. Wir könnten uns sogar auf Braille verständigen, jetzt gleich, Thomas, wenn du möchtest. Sieh mal.« Ich war zu hektisch, um zu bemerken, dass ich hektisch war. Ich stand auf, zeigte auf meine Schultern, meine Hüften und meine Knie. Damit ahmte ich das nach, was mir der betagte Lehrer gezeigt hatte. »Hier, siehst du, ich bin der Dominostein der sechs virtuellen Punkte. Zwei Punkte oben, zwei in der Mitte, zwei unten. Wenn ich meine linke Schulter antippe, bin ich ein A. Meine linke Schulter ist ein Ja und die fünf anderen

Punkte sind alle ein Nein. *Capito?* Wenn ich meine linke Schulter und meine linke Hüfte berühre, bin ich? Was bin ich dann, Thomas?« Er stand auf, berührte mit seinen Händen meine Schultern (ich sagte mir, das C wird er doch wohl kennen) und antwortete: »Der allerliebste Dominostein, den ich je in meinen Armen hielt.« Mit einer unendlichen Zärtlichkeit, die ich an ihm nicht kannte, sah er mir lange in die Augen. Ich nahm ihn ganz anders wahr. Er hatte seine Arme weit geöffnet, um mich besser umarmen zu können. Ein Mann drückte mich an sich, und es ging mir gut. »Ich lebe«, sagte ich mir. Und auch das war so einfach.

Drehbuch, Szene 41. Sechzehn Jahre alt. Institut

Als Pignier begreift, dass Louis die Lösung gefunden hat, setzt er alles daran, dass sich die Kinder und blinden Lehrer des Instituts das Braille-Verfahren aneignen können. Louis geht in jede Klasse – auch zu den Mädchen –, um seine Schrift zu erklären und vorzuführen. Sie verbreitet sich wie ein Lauffeuer im Internat. Wer sie ausprobiert, ist über diese kluge Erfindung verblüfft. Pignier bittet Louis, das Grammatiklehrbuch ins Braille zu übertragen. Abends und bis spät in die Nacht sieht man im erleuchteten Fenster des Direktorenbüros, wie dieser diktiert und Louis sticht. Im gesamten Gebäude der *Rue Saint-Victor* hört man das beruhigende Geräusch des Stichels im Haus. Mit etwas Zeit und Geduld wird in einigen Monaten das erste Buch in Brailleschrift unter den Schülern herumgehen.

Gabriel Gauthier hat ebenfalls Jahre damit verbracht zu forschen. Er hat die Lösung nicht gefunden. Aber es ist logisch, dass es Louis war. Er ist der Erste, der daran geglaubt hat. Der Erste, der sich der Sache mit Leib und Seele verschrieben hatte. Und Gabriel weiß, von nun an steht ihnen die Zukunft offen. Er wird sich seiner Musik widmen können, er hat bereits mehrere Stücke für Klavier komponiert, und bald wird die Brailleschrift es ihm erlauben, Partituren zu schreiben. Louis arbeitet daran. Noch nie war ihr Leben so vielversprechend. Alles fängt gerade an. Das Institut muss unbedingt fortbestehen. Würde es schließen, wäre es das Ende für alle ihre Projekte.

In Paris ist in diesem Sommer die Hitze erdrückend. Dieses Jahr steht kein Podium im Hof. Der ehemalige Speisesaal der Seminaristen, dort, wo Barbier den Schülern sein Verfahren vorgeführt hat, wurde für den Empfang der Eltern und Honoratioren saniert, eingerichtet und geschmückt.

Diese Feier am Ende des Schuljahres ist entscheidend für das Institut. Louis und Pignier wissen das. Die Kassen sind leer. Für das Grammatikbuch in Brailleschrift werden die nächsten Subventionen benötigt, und es wird nicht vor Anfang 1827 abgeschlossen sein. Die Präsentation der Brailleschrift könnte sie, falls diese gelingt, aus dieser Lage retten. Louis hat Angst. Er hat den Direktor gebeten, das Punktesystem an seiner Stelle vorzustellen, um ihm alle Chancen auf einen gebührenden Erfolg zu geben. Louis weiß, er sieht jünger aus, als er ist, und stellt sich vor, welche Wirkung seine jugendliche Gestalt und seine Stimme, die noch nicht im Stimmbruch ist, auf die Zuhörerschaft haben könnten. Seit seiner Auseinandersetzung mit dem Hauptmann weiß er, wie schwierig es ist, einen jungen blinden Mann ernst zu nehmen, der mit seinen gerade mal sechzehn Jahren behauptet, das Verfahren für eine umwälzende Lesart erfunden zu haben.

Der Saal ist voll. Die Eltern von Louis sind bereits am Vorabend eingetroffen und haben vom Direktor die Erlaubnis erhalten, im Institut zu übernachten. Sie wurden im Gebäude der Mädchen untergebracht. Madame Braille hat sich für diesen Anlass ein neues Kleid gekauft. Louis wird es nicht sehen, aber sie wird es ihm sagen. Sie will sich des Erfolges ihres Kindes würdig erweisen. Heute ist sie die Mutter von Louis Braille. Ausschließlich. Ihr Sohn hat seinen Traum wahr gemacht. Er hat das erfunden, was ihm in seinem Leben fehlte. Sie hat immer daran geglaubt, wird sie sagen. Dennoch hatte sie manches Mal Angst um ihn. Eine Angst, die den Hoffnungen von Louis angemessen war.

Sie sieht ihn auf den Stufen des Vorbaus, wie er Papierstückchen perforiert, er ist fast außer sich und keineswegs vernünftig und ruhig, ihr kleiner Louis. Und da hatte sie gedacht, ja, hatte es sich vorzustellen gewagt: »Und wenn er es niemals schafft?« Vor Schreck hatte sie diese scheußliche Perspektive sofort sehr weit von sich gewiesen. Warum musste sie ausgerechnet heute, an diesem siegreichen Tag, an so etwas denken? Warum hat sie so rasende Bauchschmerzen? Es ist schon alles gewonnen. Er hat die Lösung gefunden. Und nun? Sie schaut auf ihren Mann, der in seinem Anzug ein wenig steif neben ihr steht, und könnte schwören, dass er genauso ängstlich ist wie sie. Seltsamerweise beruhigt sie das. Wenn ihr Mann, der an Louis glaubt, wie man an den lieben Gott glaubt, auch zittert, dann wird alles gut. Sie sind nur zwei arme Eltern, wie alle anderen Eltern auch.

Monsieur Pignier steigt auf das Podium. In seinem Rücken befinden sich an der hinteren Wand ungefähr vierzig kleine Bänkchen aufgereiht, auf denen jeweils eine Figur aus Ton steht. So wurde dieses Jahr der Saal geschmückt. Die Anwesenden, denen der Ablauf der Preisübergabe geläufig ist, haben das noch nie gesehen. »Gibt es denn jetzt im Institut Unterricht im Modellieren?«, wundern sich die Eltern. Nicht weit entfernt, in der ersten Reihe, mit dem Gesicht auf seinen Fäusten, dieselben auf dem Knauf seines Stocks, sitzt Monsieur Claude und lässt sich nicht das Geringste entgehen. Seine Erschöpfung scheint heute einen Bogen um ihn zu machen. Er muss nicht kämpfen. Es ist eine Ruhepause für alle.

Der Direktor ergreift das Wort, sichtlich bewegt, er also auch. Er erklärt den versammelten Gästen, sie würden vor der traditionellen Preisverleihung der Vorstellung eines neuen Schreib- und Leseverfahrens beiwohnen, das er sogleich erläutern wird. Sehr sachlich belässt er es dabei und lässt ein Kind aus einem Hut zwei Zettel ziehen, um unter allen Internen zwei auszuwählen. Der eine verlässt den Saal, und der andere setzt sich an einen Tisch auf dem Podium gegenüber den Gästen. Der Direktor zeigt die Schablone und den Stichel, mit denen der Schüler »schreiben« kann. Er übergibt einem Elternteil unter den Anwesenden den Gedichtband *Die Meditationen* von Lamartine, er soll ein Gedicht aussuchen und es dem Kind auf dem Podium diktieren. Der Dichter kann dieses Jahr leider nicht anwesend sein, und man wolle ihn auf diese Weise ehren, erklärt der Direktor. Der ausgewählte Herr räuspert sich und beginnt dann zu lesen. *»Sodann zu neuen Ufern stets entführt ...«* Er lässt dem Kind zwischen jedem Satz Zeit, seine Punkte fertig zu stechen. Schreckliche Ironie des Schicksals, dieses ausgeloste Kind ist Eugène, derselbe, der sich zu seiner Schande für die gefälschte Lesung im ersten Jahr hergegeben hatte. Louis bricht der kalte Schweiß aus. Man könnte einen Schmetterling fliegen hören, wäre nicht das Geräusch der Einstiche, das die Stille übertönt.

Der gutmütige Familienvater begreift, wenn der Stichel schweigt, hat das Kind den Satz beendet. Dann liest er weiter. Das Publikum scheint von diesem Zweitakt-Mechanismus mitgerissen zu sein. Die Zuschauer sind gebannt, *jemanden schreiben zu hören*. Als das Gedicht beendet ist, schwenkt der Direktor für das Publikum, das nur ein leeres Blatt sieht, das Diktat, das aus kleinen Löchern im Papier besteht. Er bittet dann das junge Mädchen herein, das zum »Vorlesen« ausgelost wurde. Monsieur und Madame Braille, die nicht mehr Eltern unter Eltern sind, haben Mühe zu atmen. Für sie ist es eine echte Prüfung. Sie können das Gesicht von Louis, der bei den anderen Schülern in den vorderen Reihen sitzt, nicht sehen. Wie geht es ihm? Alle scheinen jetzt an den Lippen des Mädchens zu hängen, das hinter dem Tisch sitzt mit den Fingern auf der Seite. Louis sitzt unbewegt wie ein Stein. Pignier und er sind mit dem Losverfahren ein maßloses Risiko eingegangen. Gewiss üben sich die Kinder des Internats seit mehreren Monaten in Brailleschrift, aber nicht alle beherrschten sie gleich gut. Wenn Eugène seine Punkte schlecht gestochen hat, kann selbst ein Vorzeigeschüler das niemals richtig entziffern. Im Augenblick schweigt das Mädchen. Sie wirkt wie versteinert und ist wohl nicht in der Lage, den Mund zu öffnen, um mit dem Lesen zu beginnen.

Als die Zuschauer endlich die reine und schüchterne Stimme vernehmen, erkennen sie das gerade gehörte Gedicht wieder, und ein Lächeln der Erleichterung liegt auf allen Gesichtern. Louis' Brust entspannt sich ein wenig. Die engelsgleiche und klare Stimme fängt sich und setzt sich durch. Das Kind »liest« das Gedicht fast in dem Rhythmus, in dem es diktiert wurde. Erstaunen liegt in den Blicken, die sich bald auf das blasse Gesicht des Mädchens, bald auf ihre Finger konzentrieren, die über unsichtbare und faszinierende Zeilen laufen. Louis hört nicht mehr auf den Text, er hört nur die Stimme. Es ist die Stimme des Glücks. Die von Louis. Die aller in den ersten Reihen sitzenden Blinden. Als das junge Mädchen die letzte Strophe beginnt, tritt eine Träne aus ihrem mondlichtfarbigen Auge: *»Vergönnt uns unverkürzt das Höchste zu genießen, das je ein Herz erfuhr!«* Dann folgen auf die Stille des Innehaltens Beifallsstürme und Schreie der Schüler. Die entfesselte Versammlung erhebt sich. Alle fein gekleideten Menschen vergessen ihre Zurückhaltung. Pignier geht nach vorn und will reden, muss aber einen langen Moment warten, den zu verkürzen er sich verbietet, zu seiner großen Freude als verantwortlicher Mann und als siegreiches Kind.

Nun ist er bereit, das Verfahren von Louis zu erläutern, wie es zwischen beiden vereinbart war. Aus den Reihen aber dringt ein Raunen, dessen schon bald vernehmbarer Grund niemandem mehr entgehen kann. Louis Braille wird bejubelt. Seine Kameraden rufen immer wieder laut seinen Namen, damit er zum Direktor auf das Podium geht. Die von Pignier und Louis gewünschte Anonymität wird von den Kindern hinweggefegt, die ständig rufen: »Es lebe Braille!« Man wird sie nicht aufhalten können, denkt Pignier. Also entschließt er sich, Louis zu holen, den er auf das Podium begleitet, um ihn dem Publikum vorzustellen.

Louis steht regungslos da, mit baumelnden Armen, ist unfähig, auch nur ein einziges Wort herauszubringen. Er bleibt starr, still, erschöpft und glücklich. Er hält in seiner Hand gepresst einen Stichel. Er selbst hätte ihn benutzt, hätte Eugène es nicht geschafft zu schreiben. Er hatte diese Vorsichtsmaßnahme getroffen. Er drückt die Faust um diesen seltsamen Stift in der Höhle seiner Handfläche. Plötzlich erinnert er sich. Es war so ein Stichel, der ihn blind machte, ein Kind, das ein Mann sein wollte in der väterlichen Werkstatt.

Monsieur und Madame Braille schauen auf ihren Sohn, ihren Sohn, der heute zum Mann wurde.

Drehbuch, Szene 42. Sechzehn Jahre alt. Institut

Es war nicht schlimm, dass Louis auf dem Podium die Stimme versagt hat. Dass er die seinem Verfahren zugrunde liegende Logik nicht erklären konnte oder wollte, ändert nichts daran. Nicht das »Wie« begeistert an diesem Tag die um die blinden Kinder herum stehenden Menschen, sondern die Tatsache, dass es klappt! Die Eltern der Schüler sagen sich, ihr sogenannter »Glückloser« würde endlich lesen und sich bilden können. Die Honoratioren stellen fest, dass sie den richtigen Riecher hatten, an dieses Königliche Institut für junge Blinde zu glauben und ihm Spenden zukommen zu lassen. Die Politiker überschlagen das Ansehen, das sie durch die Zuteilung von Subventionen für diese etwas andere Schule gewinnen können.

Die Präsentation war spektakulär. Louis hat keine Ahnung, wie sehr sich die Internen ins Zeug gelegt haben. Fast alle haben nach dem Zubettgehen Lesen geübt, aus Angst, die Tagesstunden würden dafür nicht ausreichen. Wenn Piquette aufmerksam gewesen und in den Nächten vor der Zeremonie aufgestanden wäre, hätte er ein erstaunliches Schauspiel beobachten können, einen ins Halbdunkel getauchten Schlafsaal voller Kinder, die in ihren Betten liegend Lesen übten. Er hätte nur das Geräusch der leeren Blätter beim Umblättern wahrgenommen. Sobald der Direktor ihnen den Ablauf der Brailleschrift-Vorstellung und seine Absicht erläutert hatte, ein Losverfahren anzuwenden, hatten alle noch einen Zahn zugelegt. Die Versierten hatten den anderen geholfen. In den Werkstätten für Handarbeit wurde mit Einverständnis der Lehrkräfte die Handarbeit zugunsten des Lesens eingestellt. Eugène war einer der eifrigsten gewesen und unermüdlich bei der Aneignung des Punktealphabets ...

Der zweite Teil der Feier, die Preisverleihung, verlief ein wenig lieblos. Die Vorstellung des Braille-Verfahrens beherrschte noch alle Gemüter. Als sie beendet war und die Kinder endlich bei ihren Eltern waren, wollten sie jenen unbedingt zeigen, dass auch sie Braille schreiben konnten. In der Hocke, ihre Holzschablonen auf die als Schreibtisch dienenden Stühle gelegt, sieht man sie voller Stolz stechen. Andere werden ihre Skulptur betasten und sind gerührt, weil sie irgendwo für sie aufbewahrt wurde, glückliche

Erinnerung an eine Einzelhaft, die das nicht hätte sein sollen. Nach der Feier leert sich der Saal noch lange nicht. Es herrscht ein schönes Chaos. Es ist unmöglich, die Eltern zu bewegen, in die Halle überzuwechseln, um den Wein zur Feier des Tages zu genießen. Pignier verzichtet frohen Herzens auf jede Disziplin. Der Tag der Preisverleihung ist endlich zu einem richtigen Fest für alle geworden.

Aufgewühlt und stolz fuhren die Eltern von Braille zurück. Aber deshalb nicht überheblich. Was Louis ist, verdankt er allein sich selbst. Es ist seine »Natur«, wie Madame Braille sagt, wenn sie die sanfte und unnachgiebige Entschlossenheit ihres Sohnes nicht zu erklären vermag. Es wäre ihr nicht in den Sinn gekommen, dass sie irgendeinen Anteil daran hat. Sie sieht nicht, was sie ist. Sie hat sich niemals betrachtet. Mutter zu sein, heißt für sie, sich zu vergessen und darüber glücklich zu sein. Es ist das, was mir die Mutter von Louis zeigte. Und die Erblindung von Louis spielte dabei keine Rolle. Sie wirkte lediglich wie eine Lupe. Ich hatte noch mehr gesehen.

In Wirklichkeit haben Madame Braille und ihr Ehemann offensichtlich ihren Anteil daran. Ein solches Vertrauen, gepaart mit völliger Bescheidenheit, erhielt Louis durch diese so außergewöhnliche Liebe, die seine Kindheit erfüllte, durch diesen unvoreingenommenen Blick, den er von jeher auf sich spürte, sowohl vor dem Unfall als auch danach. Es ist übrigens ungenau zu sagen, Louis habe Vertrauen in sich. Er hat Vertrauen in etwas, das viel größer ist als er, das sich auf ihn überträgt, woran er keinen Anteil hat. Er hat nie aufgehört, daran zu glauben. Sein Glaube ist seine Kraft. Man muss das im Film spüren, ohne dass es ausgesprochen wird. Louis kann nicht anders, als an Gott zu glauben.

Ich ging nach draußen. Ich hatte Kopfschmerzen. Ich habe sicher zu lange und ohne Pause geschrieben. Ich habe nur noch zehn Tage bis zur Abgabe des Drehbuchs. Ich bin nur noch am Schreiben. Tag und Nacht. Die Liste der Dinge, die noch »zu erledigen« sind, wird seit zwei Monaten länger und länger. Ich habe nicht einmal mehr Zeit, einkaufen zu gehen, ich vergesse zu essen, oder, wenn ich daran denke, schnappe ich mir aufs Geratewohl ein nicht identifizierbares Gericht aus dem Tiefkühlschrank. Ich würde gern wieder durch mein Viertel bummeln. Ich liebe es, Leuten zu begegnen, die ich vom Sehen kenne, und mir vorzustellen, ich lebte in einem Dorf, obwohl ich mitten in Paris bin. Die Händler warten darauf, dass ich in ihren Laden komme, und machen mir beim Vorbeigehen ein kleines Zeichen, als sagten sie »bis später, Constance«.

Mir gefällt der Gedanke, dass jemand irgendwo auf mich wartet. Ich besorgte immer die Einkäufe. Ich mag es »zu reden, um nichts zu sagen«, erfreuliche Sätze zu finden über das Wetter oder über den Jüngsten der Bäckerin, dem es im Ferienlager nicht gefällt. Ich zwinge mich nicht, es macht mir Spaß. Ich bin wirklich am Leben der anderen interessiert. Ich selbst habe solche Mühe, das meine zu führen, dass ich sehr neugierig auf das der anderen bin. In jeder Hinsicht. Manchmal stelle ich alberne, aber auch sehr sachliche Fragen, will von den Leuten wissen, die man mir bei einem Abendessen vorstellt, um wie viel Uhr sie aufstehen oder schlafen gehen, ob sie ihre Bücher mit Bemerkungen versehen, ob das Handy neben ihnen liegt, wenn sie schlafen, ob sie ihren Apfel mit der Schale essen oder andere kleine Merkwürdigkeiten.

Ich wohne in der winzig kleinen und reizvollen *Rue des Ursulines*. Als ich mir meine Wohnung suchte, wusste ich nicht, dass Louis Braille ganz in der Nähe groß geworden ist. Ich sah mir den genauen Standort des Instituts an, bevor es abgerissen wurde. Da ist heute eine Post, an der Ecke *Rue du Cardinal Lemoine* und *Rue des Écoles*. Dort, wo Louis seine Schrift erfand, wird heute Post sortiert. Worte werden immer noch in Umlauf gebracht.

Von diesem Postbüro Nr. 28 habe ich soeben meinen Brief an Thomas abgeschickt, den ich gestern geschrieben habe. Ich habe ihn seit dem Abend des Braille-Alphabets nicht wiedergesehen. Als mich seine Arme umfingen, vergaß ich alles, unseren Film, die Kombinationen der Punkte, meine Traurigkeit, mein Alter, dass Thomas mein Produzent ist. Ich bestand nur noch aus unseren aneinandergeketteten Bewegungen. Ich war nicht mehr ich. Auch keine andere. Ich war ein in Verzückung und Erstaunen versetzter Körper. Als es Tag wurde, war Thomas verschwunden. Hätte er nicht einen Zettel auf meinem Kamin hinterlassen, hätte ich es für einen Traum gehalten.

Constance, das hätte ich längst machen sollen. Ich bin glücklich. Ruf mich schnell an.

Wie recht er hatte zu gehen. Bei etwas Außergewöhnlichem weiß man nicht mehr, wie man reagieren soll, wenn der Alltag auf den Plan tritt.

Wer würden wir sein, er und ich von Angesicht zu Angesicht, im grellen Licht des Morgens? Ich bekam Angst. Was hatte ich nur gemacht?

Man könnte den Zauber dieses ersten Males nie wiederholen, denn er ist vergangen. Ich konnte nicht hoffen, mit Thomas ein Kind zu machen, der sich so sehr eins wünschte. Mit ihm zusammen zu sein und »zu warten«, bis er eine Frau findet, würde mich zur Verzweiflung bringen. Und mit ihm gelegentlich einen kleinen angenehmen Abend ohne Morgen zu verbringen, würde schnell einem schmerzhaften Trostpreis ähneln. Ich musste also schnellstens meine Gesten und Worte zügeln, sonst würden sie über uns hinauswachsen, musste aufhören, mir irgendetwas einzureden, aufhören, an das Unmögliche zu glauben. Ich rief mich rechtzeitig zur Ordnung. Ich beglückwünschte mich dazu.

Thomas,
ich habe Angst. Alles geht so schnell. Lass uns diese Nacht so in Erinnerung behalten, als hätten wir sie geträumt. Danke für diesen herrlichen Traum. Bitte lass mich daran glauben, dass es einer war. Ich kann nicht anders. Verzeih mir. Und wenn du kannst, bleibe mein Freund.

Ich umarme dich
Constance

Ich war etwas früher da. Absichtlich. Ich würde Thomas zum ersten Mal wiedersehen. Vielleicht würden wir Zeit brauchen, um uns wieder in Einklang zu bringen. Ich hatte ihn nicht angerufen, weder »schnell«, wie er mir das auf dem Zettel nahegelegt hatte, noch später. Und nach fünf Tagen hatte ich immer noch keine Antwort auf meinen Brief bekommen.

Thomas und ich waren die Ersten im Sitzungssaal. Verlegen umarmten wir uns auf der Schwelle, »wie gute alte *Freunde*«, meinte Thomas ironisch, bevor er mich an einem Ende des Tisches Platz nehmen ließ und sich an das andere Tischende setzte. Jeder hatte ein Ende des majestätischen Ovals an seinem skandinavischen Tisch für sich, selbst wenn wir die Arme ausgetreckt hätten, könnten wir uns nicht berühren. Alles war gesagt. Thomas hatte sehr wohl meinen Brief bekommen.

Es war eine Sitzung mit der Filmcrew, die langsam zusammengestellt wurde. Das letzte Treffen, bevor ich meine endgültige Fassung abgeben musste. Thomas hatte sich so sehr in das Projekt hineingekniet, dass er sich schließlich entschloss, selbst die Regie zu übernehmen. Viele Elemente des Drehbuches würden mit den anderen besprochen werden, dem Bühnenbildner, dem Komponisten der Filmmusik, der Kostümbildnerin … Alles, was ich geschrieben hatte und nach größeren Kulissen verlangte, wurde überdacht. In normalen Zeiten wäre ich beunruhigt gewesen, jetzt aber war ich entsetzt. Thomas konnte scharf sein. Und ich hatte ihn verletzt.

Nach und nach kamen alle zusammen, nahmen eher schlecht gelaunt zu beiden Seiten des Tisches Platz. Aurélien war der letzte. Ich wusste nicht, dass er dabei sein würde.

Ich war erstaunt und erleichtert. Seine Arbeit war dem Drehbuch vor- und nicht nachgeschaltet. Hatte ihn Thomas herbestellt? Hatte sich Aurélien selbst eingeladen? Ich warf einen Blick auf Thomas. Sein undurchdringliches und ausweichendes Gesicht half mir nicht weiter. Aurélien setzte sich rechts neben mich. Er wandte mir sein linkes Profil zu, das friedliche, das ich als *Der große Meaulnes** bezeichnete. Aurélien ist hartnäckig, aber er verabscheut Konflikte. Er ist also Meister in der Kunst, sie zu meiden und mit einer schwungvollen Pirouette zu entschärfen.

Alle, die am Tisch saßen, hatten die letzte Version meines Drehbuchs gelesen. Es endete mit der Feier, bei der Louis umjubelt wurde. Thomas ergriffdas Wort, um mich zu fragen, ob ich wirklich an dieser Stelle aufhören wolle. Der Film über das Leben von Braille würde also enden, wenn die Hauptfigur sechzehn Jahre alt war?

Seine erste Banderilla konnte verletzender nicht sein. Er wusste, dass ich die Szenen mit Louis als Erwachsenem aufgeschoben und dann wiederholt begonnen hatte, es aber nicht schaffte, sie zu schreiben, und es mir nicht erklären konnte.

Ich antwortete, indem ich diese Schwäche damit rechtfertigte, dass dies meine vorgefasste Meinung war. »Das ganze Leben von Louis beruht auf diesen ersten entscheidenden Jahren. Darin liegt das Aufsehenerregende. Die Tatsache, dass ein Kind und ein Blinder dieses Alphabet erfindet, ist außergewöhnlich! Danach verbrachte Louis den Rest seines Lebens damit, sein Verfahren zu perfektionieren, es bekannt zu machen und an dem Ort zu unterrichten, an dem er mit zehn Jahren selbst begonnen hatte. Alles ist vor seinem sechzehnten Lebensjahr gelaufen, Thomas!« Ich ereiferte mich ein wenig, weil ich glaubte, dadurch überzeugender zu sein.

Aber ich sagte nicht die Wahrheit. Thomas erriet das. Er ließ nicht locker. Er erinnerte mich daran, dass ich ihm von einem anderen entscheidenden Moment im Leben von Louis Braille erzählt hatte, als Louis dreißig Jahre alt war und Pignier gezwungen wird, das Institut zu verlassen. Seit Beginn unserer Diskussion, als ich von Louis sprach, sagte Thomas stets Braille, als ob unser Held nicht mehr unser gemeinsames Kind wäre, das ihn genauso berührt hatte wie mich. So, als ob von jetzt an unsere frische Nähe, die durch Louis zustande kam, null und nichtig wäre.

»Erinnern Sie sich, Constance, Sie hatten mir gesagt, die Brailleschrift sei Gefahr gelaufen, im Kern erstickt zu werden, was für die Geschichte ein unglaublich dramatisches Geschehen wäre.« Ich mochte

*) Roman von Henri Alain-Fournier.

das »erinnern Sie sich« nicht. Wie hätte ich es vergessen können? Thomas spielte auf einen Moment an, in dem Louis eine schreckliche Durststrecke erlebte, gepaart mit einem beängstigenden Countdown. Er ist wegen der Tuberkulose zum Tode verurteilt, und sein Freund und Unterstützer Pignier wird entlassen, unter dem falschen Vorwand, sein Geschichtsunterricht verderbe die Schüler. Sein Nachfolger, der Louis nicht mag, weil er von Pignier gemocht wurde, verbietet kurz und entschlossen die Verwendung der Brailleschrift. Ich hatte Thomas von dieser schrecklichen Kehrtwende erzählt, sogar noch bevor ich sie aufs Papier gebracht hatte, um ihn für das Thema zu interessieren.

Thomas machte weiter und erzählte den Anwesenden die Szene, in der sich die Kinder verstecken, um weiter in Braille zu schreiben und zu lesen, damit die Schrift nicht verschwindet. Ich hatte mir sogar vorgestellt, die Kinder hätten eine neue Schablone erfunden, um die Brailleschrift geräuschlos zu notieren. So wurde des Nachts der Widerstand organisiert, indem alle lautlos ihre Punkte stanzten, in der nun verbotenen Schrift. Ich ging in die Falle meines eigenen Bekehrungseifers. Ich hatte Thomas diese Szenen angepriesen. Ich konnte nicht mehr behaupten, es gäbe nichts weiter aus dem Leben von Louis zu erzählen.

Trotzdem verteidigte ich mich weiter. Ich sprach das Problem der Darstellung an, wenn die Figur mehrere Lebensalter durchläuft. Ich hatte immer Schwierigkeiten mit dem plötzlichen »Sprung« im Bild, wenn der Held altert und einen bedauerlicherweise zwingt, den Schauspieler, dem man sich verbunden fühlt, zu verlassen, wegen eines neuen, den man noch nicht mag. Thomas antwortete mir lakonisch, das sei sein Problem.

Aurélien hatte mir seit Beginn der Sitzung laufend kleine Zeichnungen mit Bildunterschriften rübergereicht, Karikaturen von Thomas. Es schaffte es trotzdem nicht, mich zu entspannen. Dieses Streitgespräch ging über meine Kräfte.

Ich war des Streitens müde und gab mich geschlagen. Ich antwortete meinem Produzenten, er habe recht, der Film würde zweifellos gewinnen, wenn die Geschichte weitererzählt würde, aber dass ich den erwachsenen Louis nicht hinbekäme, und er solle jemanden anderen finden, wenn ich die Sache nicht packte! Da hörte ich Thomas mit neutraler und schleppender Stimme antworten: »Vor allem bleibt er so für immer ein

Kind, Ihr Louis …« Das traf mich mitten ins Herz. Sicherlich, weil er damit recht hatte, und weil ich das gerade begriff. Ich ließ nichts davon durchblicken.

Dann sah ich, wie er zur Antwort auf meine Anregung, mich zu ersetzen, langsam, aber sicher seinen Blick – wie in einem Westernduell, der fatale Schuss in Zeitlupe – zu dem verblüfften Aurélien wendete, dem jetzt klar wurde, warum man ihn hatte kommen lassen.

Ich hatte es nicht geschafft, die Ziellinie zu erreichen, die Thomas vor mir aufgemalt hatte, um mich zu retten. Ich wurde bestraft.

Drehbuch, Szene 43. Achtzehn Jahre alt. Kirche Saint-Nicolas-des-Champs

Die junge »Vorleserin« der Feier war verschwunden und kehrte auch im folgenden Jahr nicht ins Internat zurück. Gleich nach dem Erfolg der Braille-Präsentation, an der sie keinen geringen Anteil hatte, hat Louis sie erfolglos in dem zum Festsaal umgewandelten Speisesaal gesucht, um ihr zu gratulieren. Man hat ihm gesagt, sie heiße Marie. Ihre Eltern sind wohl nicht gekommen, sonst wäre Marie mit ihnen hier geblieben, dachte Louis und war traurig wegen dieser Annahme. Er weiß, wie sehr eine solche Abwesenheit einen verletzen kann. Besonders dann, wenn sie einem nicht zu zeigen erlaubt, wozu man fähig ist. Denn der Auftritt des jungen Mädchens war eine Glanzleistung.

Ein Jahr später wurde Louis Repetitor, so nennt man im Institut die außergewöhnlich begabten Schüler, die auch in bestimmten Fächern unterrichten. Man übertrug ihm diese Verantwortung für Geschichte, Geografie, Algebra und Klavier. Er hilft auch den anderen Kindern beim Schreiben und Lesen der Brailleschrift, obgleich sein Verfahren noch keinerlei amtliche Anerkennung erfahren hat.

Das Grammatiklehrbuch in Braille ist endlich fertig. Aber Louis und Pignier hören trotzdem nicht auf, Seite an Seite zu arbeiten. Man kann sie jetzt in vertauschten Rollen im Louis mittlerweile vertrauten, großen Büro von Pignier bei der Arbeit sehen. Louis diktiert und der Direktor schreibt. Sie haben tatsächlich mit der Aufzeichnung des Braille-Verfahrens begonnen. Dieses Handbuch ist unentbehrlich geworden. Es wird die Verbreitung der Blindenschrift bei Sehenden erlauben, damit diese den Blinden weiterhelfen, die nicht das Glück haben, dem Institut anzugehören. Der Direktor ist der einzige Sehende, der wirklich die Tragweite der Entdeckung seines Schülers vorausahnt.

Louis ist also sehr beschäftigt, verzichtet aber für nichts auf der Welt auf »seine Orgel«. Zweimal die Woche gehen Louis und Gabriel in die Pfarrei *Saint-Nicolas-des-Champs,* wo der Priester, der Louis während der Feier zur Braille-Vorstellung kennengelernt hat, ihnen das Orgelspiel erlaubt. Louis beginnt zu begreifen, was es heißt, »hilf dir selbst, und der Himmel wird dir helfen«. Seit seiner Erfindung scheint sein Leben viel leichter. Die Menschen um ihn herum haben Lust, auf ihre Art an dem Fortschritt teilzuhaben, den die Blindenschrift bringt. Er ist nicht mehr der Einzige, der daran glaubt. Der Pfarrer sagt, seine Orgel müsse vor den Messen am Samstag und Sonntag »in die Gänge gebracht« werden, eine nette Art, den Gefallen, den er den beiden Schülern des Instituts tut, als Dienst darzustellen. Louis geht immer sehr früh dorthin, Gabriel am Abend.

Wie andere morgens ihr Fenster öffnen, um beim Betrachten des Horizonts wach zu werden, lässt sich Louis von Musik durchdringen, um seine Sinne zu wecken. Und damals musste man Musik machen, um sie zu hören.

Als Louis an diesem Morgen die Kirche betritt, spielt schon jemand auf der Orgel. *Jesus, meine Freude* ergreift ihn mit den ersten Takten. Noch nie hatte er eine solche Interpretation gehört. Er bleibt stehen. Ihm bleibt nichts anderes übrig, als dort zu bleiben, erstarrt im Kirchenschiff, aufrecht, eine Statue. Sein Körper scheint diesen Moment der reinen Verzückung festhalten zu wollen, bleibt regungslos, um sie nicht zu unterbrechen. Er atmet kaum. Dann lässt die Stärke des Orgelspiels allmählich nach. Louis befürchtet, der Organist könne aufhören. Da hört er eine Stimme hinter den Orgelklängen, die nach vorne kommt und anschwillt. Sie verbindet sich mit den Klängen, dann gewinnt sie die Oberhand. Die Orgel schweigt, aber die Stimme ertönt weiter. Louis stockt der Atem. Wenn er vor seinem Tod nur eine einzige Stimme hören dürfte, wählte er diese hier. Sie ist die reine Anmut. Er kann sie nicht zuordnen. Dennoch kennt er sie. Sie ist seine Mutter, sie ist das Mädchen aus der Kutsche, sie ist seine Schwester, sie ist das Kristall, sie ist die Poesie der Welt, sie ist das Geräusch des Wassers bei Lamartine, sie ist alles, was er liebt, sie ist ... Louis stützt sich auf die Stuhllehne vor ihm ... Er hat das junge Mädchen wiedererkannt, das vorgelesen hat. Er hat Marie wiedergefunden! Sein Kopf dreht sich. Er wird ohnmächtig.

Als er zu sich kommt, fühlt er eine Hand, die mit der Zartheit eines Engels sein Gesicht streichelt, eine Hand, die sucht, eine Hand, die sieht, die Hand eines Blinden. Er lässt es geschehen und seine Haut betrachtet die Hand, so wie diese ihn betrachtet. Die Hand und das Gesicht entdecken sich gegenseitig. Louis weiß nicht mehr, ob die Hand das Gesicht streichelt oder das Gesicht die Hand. Die Finger sind leicht, beweglich, ihre Kuppen sind zart. Die Handfläche ist weich und verströmt den Duft von Seife, von Lavendel. Louis möchte bewusstlos bleiben. Die Steinplatten sind kalt unter ihm, aber die Hand auf seiner Haut ist eine Flamme, die nach ihm züngelt. Er ist wie ein Mensch, gefangen im Eis seit der Nacht der Zeiten, den das näher kommende Feuer befreit. Louis weint lautlos. Ein warmer Kuss trinkt seine Freudentränen. Sein Körper ist ganz durchdrungen, hingerissen von dieser Lust. Louis weiß nicht mehr, ob er tot oder lebendig ist. Er bewegt seine Finger, um sich zu vergewissern, dann streckt er seine Hände aus, um dem Gesicht des jungen Mädchens zu begegnen. Er berührt aber sein eigenes, tränenvolles Gesicht.

Louis springt mit einem Satz aus dem Bett, zieht eine Jacke und eine Hose über sein Nachthemd, verlässt dann hastig den Schlafsaal. Er weiß nicht warum, aber es scheint ihm, er müsse so schnell wie möglich von hier verschwinden. Er ist fiebrig. Atmet schwer. Er muss an die frische Luft, sein Traum hat ihn furchtbar durcheinandergebracht. Er steht im Flur. Er weiß nicht, wie spät es ist. Die Siebenuhrglocke war noch nicht zu hören. Sein Gesicht und sein Bart sind blutbefleckt. Er weiß es aber nicht. Er begegnet jungen Internen, die vor dem Unterricht im Musiksaal proben. Er fragt sie nach der Zeit. Die kleinen Blinden antworten, aber auch sie machen sich kein Bild von Louis' Zustand. Er beschließt, noch ein wenig zu gehen, bevor er in den Schlafsaal zurückkehrt. Da erkennt er am Gang den Direktor, ein Frühaufsteher, der mit großen Schritten auf ihn zugeht. Als er den blutigen Braille sieht, gefrieren ihm die Gesichtszüge. Er begreift augenblicklich, dass sein junger Freund in der Nacht Blut gespuckt und es nicht bemerkt hat. Er fasst Louis sanft am Arm und führt ihn hastig in sein Büro, bevor die anderen Lehrer eintreffen. Louis ist von dem gefährlichen Übel befallen, von dem das Internat heimgesucht wird.

Rotes Heft von Constance

Bevor ich die letzte Fassung meines Drehbuchs abgab, das an Aurélien-den-Drehbuchschreiber weitergereicht werden sollte, fügte ich eine Szene ein, die ich nachts für Thomas geschrieben habe, als kleiner Bonus namens »Eros und Thanatos«, dessen zärtliche Ironie einer *guten Freundin* er begreifen wird.

Aber wider Erwarten legte ich mein Drehbuch doch nicht in die Hände von Aurélien. Wir arbeiten zu zweit daran. Und unsere Zusammenarbeit ist überaus fruchtbar. Ich habe den Blick von Thomas während der Sitzung falsch gedeutet. Oder vielleicht hat er alles dafür getan, damit ich mich täuschte? Um das Vergnügen zu haben, mich in den nächsten Tagen eines Besseren zu belehren. Kleine Rache ohne Folge, wird er sich sicher gesagt haben.

Aurélien-der-Historiker erweist sich als guter Drehbuchschreiber. Man könnte meinen, dass die große Geschichte in sich alle dramatischen Spielarten der kleinen Geschichten enthält, die wir zu erfinden suchen. Wie viele Talente hat denn dieser Typ?

Er kam zu unserer ersten gemeinsamen Drehbuchsitzung mit einem *weißen Hut* auf dem Kopf, einem sehr schönen Borsalino ... Und da er seine Aufmachungen nie zufällig wählt, fragte ich mich, was ich an diesem Tag daraus ablesen sollte. Später verstand ich.

Aurélien stellt sich beim Schreiben der Szenen als Schutzgeländer gegen mich selbst auf, denn ganz alleine neige ich dazu, meine eigene Arbeit zu behindern. Er schafft es immer, mich rechtzeitig zu stoppen. Es stimmt, hinter meinem ruhigen und maßvollen Wesen verbirgt sich jemand, der vom Exzess angezogen wird. Mein Ko-Drehbuchautor hat das erkannt.

Aurélien beim Leben zuzusehen, amüsiert mich nach wie vor und zeigt mir, es einfach mit sich geschehen lassen, kann schöne Perspektiven eröffnen. Er pflegt sicherlich das Geheimnisvolle, verwischt Pisten, tut so, als kontrolliere er alles perfekt, um alles perfekt zu kontrollieren, wobei es ein Gebiet gibt, auf dem er ins Straucheln kommt und scheinbar Gefallen daran findet ...

Er beginnt, sich einzugestehen, dass Émilie täglich einen größeren Platz in seinem Leben einnimmt. Er hat jemand Stärkeres als sich gefunden. Gerade weil sie sich weigert, sich mit ihm zu messen. Sie lässt dem Tier alle Freiheit der Welt und erreicht dadurch, dass sie ihm fehlt. Dieses so junge Mädchen zeigt bei ihrem Liebsten eine erstaunliche Reife. Sie will ihn nicht haben. Sie will ihn glücklich sehen. Die Liebe hat ihre Zeit. Oder auch nicht. Sie weiß, sie lässt sich nicht übers Knie brechen.

Ich denke immer an Thomas. Anders als man an seinen Produzenten denkt. Brauche ich denn immer jemanden, der mir fehlt?

Der so feinfühlige Mann, als der sich Thomas am Abend meines Braille-Unterrichts gezeigt hat, fehlt mir. Thomas ist ein angenehm komplexes Wesen von tiefer Intelligenz, weil es sich fest an seine Empfindsamkeit lehnen kann. Und ich habe ihn verletzt. Also entfernt. Das wollte ich, ihn auf Abstand halten. Ich habe kein Recht, mich zu beklagen.

Der Alltag ist wieder zurückgekehrt. Die kleinen Freuden meiner Straße, die aufgeschobenen lästigen Arbeiten auch. Ich konnte der Versuchung nicht widerstehen, mir ein kleines eng anliegendes Kleid zu kaufen, obwohl ich meine Kleidung oft um meine langgliedrige Silhouette herumwehen lasse. Ich streiche allmählich einen Punkt nach dem anderen von meiner »Zu-erledigen-Liste«. Auf der Liste wollte ich zuerst das streichen, was mich am meisten nervte, die Arzttermine. Die habe ich in letzter Zeit vernachlässigt.

Doktor Mage nahm wieder an seinem Schreibtisch Platz, bedeutete mir, mich anzuziehen und zu ihm zu kommen. Er war so feinfühlig, nicht mit mir zu sprechen, wenn ich im Stuhl zum Untersuchen bereitlag, mit den Füßen in den Bügeln oder mit dem Ultraschallkopf auf dem Bauch. Ich denke, das war der Grund, warum ich weiter zu ihm ging, obwohl er ein wenig schwerhörig geworden ist. Außerdem gefällt mir sein Gesichtsausdruck. Er ist kein Mann, sondern, was besser zu diesem Beruf passt, ein gutmütiger Kerl, eine Art Balzacscher Arzt, mit neuester Technik ausgerüstet, ein Doktor Seguin für Damen.

Er schob seine Brille auf die Stirnglatze und sah mich mit seinen blauen Augen an. »Haben Sie ein Kind adoptiert, Madame Duroc?« Seine Frage verblüffte mich.

»Warum?«, fragte ich, ohne ihm zu antworten. »Weil es oft vorkommt, dass eine Adoption in den Monaten danach eine spontane Schwangerschaft auslöst. Sie sind schwanger.« Mein Herz stand still. Im Bruchteil einer Sekunde gingen mir die vergangenen Monate durch den Kopf. Er wartete einen guten Moment auf meine Antwort mit dem Lächeln eines Verkündungsengels auf den Lippen.
»Ja, ich habe ein Kind adoptiert vor drei Monaten. Es heißt Louis. Es kommt von weit her.«

Rotes Heft von Constance

Thomas,
ich hatte geglaubt, einem Mann entgegenzugehen, der unter den Steinplatten des Panthéon liegt, und habe ein Kind gefunden.
Thomas, ich komme eben vom Arzt. Es ist etwas Unerwartetes passiert: Ich bin zwei.
Und ich träume nicht.

Constance

P. S.: Wenn Du willst, wären wir mit Dir drei.

Drehbuch, Szene 44. Fünfunddreißig Jahre alt. Neues Institut

Der Klassenraum wird von der strahlenden Morgensonne geflutet. Sie ergießt sich durch die vier geöffneten Fenster, die auf den mit Bäumen bestandenen Hof hinausgehen, der auf der anderen Seite an den *Boulevard des Invalides* grenzt. Aus den blühenden Kastanienbäumen dringt der Gesang der Spatzen von Paris, als hätten sie sich alle dort niedergelassen, um die Schüler daran zu erinnern, dass der Frühling zurück ist, den sie ohne Augen nicht sehen. Die Kinder sind äußerst konzentriert. Sie haben sich zur Mathematikstunde versammelt, die sie um nichts auf der Welt versäumen. Alle sind aufgestanden, wiegen sich vor und zurück und sagen die Lehrsätze auf, die ihnen in der vorangegangenen Stunde bewiesen wurden.

Dann lässt sie Monsieur Braille sich setzen, um über mehrdimensionale Räume zu sprechen. Nichts scheint seine Schüler ablenken zu können, nicht einmal eine Schar aufgeregter Spatzen. Trotzdem müssen sie die Ohren spitzen. Nur so hören sie ihren Lehrer, der anscheinend den Entschluss gefasst hat, seine Stimme nicht zu strapazieren. »Man konkurriert nicht mit Vögeln«, scheint er sich zu sagen.

Wie bringt man eine gewisse Anzahl von Elementen von einem gegebenen Raum mit unveränderter Anzahl in einen kleineren Raum, lautet die Aufgabe des Tages. Plötzlich hält Monsieur Braille unvermittelt inne. Eine Idee drängt sich ihm auf, die scheinbar nichts mit dem Unterricht zu tun hat, aber er folgt ihr, wie er es so oft schon seinen Schülern empfohlen hat. (»Lasst keine Idee davonfliegen, weil ihr dieser nicht die Aufmerksamkeit schenkt, die sie verdient, sie kommt vielleicht nie wieder!«) Er weiß, beim Vermitteln ist es besser zu zeigen, als zu reden. Louis Braille hat so viel Freude am Unterrichten, dass er natürlich alle Register zieht. Er bittet seine Schüler, die Räume der Algebra vollständig zu verlassen. Die Kinder sind gespannt.

Was ist los mit ihm, dass er als leidenschaftlicher Lehrer seinen Unterricht mittendrin unterbricht? Aber seine langjährigen Schüler wissen, dass der Unterricht ihres Lehrers nichts auf Konventionen gibt. Die Gesichter sind voller Erwartung, Louis Braille kann das nicht sehen, aber er ahnt es.

Es macht ihm Spaß, sie zu überraschen, sie dort zu packen, wo sie sind, um ihren Geist besser anzuregen. Er schlägt ihnen vor, zu den Spatzen zu gehen. Anfangs verstehen die Kinder nicht; sollen sie aus dem Fenster in den Baum springen, der sie verhöhnt, sollen sie den Klassenraum verlassen? Nein.

Louis Braille steht ihnen Rede und Antwort: Da sie ihre bereits geschlossenen Augen nicht zu schließen brauchen, um sich etwas vorzustellen, dann also sollen sie sich vorstellen, mitten auf dem Land zu sein, über Felder zu gehen oder unter einem Kirschbaum zu sitzen. Sie sollen es hier und sofort tun, bittet sie der Lehrer. Mit sicherer und mittlerweile tiefer Stimme führt sie Louis Braille. Das ist gewagt, denn viele Kinder haben nie gesehen. Aber Louis hat ihnen schon Landschaften *gezeigt*, durch die Stimmen der Autoren, aus deren Texten er ihnen vorgelesen hat, von Rousseau, Villon, La Fontaine, die jede Woche während der Poesie-Vorlesungen von Braille zu ihnen sprechen.

»Ihr geht durch eine Wiese, in der das Gras bereits hoch steht, ihr fühlt es an euren nackten Knöcheln. Die Düfte der Erde, des Grases und des Geißblatts in den benachbarten Hecken kitzeln eure Nasenlöcher. Eure Handflächen berühren die Pflanzen in der Reichweite eurer Hand und treffen auf alle möglichen Dinge, Blumen, kleine Insekten, Stängel und Stempel, die kaum zu ertasten sind. Unter ihnen sucht ihr nach wilden Kornblumen ... Ihr rundes und festes Herz, ihre gezackten Blätter kitzeln euch an den Händen, und ihr geht noch weiter ... Und dann ...« In diesem Moment werden die Schüler und ihr Lehrer aus ihrem idyllischem Spaziergang herausgerissen.

Monsieur Braille bittet seine Schüler in den engeren Raum des Klassenzimmers *zurückzukommen* und dabei den Duft der Blumen und der soeben durchstreiften Wiesen nicht zu verlieren. Er bittet die Person, die geklopft hat, einzutreten und näher zu kommen, dann, wegen der eingetretenen Stille, sich vorzustellen. Es ist ein zehnjähriges Kind, das sich erst einmal entschuldigt. Es ist verlegen. Es ist unsicher. Wagt sich aber zu sagen, »Ich würde gern mit den anderen an Ihrem Mathematikunterricht teilnehmen, aber ich bin leider nicht blind.« Das Kind hofft, man könne eine Ausnahme machen, um in die Klasse aufgenommen zu werden, wo es als einziges sehen würde. Es verspricht, sich unauffällig zu verhalten. Die Schüler schweigen jetzt.

Das Kind, das auf der Türschwelle stehen geblieben ist, kann als einziges das Gesicht von Louis Braille sehen, das sich zu einem breiten Lächeln öffnet. Über die Maßen. Das Kind wird unruhig ... Ist das ein gutes Vorzeichen? Der Lehrer nimmt seinen Stuhl, stellt ihn in die erste Reihe und sagt ihm einfach: »Ich war sechs Jahre alt und alle konnten sehen. Setzen Sie sich hierher, junger Mann.«

Epilog

27. Juli 1952. Nationale Ehrung für Louis Braille, dessen Gebeine von Coupvray ins Panthéon überführt werden.

Sie haben den Körper meines Sohnes in einer Kutsche mit einem prunkvollen, schwarz-goldenen Baldachin nach Paris überführt. Louis macht noch einmal die Reise, die ihn mir schon als kleinen, zehnjährigen Jungen wegnahm.
Dort erwarten ihn Tausende von Blinden, um mit ihm, hinter seinem Sarg, die Rue Soufflot zum Panthéon hinaufzugehen. Das Geräusch aller weißen Stöcke, die auf das Pflaster schlagen, skandiert das Ende seiner Reise.
Hier in Coupvray sind die Dorfbewohner zu unserer Familiengruft gekommen, um zu sehen, was von Louis bleibt, seine Hände, die sie in dem Marmorreliquiar vermuten. Die ersten Hände der Menschheit, die zu lesen verstanden. Sie sind stolz.
Wir sind zwei, die wissen, dass die würdevolle Urne, über die sie sich beugen, leer ist: der Totengräber, der Louis exhumieren musste und es nicht über sein Herz brachte, ihn zu zerstückeln, und ich selbst. Und wenn ich mich in meinem Grab umdrehe, dann ist es, um jetzt zu lachen.
Dort unten, unter der gläsernen Kuppel, wird Louis, mein kleiner Louis, bis in alle Ewigkeit weiter lesen können.

Danksagung

Jeder hat mir auf seine Art geholfen, Louis zum Leben zu erwecken. Von ganzem Herzen danke ich:

Abdulrazak Aljumaa, Sophie und Jean Bonhomme, Grégoire Bouchetout, Alexandra de Broca, Alaïa Cavalié, Philippe Champs, Dominique Claudet, Pierre David, Pierre Dulac, Brigitte Evano, Joël Hardy, Charlotte Hellman, Karina Hocine, Hugo, Robinson und Virgile Jardin, Philippe, Maryvonne, Zabo und Marie Jousse, Rose Lancrenon Jousse, Éric Morain, Jeanne Morosoff, Muche Motte, Zoubeida Moulfi und l'INJA, Erik Orsenna, Richard Rechtman, Stéphane Seror, Arthur Vandenkerckhove sowie der Stadt Coupvray und ihrem Louis-Braille-Museum.

Deutsche Erstausgabe
Copyright der deutschsprachigen Ausgabe 2020
by Faber & Faber Verlag GmbH Leipzig
Copyright Éditions Jean-Claude Lattès, Paris 2019
Die vorliegende Ausgabe wurde im Einvernehmen mit der Autorin
für den deutschsprachigen Buchmarkt überarbeitet.
Die Rechte am Motiv des Schutzumschlages
liegen bei Dominique Amiel Zonca.

Herstellung Atelier Eilenberger
Schrift Garamond
Printed in Germany

Dieses und andere Bücher
finden Sie auch im Internet unter
www.verlagfaberundfaber.de

ISBN 978-86730-138-1

Französischsprachige Literatur bei Faber & Faber

Frédéric Brun
Perla
Roman
Aus dem Französischen
von Christine Cavalli

128 Seiten
Format 13,5 x 20,5 cm
Hardcover mit
Schutzumschlag und
Lesebändchen
ISBN 978-3-86730-170-1

An einem Spätsommertag verstirbt die Mutter des Erzählers, die 1944 als Jüdin nach Auschwitz deportiert wurde, aber das Grauen überlebte. Doch das Trauma dieser Erlebnisse wird sie ein Leben lang nicht mehr verlassen. Erst nach ihrem Tod beginnt der Erzähler seine Suche nach Wahrheiten und eigenen Wertvorstellungen und schenkt damit seiner Mutter ein Memorial. Der Autor erhielt für dieses Buch im Jahr der französischen Erstausgabe den *prix Goncourt du premier roman.*

Die *Welt am Sonntag* schrieb:
»Näher sind sich Abschied und Neuanfang selten gekommen. Eine Perle.«

Französischsprachige Literatur bei Faber & Faber

Larry Tremblay
Der feiste Christus
Roman
Aus dem Französischen von
Michael von Killisch-Horn

128 Seiten
Format 13,5 x 20,5 cm
Hardcover mit
Schutzumschlag und
Lesebändchen
ISBN 978-3-86730-146-6

In diesem düsteren Roman erleben wir Leser eine Art christliche Verehrung der seltsamsten Form. Er ist eine bizarre Auseinandersetzung mit der Figur des Erlösers und dem Katholizismus, der Québec, der Geburtsstadt des kanadischen Autors, lange Zeit stark geprägt hat.
Eine uns schaudern machende Lektüre, die an Erzählungen von Edgar Allen Poe oder an Franz Kafka erinnert.

Französischsprachige Literatur bei Faber & Faber

Honoré de Balzac
Die Kunst,
seine Schulden
zu zahlen
Mit Illustrationen
von Volker Pfüller

120 Seiten
Format 12,8 x 22 cm
Halbleinenband mit
Lesebändchen
ISBN 978-3-86730-175-6

»Es ist evident«, ruft Balzac den mittellosen Schaffenden und Verzehrenden zu, »dass die Welt sich nur aus Leuten zusammensetzt, die Zuviel haben, oder aus Leuten, die nicht genug haben. Ihre Aufgabe ist es«, und er meint uns Leser ebenso wie die Mittellosen, »das Gleichgewicht wieder herzustellen.«
Die Kunst, seine Schulden zu zahlen »und seine Gläubiger zu befriedigen, ohne auch nur einen Sou selbst aus der Tasche zu nehmen«, wie der ausführlichere Titel des Originals hieß, ist demnach eine aus Erfahrung gewonnene, ins Groteske gesteigerte Anleitung, mit jenem Geld auszukommen, das man leider nicht hat. Balzac konnte da zeitlebens ein Lied davon singen.